Sonnenstrahlen

»Wenn Du Verantwortung für Dich selbst übernimmst, wirst Du einen Hunger dafür entwickeln, Deine Träume verwirklichen zu wollen.«

Les Brown, geb. 17.2.45
bekannter Motivationsredner aus den USA

HANNS U. SCHILD-HAVENSTEIN

Sonnenstrahlen

Bibliografische Information der Deutschen Nationalbibliothek:
Die Deutsche Nationalbibliothek verzeichnet diese Publikation
in der Deutschen Nationalbibliografie; detaillierte bibliografische
Daten sind im Internet über http://dnb.dnb.de abrufbar.

© 2019 Hanns U. Schild-Havenstein
Satz, Umschlaggestaltung, Herstellung und Verlag:
BoD – Books on Demand, Norderstedt

ISBN: 978-3-7494-2448-1

Inhalt

Für Niklas, Fabian und Julius

… und für meine ›Zauberin‹ Elke …

Auftakt

Sonnenstrahlen bieten einen enormen Spielraum für Fantasien, da sie nur teilweise das Umfeld erhellen. Sie geben uns Energie und erscheinen unendlich.

Der Anblick des geraden Strahles, von der Sonne hin zu einem soeben erwachenden Pflänzchen, welches voller Freude tief und genussvoll die Energie des Lebens einatmet, macht bewusst, wie schön und zugleich vergänglich das Leben ist. Denn zu jedem Leben gehört auch der zwangsläufig folgende Tod.

Doch tatsächlich ist der Tod Teil eines großen nicht enden wollenden Prozesses. Es ist der Ausgangspunkt weiteren Lebens. Die Überreste der menschlichen, tierischen und pflanzlichen Organismen sind wichtig, damit immer wieder neues Leben entstehen kann und bilden somit die Grundlage für die Ernährung der nächsten Generationen.

Es handelt sich um einen notwendigen Rhythmus – der Zyklus von Tod und Wiedergeburt.

Und ja! In der Tat! Es ist wichtig, den Tod zu akzeptieren. Denn dem Sterben können wir nicht entkommen …

Nur 29.500 Tage in meinem Körper. Mehr Zeit bleibt mir nicht. Es ist mein Leben! Es gehört mir! Jeder meiner Träume ist der Beginn eines Abenteuers, dem es gilt, Leben einzuhauchen, um es in die Realität zu begleiten. Und ICH lebe jetzt.

Prolog

Verrückt ... Jetzt ist der Letzte von den vieren gegangen. Viel zu früh allesamt. Jahrelang drehte sich alles in meinem Leben um die vier. Es ging um Wahrheiten und Unwahrheiten, Liebe und Hass, Streitereien, Beeinflussungen und Lügen – viel Freude und viel Leid. Ein ständiges Hin und Her. Und nun? Alles ist vorbei – irgendwie ist doch alles endlich und nicht unendlich? Die Enttäuschungen und Hoffnungen – am Ende ist alles eins.

Während ich darüber nachdachte, was das Leben uns bot und wie klein und nebensächlich wir Menschen in Wahrheit doch waren, hielt mich seine kälter werdende Hand immer noch fest und ich spürte plötzlich eine hauchzarte Berührung an meinem ganzen Körper. Einen angenehm wohligen Schauder, ähnlich einem milden Windzug, der sich sanft kreisend nach oben bewegte, bis in meine Haarspitzen, und dann behutsam und ganz langsam entschwebte. Ich musste schmunzeln und spürte, wie meine Tränen lautlos an meinen Wangen herunterflossen.

I.

Kapitel 1 – Traum

Auf zur Arbeit! Es geht los! Raus aus den Federn! Dein Frühstücksbrot steht schon auf dem Tisch. Und sei nicht zu laut, deine Schwester schläft noch.« Meine Mutter schubste mich an.

Ich war hellwach!

Hellwach?

Irgendwie auch nicht. Stockdüster war es noch. 4:30 Uhr!

Das kann ja heiter werden. Und das soll jetzt sechs Wochen lang so gehen?!?!?

Onkel Heinz hatte mir den Ferienjob besorgt. Eine wichtige Etappe, um meinen Traum nächstes Jahr realisieren zu können.

Mit 17 auf große Reise über den großen Teich ...

Das Abenteuer USA sollte nun einen großen Schritt näher rücken!

Onkel Heinz war schon mit dem Frühstück fertig, als ich in die Küche kam. Er packte gerade seine Stullen in eine Plastikbox – eine dieser praktischen Tupperware-Boxen, welche es seit Neuestem auf den zahlreichen Tupper-Partys zu erwerben gab.

»Mensch, Tim, nun mach schon! Ich habe keine Lust auf das Gemecker der anderen, wenn wir zu spät zum Treffpunkt kommen. Wir müssen los!«

Ich packte hastig meine Thermoskanne mit Kräutertee und meine Stullen – zwei Brote mit jungem holländischem Gouda und zwei Brote mit Salami belegt – und folgte meinem Stiefvater eilig die Treppe hinunter.

Onkel Heinz fuhr wie immer mit dem Ford Fiesta zur Arbeit. Der Escort, ein schönes Mittelklasse-Cabriolet, wurde grundsätzlich nur am Wochenende benutzt, oder wenn meine Mutter mal dringend irgendwohin musste. Aber eigentlich machten die beiden alles gemeinsam. Selten kam es vor, dass einer etwas alleine unternahm. Selbst auf die Toilette im Restaurant gingen sie zusammen – Hand in Hand.

Onkel Heinz war nicht mein Onkel, sondern mein Stiefvater. Bei unserem ersten Aufeinandertreffen war ich ungefähr fünf Jahre alt und meine Mutter hatte ihn uns damals als »Onkel« vorgestellt. Das hatte ich ihr natürlich geglaubt, verstehen konnte ich sowieso noch nichts von der sehr turbulenten Erwachsenenwelt. Und für alle Ewigkeit sollte ich nun »Onkel Heinz« zu ihm sagen.

Selber schuld!

Natürlich fuhr Onkel Heinz nur die Automarke Ford. Seit 20 Jahren war er schon in den Ford-Werken in Wülfrath bei Düsseldorf als leitender Angestellter beschäftigt.

Nach 25 Minuten Autofahrt erreichten wir den Treffpunkt der Fahrgemeinschaft in Köln-Mülheim. Gregor, Uwe und Walter warteten bereits auf uns. Die vier fuhren jeden Tag die Strecke von Mülheim nach Wülfrath gemeinsam und wöchentlich wechselte der Fahrer. Diese Woche war mein Onkel Heinz dran. Für mich bedeutete dies: Ab auf die Rückbank, eingequetscht zwischen zwei gewichtigen Männern älteren Jahrgangs. Und das im winzigen und engen Ford Fiesta! Alle seine Kollegen fuhren Ford Fiesta.

Gesprochen wurde in der Regel kaum. Ich hatte den Eindruck, dass alle die Fahrzeit von gut 40 Minuten nutzten, um noch einmal in einen Halbschlaf zu verfallen. Der Fahrer war natürlich davon ausgenommen. Mir war das ganz recht, da ich selber auch nicht der Gesprächigste war, schon gar nicht am frühen Morgen …

Der Ferienjob hatte nichts mit Ford zu tun. Es handelte sich um ein kleines mittelständisches Unternehmen, das Fließbänder herstellte und unmittelbar neben dem Werksgelände lag, auf dem die vier Männer arbeiteten.

Ich wurde in der Fertigung eingesetzt und musste Fließbänder zusammensetzen. Viele kleine Bauteile – Rädchen, Distanzhalter, Schienen, Rollen und einiges mehr – lagen vor mir in großen Metallkisten und ich steckte stundenlang die verschiedenen Teile nach gleichem Schema zusammen, so lange, bis das gewünschte Maß von zwei oder drei Metern erreicht worden war. Eine ziemlich monotone Angelegenheit. Am Ende kamen dann vorne und hinten entsprechende Schienen und Schrauben dran – fertig!

In den ersten Tagen hatte ich mich schnell eingearbeitet. Manchmal durfte ich auch an die riesigen Stanzmaschinen. Mit Hilfe dieser Maschinen wurde in ein verzinktes

Stahlrohr oben und unten gleichzeitig und mit einem lauten ›plopp‹ Kugellager hineingepresst. Durch die Öffnung in der Mitte der Kugellager schob ich nach dem Stanzen eine Metallstange hinein, welches die Achse darstellte. Aus dem ursprünglichen schlichten Stahlrohr wurde somit im Handumdrehen eine Fließbandrolle, welche an der Achse in die Halterung der Fließbandträger eingehängt werden konnte. Oft gab ich ihnen beim Zusammensetzen noch einen raschen Anschub. Das rasselnde Geräusch der langanhaltend drehenden Rollen liebte ich. Doch von der Stanzmaschine gingen diese zunächst mal ab in die Kiste, wo sie zwischenlagerten. Je nach Größe passten so zwischen 20 und 30 Rollen in einen Behälter. Manchmal ging es auch an die kleineren Maschinen, wo ich dann Distanzstücke und Unterlegscheiben für die Fließbänder pressen musste.

»Sehr gefährlich, diese Arbeit, Tim!«, warnte der Vorarbeiter Günther Kramer. »Also konzentriere dich! Wir haben keine Lust auf gequetschte Finger!«

»Ja, klar!«, sagte ich ganz wichtig und aufmerksam, obwohl ich mich doch darüber wunderte, denn letztendlich drückte ich nur einen Knopf und zog am Hebel, und das gefühlt zehnmal pro Minute.

Sobald ich die vorgesehene Antwort gegeben hatte, zog Herr Kramer laut singend von dannen: »Liebling, wach aaaauf! Ich komm' nach Hauuuus! Mach mir das Essssssen – sonst gibt es was auf die Fressssen!!« Drei- bis viermal hintereinander wiederholte er dieses Lied und jedes Mal beendete er seinen Gesang mit einem lauten, fürchterlich krächzenden Lachen.

Keinen wunderte es mehr, nur ab und zu zeigten die

Kollegen ihm einen Vogel – sie kannten ihn schon länger und ließen ihm seine Freude.

Die genau festgelegten Pausen waren eine echte Abwechslung. Alle trafen sich pünktlich zur Frühstückspause um 9:30 Uhr und zum Mittag um 13 Uhr im Gemeinschaftsraum. Jeder hatte dort seinen Spind, an dem morgens die Alltagsklamotten gegen die Arbeitsklamotten getauscht wurden. In der Mitte des Raumes stand ein großer Tisch und jeder packte seine Stullen aus. Ich, mit Abstand der Jüngste im Werk, wurde oft geneckt. Das war in Ordnung so, denn alle waren fröhlich und die gegenseitigen Neckereien gehörten wohl dazu. Herr Kramer stand immer im Mittelpunkt. Wenn er nicht gerade seinen Lieblingssong losträllerte, redete er wie ein Wasserfall.

Nach ein paar Tagen hörte ich nicht mehr hin. Stattdessen beschäftigte ich mich mit dem Gedanken, wie viel Geld ich am Ende wohl zusammenbekommen würde. Ausgezahlt erhielt ich alles in bar.

Am Freitag zum Feierabend kam Herr Kramer zu mir und überbrachte mir das Geld in einer braunen Papiertüte. Auf der Rückseite der Lohntüte war alles handschriftlich vermerkt: meine persönlichen Daten wie Name und Adresse, wie viele Stunden ich gearbeitet hatte und die genaue Auflistung und Berechnung meines Verdienstes.

Herr Kramer stellte sich ganz feierlich und breit vor mich hin – in der linken Hand die Lohntüte und in der rechten einen Kugelschreiber – und verfiel in seinen kölschenen Dialekt: »Jung! Dat häste widder joot jemaat – aber ohne Unterschrift entlasse ich dich nicht ins Wochenende, und das Geld behalte ich für mich!«, sagte er mit einem strengen Befehlston in der Stimme, während er mir ganz tief in die Augen blickte.

Unter seinem schallenden Gelächter beeilte ich mich schnell, den Empfang der Lohntüte zu quittieren. Tatsächlich hatte ich ein kleines bisschen Angst, dass er mir das Geld nicht aushändigen würde.

Auf der Fahrt fing ich irgendwann an, in denselben Halbschlaf wie meine älteren Mitfahrer zu verfallen. Eingeklemmt zwischen den Männern auf der Rückbank begann ich, Tagträume zu kreieren. Ich hatte herausgefunden, dass dies die beste Ablenkung war, um die schier endlosen täglichen Fahrten zur Arbeit und wieder zurück am besten zu ertragen. Das konnte ich schon immer ganz gut. Jederzeit und überall war ich in der Lage, einfach abzuschalten und in mich zu gehen.

»Erzähl mal, Tim. Was machst du eigentlich mit dem ganzen Geld, das du in den Ferien verdienst?«, fragte mich Gregor. Er war der Einzige, mit dem ich hin und wieder ein paar Sätze im Auto wechselte, falls er mal keine Lust auf Halbschlaf hatte.

Ich überlegte, wann es eigentlich angefangen hatte, dass ich mich für die USA zu interessieren begann. Wo lag der Ursprung meines Traums, dieses Land auf eigene Faust entdecken zu wollen? Sicherlich hing es mit einer Geschichte meines Patenonkels Hermann zusammen, die er mir mal erzählt hatte, als ich noch sehr klein war.

»Ich fliege in die USA!«, sagte ich stolz.

»Oh, das hört sich spannend an. Aber gerade jetzt schweineteuer, oder?! Bei dem Dollarkurs …«

»Keine Ahnung, das ist mir egal – ich muss eh noch

weiter dafür sparen. Ich plane die Reise ja erst für nächstes Jahr, so kann ich noch ein Jahr lang Geld sammeln.« Aber wieso spielt der Kurs denn so eine wichtige Rolle?« Darüber hatte ich mir bis dahin überhaupt keine Gedanken gemacht und hatte auch, ehrlich gesagt, keine Ahnung davon.

»Na ja, seit einiger Zeit ist der Dollar auf Höhenflug. Wenn es nur um ein paar Cent oder Pfennige geht, ist das für Normalreisende kein Problem. Doch wärst du letztes Jahr geflogen, hättest du bestimmt einige hundert Mark weniger einplanen müssen als heute.«

»Hm …«, war meine einzige Antwort darauf und Gregor verfiel wieder in seinen Halbschlaf. Das Thema war beendet.

Ich musste erneut an meinen Patenonkel denken und an seinen Einfluss auf meinen Traum. Bevor sich meine Mutter von meinem Vater scheiden ließ, wohnten wir in derselben Gegend wie Onkel Hermann. Wir direkt in der Stadt, in der kleinen Kreisstadt Euskirchen am Fuße der Eifel, wie es so schön hieß, und mein Onkel in einem kleinen beschaulichen Dorf namens Kreuzweingarten. Onkel Hermann, der ältere Bruder meines Vaters, spielte damals eine besondere Rolle in meinem Leben und nahm dadurch wahrscheinlich, bewusst oder unbewusst, viel Einfluss auf mich.

Mit meiner Cousine Julia, der Tochter von Onkel Hermann und Tante Hilde, verstand ich mich sehr gut. Sie war vier Jahre älter als ich und für mich wie eine große Schwester. Wenn ich dort war, verbrachte ich fast jede Minute mit ihr. Wir spielten gerne Verstecken oder arbeiteten an unserem Baumhaus. Onkel Hermann und

Tante Hilde hatten einen riesigen Garten, der an ein kleines Waldstück grenzte. Zwischen den Grundstücken gab es keine Zäune – wir konnten toben und uns bewegen, wie wir wollten. Vom Garten aus konnten wir meinen Onkel gut durch die lange Fensterfront beobachten, wenn er sich in sein Arbeitszimmer zurückgezogen hatte. Dort saß er fast täglich eine Stunde lang vor seiner Funkausrüstung. Dann piepte und knatterte es, so wie man es aus alten Hollywoodfilmen kennt. Wenn er nicht gerade morste, sprach er in sein Funkgerät und ich konnte seltsam abgehackte Sätze belauschen: »Alpha Beta Oxford 01045 – is there someone?«, auf Englisch. Oder: »Hola senor!«, auf Spanisch – und manchmal noch befremdlicher: »Yest' kto-to?« Russisch, nahm ich an. Es musste wohl Russisch sein?

Onkel Hermann war ein Sprachengenie und ein begeisterter Amateurfunker. Im Garten hatte er eine ca. zehn Meter hohe Funkantenne installiert. Er war mit allem ausgestattet, das nötig war, um mit jedermann in der Welt in Kontakt treten zu können. Für mich hörte sich das immer ganz spannend an. Tatsächlich hatte er mir mal verraten, dass so ein Gespräch zwar ganz nett sei, aber der Weg dorthin, bis es endlich zustande kam, machte ihm am meisten Spaß. Danach schlug er stets den Wohnort seines Funkpartners im Weltatlas nach. Das Blättern in Nachschlagewerken bereitete ihm sowieso ein riesiges Vergnügen. Oft, wenn wir im Wohnzimmer in gemütlicher Runde zusammensaßen, schnappte er sich die entsprechende Fachliteratur und versuchte, so viel wie möglich über das gerade besprochene Thema herauszufinden, besonders wenn es um fremde Länder, Städte und die Natur ging. Dann wurde geblättert, gesucht und unter vielen »Aaah's« und »Oooh's« ein Thema immer weiter vertieft.

So ähnlich lief es auch ab, als ich ihn mal gefragt hatte, woher er denn die Amateurfunkgeräte und vor allen Dingen das Wissen darüber hatte.

»Wieso kannst du das eigentlich alles, Onkel Hermann?«, fragte ich neugierig, wie ich nun mal als kleiner Junge war.

»Tja, das ist eine sehr lange Geschichte – dafür hole ich zunächst mal meine Bücher.« Es dauerte nur wenige Momente und ruckzuck lag vor mir eine Vielzahl von Nachschlagewerken.

»Aaah!« … »Oooh!« … »Aaaaaaah!« – Natürlich war wie immer ein Weltatlas dabei. Und diesmal auch ein Bildband über Flugzeuge im Zweiten Weltkrieg. Als Erstes schlug er den Bildband auf.

»Schau mal, hier. Vom Krieg hast du sicher schon gehört. Ich war als junger Mann als Funker in einer Junkers JU 88 eingesetzt. Dies hier ist ein Foto einer solchen Maschine. Ich war jung, gerade erst mal 18 Jahre, und der Krieg war fast schon vorbei. Ich wurde im Schnellverfahren in die Aufgaben eines Funkers eingewiesen und bin letztendlich nur zweimal geflogen.« Er wusste schon immer viele spannende Geschichten zu erzählen. Doch nun staunte ich nicht schlecht. Zunächst einmal über die Neuigkeit, dass er Soldat im Zweiten Weltkrieg gewesen war, und zum anderen, dass er mit mir darüber sprechen wollte. Klar hatte ich schon einiges von den Kriegen gehört, aber so richtig wurde darüber, zumindest in unserer Familie, nie gesprochen. Heute jedoch war dies anders. Onkel Hermann sprudelte los. Er hatte sichtlich Freude daran, mir über seine Kriegserlebnisse und die anschließende Zeit in Gefangenschaft zu erzählen.

»Über Frankreich mussten wir bei meinem zweiten Flug notlanden. Ich hatte eine höllische Angst. Nicht nur wegen der Notlandung, sondern weil uns klar war, dass wir hinter feindlichen Linien runterkommen werden. Auf keinen Fall durften wir in die Arme des Gegners fallen. Das war ja der Feind! Wir wussten, dass uns die schlimmsten Dinge erwarten würden. Gerade mit Bomberbesatzungen wurde nicht freundlich umgegangen. Ist doch klar! Wir hatten Tod und Verderben über sie gebracht. Und die Bomben machten auch keinen Unterschied, ob sie Soldaten oder Zivilisten trafen.

Wir mussten in der Nähe von Amiens, im Norden Frankreichs, notlanden. Die Motoren waren ausgefallen, aber segeln ging mehr oder weniger gut. Gott sei Dank fand unser Pilot in der Dämmerung eine Wiese. Na ja, die Maschine sank, es rumpelte und knirschte, schriller Lärm ertönte und schmerzte in den Ohren. Wir wurden auf das Heftigste durchgeschüttelt. Die Räder hatte der Pilot erst gar nicht ausgefahren, da sie auf dem Feld sofort weggeknickt wären, wir hätten uns sicher überschlagen. So rutschte die Maschine wie eine Robbe auf dem Eis über das Feld, bis sie letztendlich zum Stillstand kam. Keiner der Besatzung war verletzt, abgesehen von den vielen blauen Flecken.

Die Bruchlandung hatten wir glimpflich überstanden, aber jetzt mussten wir uns sputen. Ich kann dir sagen, meine Beine waren wie Pudding und ich hatte panische Angst. Die Maschine hatte Feuer gefangen und konnte aufgrund der noch gut gefüllten Benzintanks jederzeit explodieren.«

Ich wusste sofort, was jetzt kommen würde! Er griff sich den Weltatlas und ich bekam den Auftrag, die Stadt Amiens in Frankreich zu finden. In dem Moment gesellte sich Julia zu uns.

»Erzählst du Tim von deinen Kriegserlebnissen, Papa?«

»Ja, Julia. Komm zu uns. Du kennst die Geschichten ja schon.«

Julia setzte sich neben mich auf das Sofa.

»Hilf Tim, Amiens auf der Karte zu finden!«

Während wir beide eifrig nach dem kleinen Ort in Frankreich suchten, erzählte mein Onkel weiter:

»Für mich war der Krieg aus, noch ehe er so richtig begonnen hatte. Welch ein Glück, auch wenn es mir zu diesem Zeitpunkt natürlich nicht so vorkam. Zunächst stieg die Panik in mir immer mehr. Wir liefen direkt in die Arme einer US-Patrouille. Keine Chance! Hinter uns drohte die Maschine zu explodieren, vor uns richteten finster dreinblickende US-Soldaten ihre Gewehrläufe auf uns. Sie gaben sofort Warnschüsse ab und schrien uns an: ›Stop, stop! Hands up! Hände hoch! Hands up! Go, go, go! Hands up!‹ Und so kam ich in US-Gefangenschaft. Am Anfang war es für mich die Hölle – doch was für ein Glück!«

»Wieso Glück?«, unterbrach ich meinen Onkel hastig, vor Spannung war ich ganz aufgeregt.

»Tja, im Nachhinein ist man immer schlauer. Was haben die Nazis uns nicht alles erzählt über den bösen Feind! Ich jedoch sollte den Amerikanern viel zu verdanken haben. Mir wurde ganz schnell bewusst, dass *wir* die

Bösen waren. Na ja, Fakt ist, ich kam in amerikanische Gefangenschaft. Wir wurden nach einiger Zeit auf ein Gefangenenschiff Richtung New York verfrachtet und letztendlich von Ende 1944 bis 1946 als PoW, Prisoner of War, in ein Gefangenenlager nach Virginia Beach, genauer gesagt Fort Story untergebracht.«

Meine Cousine und ich hatten inzwischen den Absturzort im Atlas ausfindig gemacht.

»Prima!«, rief mein Onkel. »Jetzt auf nach New York und Virginia Beach! Das findet ihr bestimmt auch schnell. Mögt ihr noch mehr hören?«

»Ja, klar! Allerdings habe ich immer noch nicht verstanden, warum du zu deiner Gefangenschaft sagst, dass es für dich ein Glück gewesen sei ...«

»Ganz einfach. Mit uns Deutschen ist man anständig umgegangen, wenn wir pariert und uns willig gezeigt haben. Wer ein bisschen Verstand hatte, dem wurde schnell bewusst, welcher Propaganda wir in Deutschland ausgesetzt waren. Ich hatte das rasch begriffen. Die Amerikaner auf der anderen Seite hatten mir vertraut, so wie ich ihnen vertraut hatte. Sie gaben mir immer mehr Freiheiten und hatten mich sogar weiter ausgebildet. Ein bisschen auch aus Eigennutz. Bevor ich zum Militärdienst eingezogen worden war, hatte ich bei der Stadt eine Ausbildung als Landvermesser gemacht. Dies kam mir nun zugute. Die Amis hatten einen riesigen Bedarf an solchen Fachkräften. Und als ich die Sprache ausreichend beherrschte, hatte man mich einer amerikanischen Behörde unterstellt. Ich sag Euch, die Tätigkeit dort war eine echte Wohltat im Vergleich zu den üblichen Arbeitskommandos auf den Tabak-,

Baumwoll- und Erdnußfeldern wo harter körperlicher Einsatz gefordert war. So war ich ganz schön herumgekommen und traf auf Menschen, die geprägt waren von großzügigem Denken und einer ungewöhnlich toleranten Verständnisbereitschaft in der Zusammenarbeit mit uns Kriegsgefangenen. Es war für uns schon sehr erstaunlich. Eine uns bislang kaum erfahrene Sichtweise im Umgang mit andersdenkenden Menschen! Da schlugen unbewusste Verhaltensweisen aus der Pionierzeit durch, dachte ich damals. Vielleicht war dies auch gar der Ausdruck dessen, was man ‚The American Way of Life‘ nennt?« Seine Augen strahlten, als er mit der Geschichte endete.

Einige Jahre, nachdem Onkel Hermann mir seine Kriegserlebnisse erzählt hatte, unternahm er mit seinem Sohn Thomas eine Reise in die USA. Er wollte all die Orte noch einmal anfahren, die er während seiner Gefangenschaft kennengelernt hatte, um einige der Menschen wiederzusehen, die ihn damals so herzlich aufgenommen und ihm die Augen geöffnet hatten. Als ich meinen Onkel nach deren Reise besuchte, lag auf dem Wohnzimmertisch etwas, das ich noch nie gesehen hatte. Dieses Objekt sollte noch viele Jahre später eine wichtige Rolle in meinem Leben spielen. Es handelte sich um einen Baseball-Handschuh.

Wie jeder ›Anfänger‹, der keine Ahnung von dieser Sportart hat, versuchte ich zunächst, ihn mit der ›falschen Hand‹ anzuziehen. Ich wunderte mich, da ich irgendwie nicht richtig hineinkam. In dem Moment betrat mein Vetter Thomas das Wohnzimmer und lachte.

»Überleg mal … Hier, fang!«, rief er mir zu. Ein kleiner, weißer, harter Ball kam auf mich zugeflogen. Natürlich landete er krachend auf dem Boden.

»Siehst du! Werfen musst du mit deiner starken Schreibhand. Damit gibst du deine Power drauf. Fangen musst du mit der linken Hand! Nur bei Linkshändern ist es entsprechend andersherum«, erklärte er mir.

»Ach!«, staunte ich nicht schlecht.

Die abenteuerliche Geschichte meines Onkels über seine amerikanische Gefangenschaft und die Faszination, die der seltsam anmutende Baseball-Handschuh auf mich ausübte, ließen wahrscheinlich den Traum in mir entstehen, einmal in die USA zu reisen. Baseball kannte in Deutschland zu dieser Zeit so gut wie niemand. Der Lederhandschuh mit seinem eigentümlichen Geruch wurde für mich zu einem Symbol des ›American Way of Life‹. Vielleicht hatten aber auch die vielen Karl-May-Filme im Fernsehen das Ihrige dazu beigetragen. Und natürlich war ich seitdem noch oft mit meinem Vetter im Garten und wir warfen uns Bälle um die Ohren.

Kapitel 2 – Entwicklung

Hey, Tim! Aufwachen! Wir sind da, die Arbeit ruft! Wir treffen uns wie immer pünktlich um 16 Uhr auf dem Parkplatz!«, riss mich Onkel Heinz aus meinen Gedanken.

Oh Mann! Erst zwei Wochen sind geschafft und es kommt mir noch sooo lange vor …

Aber es war Freitag, ein Lichtblick. Und ich war tatsächlich am Samstagabend zum ersten Mal auf eine Fete eingeladen! Hm, eigentlich war ich ganz happy darüber – andererseits auch nicht. Ich fühlte mich nicht ganz wohl bei dem Gedanken, weil ich so gar keine richtigen Freunde hatte. Ich war ein typischer Einzelgänger – Eigenbrötler – total verschüchtert – und ich fand mich hässlich:

Massig Pickel im Gesicht!!

… Tatsächlich waren es höchstens zwei bis drei, und die konnte ich perfekt mit Clearasil bekämpfen!

Fettige, unförmige Frisur mit strengem Scheitel nach rechts gekämmt!!

… Tatsächlich waren meine Haare nur ein bisschen strohig, und mit etwas Gel bekam ich die sehr gut in den Griff!

Und dick und fett komme ich mir vor!!

... Tatsächlich war dies auch ein totaler Nonsens. Ich redete mir das nur ein. Denn immer, wenn ich mich hinsetzte, betrachtete ich meine Oberschenkel, die im Sitzen – welch Wunder – voll in die Breite gingen. Daraus schloss ich, dass ich dick und fett sei, obwohl ich im Spiegel manchmal sogar den Ansatz eines Sixpacks und somit eine Top-Figur erkennen konnte!

Oh Mann, bin ich verpeilt!

Tatsächlich gab es in meiner Klasse noch so einen wie mich, nämlich Frank. Wir machten es unter uns aus, wer den letzten und wer den vorletzten Platz in der Beliebtheits- und Coolheitsskala einnahm.

Ich bin natürlich dafür, dass dieser letzte Platz Frank gebührt ...

Immerhin war ich zur Fete eingeladen, genau wie Frank. Es war ja auch nicht zu vermeiden.

Alle aus der Klasse sind eingeladen – es handelt sich schließlich um die Abschlussfete unserer Schulklasse ...

Ich hatte die Städtische Realschule besucht und mit Ach und Krach den Abschluss geschafft. In der Schule hatte ich mich nie besonders wohl gefühlt. Meine Noten reichten jedes Jahr gerade so für die Versetzung. Eine Fünf im Zeugnis war immer dabei und der obligatorische blaue Brief gehörte auch jährlich dazu.

In der neunten Klasse hatte ich meine Mutter ziemlich

böse auf den Arm genommen. Es war eine pubertäre Reaktion auf den blauen Brief! Ich sagte ihr, dass ich mich umbringen würde, falls ich die Versetzung in die zehnte Klasse nicht schaffen sollte. Natürlich war dies ein totaler Schwachsinn, ich wollte einfach nur einen Spruch loslassen. Niemals dachte ich wirklich daran, mich umzubringen! Doch meine Mutter war darüber so geschockt, dass sie mich am Tag der Zeugnisübergabe von der Schule abholte. Das hatte sie niemals zuvor gemacht.

Ich hatte meinen völlig danebengegangenen Spruch schon ganz vergessen, da sah ich sie durch das Fenster unseres Klassenzimmers. Sie lief mit sorgenvoller Miene vor dem Eingang der Schule auf und ab. In dem Moment wurde mir bewusst, wie dumm ich doch gewesen war.

Klar war ich – wenn auch wieder nur ganz knapp – versetzt worden! Nachdem wir die Zeugnisse endlich in Händen hielten, rannte ich sofort aus dem Klassenzimmer, über den Schulhof und direkt auf meine Mutter zu.

»Mama! Ich bin versetzt worden! Entschuldige bitte meinen Scheiß-Spruch. Du weißt doch, dass ich so etwas nie machen würde!«

Meine Mutter strahlte. »Ja, ich weiß. Ich war ja auch nur zufällig gerade in der Nähe …«

»Jaja, Mama! Du läufst doch schon fast eine Stunde hier hin und her …« Wir lachten und knuddelten uns.

Gedankenverloren stand ich in der Produktionshalle und stapelte die fertig gefüllten Kisten auf die Palette neben der Stanzmaschine. Mein blöder Spruch und die Aktion mit meiner Mutter gingen mir im Kopf herum, da fuhr mir plötzlich der Schrecken in die Glieder.

Oh scheiße!!!

Der Gedanke traf mich wie ein Blitz. Ich hatte gestern Abend vergessen, den Playboy wieder zu verstecken!! Den Playboy, den ich – natürlich nur aus Neugier (!) – letzte Woche heimlich in meinem Lieblingskiosk gekauft hatte.

Mist! Mist! Mist!!

Sicher wurde ich sogar rot vor Scham. Was würde meine Mutter nur denken, wenn sie den Playboy fände!

Und sie wird ihn finden!! Gar kein Zweifel! Jeden Tag macht sie mein Bett! Jeden Tag! Sie hat mein Bett noch nie nicht gemacht. Warum sollte sie es ausgerechnet heute nicht tun???

Mist! Mist! Mist!!

Ich war verzweifelt und hatte nur noch dieses eine Wort im Kopf:

Mist! Mist! Mist!!

»Liebling, wach aaaauf! Ich komm' nach Hauuuus! Mach mir das Esssssen – sonst gibt es was auf die Fressssen!!«, tönte es aus einiger Entfernung.

Oh nein! Herr Kramer hat mir gerade noch gefehlt!

Sein grässlicher Gesang eilte ihm voraus und er lief donnernd und mit schnellen Schritten an mir vorbei.

Der Arbeitstag wollte und wollte nicht zu Ende gehen und ich fühlte mich überhaupt nicht gut!

Was für eine Katastrophe. Was wird meine Mutter sagen? Und dann noch vor Onkel Heinz??

Irgendwann war dann endlich Feierabend.

»Jung! Dat häste widder joot jemaat – aber ohne Unterschrift …«

»Ja, klar, ich unterschreibe!«, zischte ich ungeduldig Vorarbeiter Kramer an, der mit der Lohntüte in der Hand vor mir stand. Ich wollte nur so schnell wie möglich raus und nach Hause.

Als ob das noch einen Unterschied macht?!

Ich hatte tatsächlich die vage Hoffnung, dass meine Mutter an diesem Tag – zum ersten Mal – mein Bett nicht gemacht haben könnte. Nach quälend langer Fahrt und mindestens 3.000 »Mist! Mist! Mist!«-Gedanken kamen wir endlich zu Hause an. Ich stieg ganz cool und lässig aus dem Ford Fiesta und ging, langsam und völlig entspannt wirkend, in Richtung meiner Mutter. Sie stand wie immer in der Tür und begrüßte uns, Küsschen hier – Küsschen da.

»Wie war es heute auf der Arbeit, ihr zwei? Ihr seid aber spät dran … das Essen steht auf dem Tisch.«

Auch so wie immer …

Hm, wie immer?!?

Mein Herz raste.

Hoffnung!!! Sie sagt gar nichts! Das Bett hat sie vielleicht doch nicht gemacht …?!?

Zu meiner Mutter sagte ich, scheinbar gut gelaunt: »Hallo, Mama! Schau mal, hier ist meine Lohntüte.«

Onkel Heinz musste dringend etwas mit meiner Mutter besprechen und ich nutzte die Chance, um mich hastig zu verdrücken.

Ich lief die Treppe runter in Richtung Zimmer, in meinem Kopf dudelte es unaufhörlich: *Liebling, wach aaaauf! Ich komm' nach Hauuuus! Mach mir das Essssen – sonst gibt es was auf die Fressssen!!*

Ich muss zugeben, der Song beruhigt tatsächlich und lenkt zumindest für ein paar Momente vom Geschehen ab.

Hektisch platzte ich ins Zimmer. Das Bett war doch gemacht!

Mist! Mist! Mist!
Und nun? Wo ist das Heft??

Wie ein aufgeschrecktes Huhn lief ich im Zimmer hin und her und suchte verzweifelt nach dem Magazin. Auf meinem Schreibtisch und in den Schubladen war nichts zu sehen. Ich suchte weiter im Bücherregal und durch-wühlte die Fächer in meinem Kleiderschrank. Auch unter dem Bett sah ich nach. Nichts zu finden.

Wo ist nur das blöde Heft? Meine Mutter wird mir dies doch nicht vor allen anderen zum Abendessen über den Tisch reichen und blöde Fragen stellen??

Ein Einfall kam mir: *Schau doch mal dort nach, wo du es zuletzt liegengelassen hast.*

Tatsächlich! Merkwürdig!?!

Unter dem Kopfkissen lag es. So, als ob es nichts Beson-deres wäre und dort wie selbstverständlich hingehörte. Ich kratzte mich am Kopf und wunderte mich … dar-über, dass es wie unberührt dort lag, und darüber, dass meine Mutter nichts dazu gesagt hatte. Auch später beim Abendessen hat sie kein Wort darüber verloren. Ich selbst vermied es natürlich tunlichst, sie darauf anzusprechen, und ließ mir nichts anmerken.

Was ist denn auch schon dabei? Es geht doch nur um die in-teressanten Artikel über Autos, Lifestyle usw. Wer sollte da et-was anderes, gar Schändliches vermuten? Was für ein Glück!

***

Endlich Samstag! Am nächsten Morgen sprang ich eilig aus dem Bett und machte mir einen Plan für den heuti-gen Tag. Ich war schon ganz aufgeregt.

Volle Konzentration auf die heutige Fete!! Das erste Mal konnte ich bei einer richtigen Fete dabei sein, mit Diskomusik und Tanz! Und Mädels waren natürlich auch dabei …

Auf dem Weg ins Bad stürmte ich auf das Bett meiner Schwester und riss sie aus dem Schlaf. Gaby schrie erschreckt auf und schmiss mir wütend ihr Kopfkissen hinterher, als ich schnell die Flucht in Richtung Badezimmer antrat. Gabi und ich bewohnten gemeinsam ein Ein-Zimmer-Appartement im selben Haus wie meine Eltern. Das Haus beinhaltete vier Wohneinheiten – zwei große Wohnungen in der ersten Etage und zwei kleine Ein-Zimmer-Appartements im Erdgeschoss. Onkel Heinz und meine Mutter wohnten oben links und Gaby und ich teilten uns ein Appartement rechts unten. Erst vor einem Jahr hatte Onkel Heinz eine dünne Holzwand eingebaut und das Appartement genau zwischen dem Doppelfenster abgeteilt. Meine Schwester und ich hatten dadurch unsere Privatsphäre und konnten auch mal den Vorhang zuschieben, falls wir voneinander genervt waren oder ich abends länger aufblieb. Die Holzwand war zu schmal, um eine Tür integrieren zu können. Onkel Heinz hatte die Idee mit dem Vorhang als Türersatz. So hatte jeder von uns doch seinen eigenen Rückzugsbereich, wenn nicht mal der eine oder andere den einen oder anderen durch den nicht abschließbaren Stoffvorhang mal ärgerte. Außerdem verfügten wir über ein eigenes Bad. Dieses war natürlich mit einer festen, abschließbaren Tür versehen, welche die wütenden Faustschläge meiner Schwester nun aushalten musste, die mir eiligst gefolgt war. Natürlich war alles nur Spaß und ich konnte sicher sein, dass Gaby irgendwann genüsslich Rache an mir nehmen sollte.

Nachdem sich die Gemüter beruhigt hatten und wir beide uns am Frühstückstisch die neuesten Häschen-Witze um die Ohren warfen, musste ich mir die weiteren Stunden bis zum Abend vertreiben. Die Stunden wollten und wollten nicht vergehen. Kurzerhand ging ich nach draußen und beschloss zu meinem Lieblingskiosk ins Dorf zu spazieren. Dort ging ich des Öfteren mal hin, um ein paar Lakritze für fünf Pfennig das Stück zu kaufen, oder auch mal heimlich – und *wirklich* nur ein einziges Mal (!) – einen Playboy. Heute lagen an der Kioskluke orangefarbene Aufkleber herum, die man sich kostenlos mitnehmen konnte. Es handelte sich um Zigarettenwerbung eines Zigarettenherstellers, welcher schon über einige Jahre hinweg Abenteuer-Rallyes sponserte, für die sich jeder Erwachsene bewerben konnte. Davon hatte ich schon häufig gehört. Echt coole und starke Männer waren mit tollen safarifarbigen Jeeps in Urwäldern unterwegs. Die Aufkleber, die im Kiosk auslagen, waren mit witzigen Sprüchen versehen und sollten sicherlich neue Raucher für ihre Produkt anlocken. Der Spruch, der mir ins Auge fiel, lautete: »Wer durch die Hölle will, muss verdammt gut fahren ...«

Den werde ich an meine Zimmertür kleben!

Im selben Moment fiel mir auf, dass ich noch nie geraucht hatte – und das, obwohl viele Mitschüler in meiner Klasse rauchten. Zumindest alle Jungs. Aber das war mir egal, ich gehörte sowieso nicht dazu. Die Werbung auf den zahlreichen Plakaten hatte mich trotzdem schon immer angesprochen.

Auf dem Nachhauseweg kam ich an einem Zigarettenautomaten vorbei und musste natürlich prompt nachsehen, ob es auch dort die viel beworbene Abenteuer-Zigarette zu ziehen gab. Tatsächlich! Eingebettet zwischen Lord und HB fand ich meine Marke sogar in zwei Variationen: Einmal ein Automatenschacht in der Variation ›mit Filter‹ und einmal ›ohne Filter‹. Jeweils für drei Mark.

Ich entschloss mich also für meine Abenteuer-Zigarette und zückte Kleingeld aus meiner Hosentasche.

Gute Entscheidung! Wäre doch eine tolle Idee, wenn ich heute Abend auf der Fete mit dieser Zigarette angeben könnte. Das ist eine echt coole Packung!

Eine Weichpackung, die man sich lässig in die Hemd- oder Hosentasche stecken kann. Die Zigarette für den echten Mann!

Und dann stand ich da mit meiner ersten Packung Zigaretten.

O. k., dann probiere ich das doch gleich mal aus! – Verdammt! Ich brauche Feuer, um meinen ersten Glimmstängel anzuzünden. Daran habe ich in der Aufregung gar nicht gedacht.

Jetzt fiel mir auch noch meine Mutter ein, die mich schon immer vor dem Rauchen gewarnt hatte. So wie ich sie einschätzte, würde sie den Geruch an meinen Klamotten sofort riechen.

O. k. Gut. Eines nach dem anderen. Zunächst einmal Feuer besorgen! Das mit dem Zigarettenmief werde ich dann schon hinbekommen …

Also ab zurück zum Kiosk, um dort für 15 Pfennig ein Streichholzpäckchen zu kaufen.

Anschließend ging ich in den Wald zu meinem Lieblingsplatz am Bach, wo ich sicher war, dass mich keiner sah. Ich stellte mir vor, ich sei einer dieser verschwitzten und lässig dreinblickenden Trophy-Fahrer im Dschungel und zündete mir an einem reißenden Fluss in einer Actionpause genussvoll eine Zigarette an. Genauso, wie es auf den großen Werbeplakaten zu sehen war. Nur, dass ich jetzt in einem kleinen Laubwäldchen an einem langsam dahinplätschernden Bach namens ›Dhünn‹ saß, was dem Ganzen jedoch keinen Abbruch tat.

Trotzdem, irgendwie hatte es nicht gezündet. Also die Zigarette schon, nur bei mir kam nichts an!

Langweilig! Aber für die Fete nehme ich die angebrochene Packung mal mit, auch wenn es mir eigentlich nichts gibt. Vielleicht habe ich irgendetwas falsch gemacht? Man weiß ja nie. Zum Cool sein wird es reichen!

Davon war ich überzeugt.

Die Abschlussfeier fand im Partykeller eines Mitschülers statt. Auf die Minute pünktlich klingelte ich an der Tür des Einfamilienhauses und war natürlich der Erste auf der Fete, neben dem Gastgeber.

Die Atmosphäre im Partykeller war beeindruckend: tolles Ambiente, düsteres Licht, silberne Diskokugel und Neue-Deutsche-Welle-Musik. Der Song ›Es geht voran‹ von ›Fehlfarben‹ lag bereits auf. Für meinen wohlüberlegten Auftritt mit der ›Abenteuer-Zigarette‹ war es in Anbetracht der noch nicht anwesenden Gäste entschieden zu früh.

Erst einmal abwarten, bis alle da sind, und schauen, wie es sich entwickelt …

Nach und nach trudelten meine Mitschüler und die meisten unserer Lehrer ein. Als alle da waren, wurde die Musik gestoppt und das Licht noch einmal hochgedreht, damit unser Klassenlehrer, Herr Jarowitz, und der gastgebende Vater gut zu sehen und zu hören waren. Es gehörte nun mal zu jeder guten Abschlussparty, dass eine Begrüßungsrede gehalten wurde. Natürlich inklusive der wichtigen und dringendst zu beachtenden ›Verhaltensregeln‹!

Das Licht wurde nach gähnend langweiligen zehn Minuten wieder dunkler gedreht und die Party startete lautstark mit dem Powersong ›Hurra, Hurra, die Schule brennt‹! Mit Frank hatte ich mir frühzeitig einen Platz an der Theke gesichert. Wir hatten schon ein paar Kölsch getrunken und quatschten unbedeutendes Zeug. Vor Frank lag eine Schachtel Zigaretten, er rauchte schon länger.

Was ihn jedoch auch nicht cooler aussehen lässt.

Er bot mir zum hundertsten Mal eine Zigarette an. Eine Lord!

Wie uncool ..., kam mir dies in diesem Moment vor.

Ich lächelte nur kurz, lehnte wie immer dankend ab und griff in meine Hosentasche, um ganz lässig meine Packung herauszuholen. In dem Moment hörte ich eine angenehme weibliche Stimme hinter mir: »Das ist ja super. Endlich mal ein Typ, der nicht raucht. Ist doch ätzend, der Gestank. Was findet ihr nur daran? Und warum rauchst du eigentlich nicht, Tim?«

Ich drehte mich langsam herum, meine Hand mit der Zigarettenpackung blieb wie erstarrt in der Hosentasche. Ein paar wunderschöne blaue Augen sahen mich direkt an. Das Lächeln in ihrem Gesicht tat das Übrige dazu. Ich staunte und beschloss, dass dies der Moment war, in dem ich ein für alle Mal zum Nichtraucher werden sollte!!

Ich kann doch nicht diese riesige Chance wegen einer sowieso für mich nicht schmeckenden Zigarette vermasseln! Ein Mädchen hat mich angesprochen!!!!

Sabine war in meiner Klasse und saß in der vordersten Reihe. Ich hatte schon öfters mal ein Auge auf sie geworfen, mich aber nie getraut, sie anzusprechen. Ich, der ja so hässlich war, hätte sowieso nie eine Chance gehabt, bei einem sooo hübschen Mädchen zu landen.

Ich saugte mir schließlich irgendetwas Banales aus den Fingern – wie doof das doch mit dem Rauchen wäre und dass die Zigarettenwerbung ja nur eine einzige Verarsche sei, wie ich finde, und ich es einfach cooler fand, nicht zu rauchen …

»Man muss ja nicht dem Herdentrieb folgen!«, ergänzte ich noch.

Frank sah mich erstaunt an und war zugleich für den Rest des Abends abgeschrieben.

Sabine wich nicht mehr von meiner Seite und nach ein paar weiteren Kölsch tanzten wir sogar. Free Style, Discofox und Blues. Der Abend endete viel zu früh, pünktlich um 1 Uhr, wie von dem gastgebenden Vater und Herrn Jarowitz zu Beginn der Fete angekündigt. Doch Sabine bekam ich so schnell nicht mehr aus meinem Kopf.

Ich war mir irgendwie nicht sicher …

Habe ich beim letzten Song des Abends – Art Garfunkels ›Bright Eyes‹ –, zu dem ich eng umschlungen mit Sabine tanzte, einen Hauch von Kuss in meinem Nacken gespürt?

Kapitel 3 – Zerrissen

Die dritte Arbeitswoche hatte begonnen und der Tag startete so wie immer.

Auf der Fahrt zur Arbeit fragte Gregor: »Hast du eigentlich schon mal geraucht?«

Das kann doch jetzt nicht wahr sein! Das ist doch Zufall, oder? Gregor kann unmöglich wissen, dass ich am Samstag eine Zigarette geraucht habe und dass dies großes Thema bei mir war. Wie soll das denn gehen?!?

»Nein, natürlich nicht. Finde ich doof!«

Das war die einzige Konversation an diesem frühen Morgen im Ford Fiesta.

Auf der Arbeit angekommen, bediente ich wie immer die Stempeluhr und ging in den Aufenthaltsraum, wo ich die Arbeitsklamotten anzog. Bis auf Herrn Vonlarmark war noch niemand da. Ich wunderte mich etwas über ihn. Ein ruhiger Typ. Groß, schlank, sonnengebräunt. Er sah eher wie ein Manager aus, die Arbeitsklamotten passten so gar nicht zu ihm. Ich stellte mir vor, dass er mal ein Unternehmer gewesen sein könnte und bankrottgegangen war, woraufhin er hier in der Fertigung den einzig möglichen Job bekommen hatte, um irgendwie zu überleben und seine Familie ernähren zu können.

Irgendwann werde ich ihn danach fragen, sinnierte ich vor mich hin, als plötzlich krachend die Tür aufflog und Herr Kramer sich vor mir breitmachte.

»Na, Jung? Haste ein schönes Wochenende gehabt?

Und deine Freundin ausgeführt? Verdienst ja jetzt gut! Oder haste noch keine Freundin?« Er brach in schallendes Gelächter aus.

Selbst Herr Vonlarmark fing an zu lachen. Ich glaube, ich wurde leicht rot.

»Jung, macht doch nichts. Musst uns ja nichts erzählen«, sagte Herr Kramer mit einem verschmitzten Lachen. »So, heute ist ausnahmsweise einmal Außeneinsatz angesagt! Tim, in zehn Minuten meldest du dich im Auslieferungslager und hilfst, ein Fließband auszuliefern. Die brauchen einen, der mit anpacken kann, da sich dort jemand krankgemeldet hat. Kräftige Muckis haste ja. Also los, los! Tu was für dein Geld!« Er machte kehrt und raste im Eiltempo aus dem Raum, aber nicht ohne sein Liedchen anzustimmen: »Liebling, wach aaaauf! Ich komm' nach Hauuuus! Mach mir das Essssen – sonst gibt es was auf die Fressssen!!«

Ich schüttelte nur den Kopf, packte für die Mittagspause meine Brotdose und meldete mich zum Außeneinsatz.

Auf dem Nachhauseweg standen wir im Stau und bewegten uns nur im Schneckentempo fort. Oft ging es auch gar nicht voran. Unfall auf der A3.

Ich dachte an die Zeit, als ich Onkel Heinz kennengelernt hatte. Unsere Mutter fand es damals wohl besser, ihn uns als »Onkel« anstatt als »Freund« vorzustellen.

Die Zeit vor der Scheidung meiner Eltern war unglaublich aufregend für mich. Eigentlich hatte ich das Glück, die ganzen Streitigkeiten zwischen ihnen nicht zu verstehen. Dafür war ich viel zu klein. So richtig geschmerzt hatte es mich nur, wenn meine Eltern sich aufs Heftigste anfeindeten und lautstark anschrien. Leider kam dies oft vor und zog sich über viele Jahre hin.

Ich war ungefähr fünf Jahre alt, als es zum wiederholten Mal am späten Abend krachte und letztendlich eskalierte. Durch den Lärm aufgeweckt, krabbelte ich aus meinem Bett und schlich langsam aus meinem Zimmer in der obersten Etage. Vor der Wendeltreppe legte ich mich auf den Bauch, um zu schauen, was unten los war.

Wir hatten ein schönes Haus, das meine Eltern gerade erst fertig gebaut hatten. Es war so groß, dass jeder ein eigenes Zimmer im Obergeschoss hatte. Dort befanden sich unsere drei Kinderzimmer, das Schlafzimmer der Eltern und zwei Bäder, die miteinander, nur durch eine Tür getrennt, verbunden waren. Eine Wendeltreppe führte ins Erdgeschoss und es machte einen riesigen Spaß, auf dem Geländer hinunterzurutschen. Im Keller hatten wir einen tollen Hobbyraum.

Flach auf dem Boden liegend konnte ich alles gut verfolgen, was unten ablief. Mein großer Bruder robbte dazu. Er war schon elf und wir nannten ihn alle ›Eia‹, obwohl er Christian hieß. Mein Vater, der auch Christian hieß, hatte mir irgendwann erzählt, dass ich den Namen nicht aussprechen konnte, als ich klein war, und dass bei meinen Versuchen nur ›Eia‹ herauskam. Dies fanden wohl alle so toll, dass er fortan so gerufen wurde.

So schnell kann das mit den Spitznamen gehen …

»Tim, mach dir keine Sorgen. Das gibt sich wieder. Eltern streiten sich halt mal«, versuchte mein Bruder mich zu beruhigen.

Unsere Schwester Gaby schlief tief und fest. Sie war erst ein Jahr alt. Eigentlich wären wir vier Geschwister gewesen. Meine älteste Schwester Roswitha hatte ich jedoch nicht kennenlernen dürfen. Sie war das erste Kind unserer Eltern und starb kurz nach der Geburt bereits mit drei Monaten an einer Lungenentzündung. Roswitha war für uns trotzdem immer präsent. Meine Eltern redeten viel über sie und wir gingen regelmäßig auf den Friedhof, um ihr Blumen auf das Grab zu stellen. Wir waren eigentlich eine sehr gläubige Familie und wurden katholisch erzogen. Meine Eltern legten Wert darauf, an allen wichtigen Kirchenfeierlichkeiten teilzunehmen.

Wie meine Eltern erzählten, hatte mein Vater meine Mutter vor dem Kloster ›gerettet‹. Sie war die Jüngste von insgesamt vier Töchtern und meine Großeltern wollten, dass sie Nonne werden sollte. Zur damaligen Zeit war so etwas nicht ungewöhnlich.

Doch Pech gehabt. Hätten sie mal lieber vorher ihre Tochter gefragt und besser auf sie aufgepasst!

Meine Mutter war schon einige Zeit im Kloster, als sich meine Eltern kennenlernten. Nach der sogenannten Kandidatur, einer mehrmonatigen Kennenlernzeit in einem Kloster in der Eifel, wurde sie in das Noviziat aufgenommen. Das Noviziat war das offizielle Probejahr, in dem sie sich als Novizin in das klösterliche Leben einübte. Die weltliche Kleidung wurde abgelegt und von da an trug sie nur noch das Ordensgewand. Mein Vater begegnete ihr an einem der nahe gelegenen Maare, wo er sich gerne am Wochenende aufhielt, um Seen und Landschaften zu malen. Meine Mutter befand sich auf einem Ausflug mit ihren Klosterschwestern. Wie es meine Eltern geschafft hatten, sich vor dem entscheidenden Gelübde noch zu finden und letztendlich zu heiraten, ist mir bis heute ein Rätsel. Nur ab und zu fielen Hinweise wie »Mauer überklettert« und »spätabendliche Treffen im Klostergarten« …

Glück nur für mich und meine Geschwister! Sonst hätte es uns ja gar nicht gegeben!

Obwohl meine Mutter sich nicht für ein Leben als Nonne entschieden hatte, blieben meine Eltern der katholischen Kirche sehr verbunden. Ich kann mich nicht daran erinnern, dass wir jemals die 10-Uhr-Messe am Sonntag hatten ausfallen lassen. Und nur, wenn es gar nicht anders ging und man zufälligerweise mal sonntags nicht zu Hause war, wurde der Messebesuch auf Freitagabend vorgezogen oder am Sonntagabend nachgeholt. Erst später, als meine Eltern sich getrennt hatten, änderte sich dies.

In den ersten Jahren meines Daseins waren die Sitzreihen in der Kirche noch nach Geschlechtern getrennt. Die linken Reihen waren für die Männer und die rechten für die Frauen reserviert. Doch das wurde irgendwann erfreulicherweise abgeschafft. Ich hatte auch das Glück, zu den Kommunionskindern in der Gemeinde zu gehören, die erstmals keine lateinischen Bibel- und

Gesangstexte mehr lernen mussten. Das Wichtigste an der Kommunion war für mich ohnehin die Geschenke-wunschliste.

Die wöchentlichen Messebesuche waren immer eine Qual. Ich freute mich, wenn ich mich endlich hinknien konnte und die Zubereitung des Abendmahles durch den Priester begann. Zum einen kam etwas Bewegung auf und zum anderen war es für mich das Signal, dass es nun nicht mehr lange dauern sollte, bis die Messe zu Ende war. Das meiste war geschafft. Nach dem Verteilen der Hostien folgte ein letztes ›Vater unser‹, noch einmal hinknien und den abschließenden Segen des Priesters empfangen: ›Gehet hin in Frieden‹ – und dann: *Raus hier!*

Mein Vater war in der Stadt bekannt wie ein bunter Hund. Er war hoher Beamter im städtischen Sport- und Bäderamt. Im Krieg hatte er das linke Bein bis knapp über dem Kniegelenk verloren und trug seitdem eine Beinprothese aus Holz. Trotz seiner Behinderung war er sportlich sehr aktiv und erfolgreich. Er war maßgeblich an dem Aufbau und der Entwicklung des Versehrten- und des Tischtennissportes im Kreis beteiligt, nicht nur als Sportler, sondern auch als Strippenzieher, da er zahl-reiche ehrenamtliche Posten in den örtlichen Vereinen innehatte. Zudem war er ein ausgezeichneter Karikatu-rist. Ein Multitalent! Seine Karikaturen über die Spiel-ergebnisse der aktiven Sportmannschaften des Kreises erschienen wöchentlich in der regionalen Tageszeitung. Natürlich sprachen sich seine künstlerischen Fähigkei-ten schnell herum, was dazu führte, dass er jedes Jahr zum Karnevalsumzug den Festwagen des größten ortsansässigen Fußballvereines mit lustigen Zeichnungen und Sprüchen dekorierte. Es gehörte einfach dazu, dass Vereine mit eigenen Festwagen oder Fußgruppen an den Umzügen teilnahmen.

Mein Vater war zudem ein Organisationstalent. Daher war es nicht verwunderlich, dass er stets angefragt wurde, sobald es darum ging, Ausflüge oder Feste zu organisieren und Festschriften zu verfassen. Mein Vater konnte stundenlang, oft tagelang, zeichnen, dichten und schreiben. Alle, die ihn kannten, schätzten es, so einen engagierten und talentierten Freund, Kollegen oder Mitarbeiter zu haben.

Ich fand die Aktivitäten meines Vaters natürlich auch toll. So war immer etwas los. Ich war gerne mit ihm zusammen. Er konnte sehr gut Geschichten erzählen und berichtete mir oft von seinen Erlebnissen des Tages. Am liebsten kuschelte ich mich dann ganz eng an ihn und strich mit meinen Fingern über seinen Beinstumpen, wenn er die Prothese nicht anhatte. Das fühlte sich irgendwie schön und faszinierend an. Ich fuhr oft an den Narben entlang, dort, wo die Nähte der Amputation zu fühlen waren. Meinen Vater störte das nicht. Er sagte mir, er könne Wetterveränderungen im nicht mehr vorhandenen Bein spüren. So war er immer bestens über die Wetterlage informiert.

»Papa«, fragte ich ihn einmal neugierig, »wie kommt es eigentlich, dass du nur ein Bein hast?«

In dem Moment war mir bewusst geworden, dass ich bis dahin noch nie diese Frage gestellt hatte. Ich kannte meinen Vater ja von Anfang an nur so, wie er war.

»Das ist eine lange Geschichte, Tim. Natürlich hatte

ich genau wie du, als ich zur Welt kam, zwei Beine. Doch als ich 15 Jahre alt war, verlor ich durch einen Bombenangriff im Krieg mein Bein.«

»Wie genau ist das passiert?«, wollte ich von ihm wissen.

»Der Krieg war schon fast vorüber«, begann mein Vater mit seiner Geschichte, »es passierte ungefähr zur gleichen Zeit, als mein Bruder, dein Onkel Hermann, über Frankreich abgeschossen worden war und in amerikanische Kriegsgefangenschaft kam. Ich war zu dieser Zeit mit vielen Gleichaltrigen aus meiner Heimatstadt in der Eifel zum Bunkerbau befohlen. Es war schon spät abends und die Dunkelheit hatte bereits eingesetzt. Wir befanden uns auf einem kleinen Transporter auf dem Weg zurück zu unserer Baracke, welche wir während unseres Einsatzes bewohnten. Auf einer schmalen Landstraße zwischen Schleiden und Gemünd kam uns ein Militärkonvoi entgegen, wir mussten rechts ranfahren und für die Kolonne Platz machen. Wir Jungs stiegen aus und beobachteten neugierig, wie die Fahrzeuge an uns vorbeifuhren, fast geräuschlos und im Schritttempo. Es herrschte eine sehr merkwürdige Stimmung. Die Scheinwerfer waren fast ganz abgedunkelt, um nicht die Aufmerksamkeit feindlicher Jagdbomber auf sich zu ziehen.« Mein Vater hielt kurz inne. Es fiel ihm nicht leicht, von den Schrecken dieser Nacht zu erzählen. Dies merkte ich ihm an. Doch er sprach weiter.

»Vermutlich hatte sich einer der Soldaten im Dunkeln eine Zigarette angezündet. Das reichte manchmal aus, um die Jagdbomber auf sich aufmerksam zu machen, und sie warfen oft nur auf Verdacht ihre tödliche Fracht ab, in der Hoffnung, auch mal einen Glückstreffer zu landen. In diesem Fall hatte die Bombe keinen materiellen Schaden angerichtet. Sie landete einige Meter entfernt von den Fahrzeugen im Feld, jedoch nicht weit weg von uns Jungs, die wir am Wegesrand warteten. Mich traf ein Bombensplitter ins Bein und ein anderer Junge wurde in den Arm getroffen. Weitere Verletzte oder gar Tote gab es glücklicherweise nicht. Ich wurde sofort ohnmächtig und wachte erst im Hospital in Euskirchen wieder auf, als mein Bein bereits amputiert war.«

»Das ist ja schrecklich!«, unterbrach ich ihn und streichelte ganz vorsichtig über seinen ›wetterfühlenden Stumpen‹, wie ihn mein Vater immer nannte. »Was hast du dann gemacht, Papa? Wie hast du das überwunden?«

»Tatsächlich ist mir das zu Beginn nicht leichtgefallen«, erwiderte er nachdenklich und in sich gekehrt, »ich wachte auf und es fehlte ein Stück von mir. Was meinst du, wie entsetzt ich da war. Ich bekam jedoch die allerbeste Betreuung und habe mich nicht davon unterkriegen lassen. Im Lazarett begann ich sofort, mich mit einer neuen Beschäftigung abzulenken. Mein Zimmernachbar schenkte mir seine Zeichenutensilien und zwei Bücher darüber, wie man das korrekte Malen und Zeichnen im Selbststudium erlernen konnte. Jede freie Minute, und davon hatte ich ja nun sehr viele, hatte ich mich mit dem Selbststudium beschäftigt und abgelenkt. Irgendwann begann ich mit einem Zeichenprojekt. Ich beschloss, meine Erinnerungen an die Kriegstage in Schwarz-Weiß-Karikaturen zusammenzufassen. Ich habe alle Zeichnungen zu einem kleinen Büchlein gebunden und jede Seite mit Untertiteln versehen. Willst du dieses Buch mal sehen?«

»Ja, klar, Papa!«

Mein Vater stand auf, und während er das Buch im Wohnzimmerschrank suchte, lachte er plötzlich und hielt kurz inne. »Soll ich dir erzählen, wo mein amputiertes Bein geblieben ist?«

Ich schaute ihn an und nickte nur.

»Der Arm des verletzten Jungen, der auch amputiert werden musste, und mein Bein wurden gemeinsam mit dem Kaplan Kellermann beerdigt. Er verstarb in dieser Nacht im gleichen Hospital, in dem wir uns befanden, und kurzerhand packten sie unsere Gliedmaßen mit in den Sarg des Kaplans. Stell dir vor, wenn jemand mal dort buddeln würde, wo der Kaplan beerdigt wurde, könnte er glauben, dass der Mann drei Beine und drei Arme hatte!«

Ich musste nun auch lachen. Mein Vater kam mit dem Buch auf mich zu und setzte sich wieder neben mich. Wir gingen Seite für Seite durch und ich war begeistert! Es war wie eine Art Comic mit Geschichten aus der Zeit des Zweiten Weltkrieges aus Sicht eines Jugendlichen. Bildlich hatte mein Vater die Naziherrschaft heftig aufs Korn genommen und deutlich gemacht, dass er und seine Freunde die Obrigkeit nicht ernst nahmen, sondern taten, was sie für richtig hielten.

Tatsächlich hatte er den Verlust seines Beines auf seine ganz eigene Art akzeptiert und sich in keinster Weise von dieser Behinderung negativ beeinflussen lassen. Voller Elan und mit höchster Disziplin hatte er es über die Jahre geschafft, sich beruflich und privat ein tolles Leben aufzubauen.

Mich hatte mein Vater schon als kleines Kind oft zu seinen sportlichen Aktivitäten mitgenommen. Er war am Wochenende viel unterwegs, ob beim Tischtennis, beim Sitzball (eine Sportart ähnlich dem Volleyball, die damals aufgrund der vielen Schwerbeschädigten nach dem Zweiten Weltkrieg sehr verbreitet war) oder beim Fußball, wo er auch für den hiesigen Verein als Stadionsprecher im Einsatz war. Und ich war immer mit dabei! Ich konnte auch selbst alles ausprobieren und es machte mir Spaß, ihm bei Wettkämpfen zuzusehen. Durch ihn war ich schließlich zum Tischtennisspielen gekommen. Er nahm mich ja zu jedem seiner Trainings und Wettkämpfe mit und ich durfte dabei selbst zum Schläger greifen, wenn gerade Platz war und ich keinen stören konnte. Tischtennis war, glaube ich, seine größte Leidenschaft. Trotz Beinprothese wirbelte er wie verrückt um die Platte und spielte seine Gegner oft in Grund und Boden. Mehrere Titel bei Vereins- und Kreismeisterschaften und sogar ein Einsatz als Schiedsrichter bei den Tischtennis-Weltmeisterschaften in Dortmund 1959 krönten seine Leidenschaft.

Einzig, wenn wir zu Fuß in der Stadt unterwegs waren, konnte es für mich zur Qual werden. Ich ging an der rechten Hand meines Vaters, in der linken hielt er den Spazierstock. Alle paar Meter mussten wir anhalten und ein mehr oder weniger langes Schwätzchen halten: »Hallo, Christian!« – »Guten Tag, Herr Schulz!« – »Schön, Sie zu sehen, darf ich Sie gerade mal kurz etwas fragen …?« – »Wie war denn das Sportwochenende …?« – »Wie geht es Ihnen und Ihrer Familie denn so …?« – »Und was für einen artigen Sohn Sie doch haben ...!« – »Darf ich dich mal um einen Gefallen bitten ...?«

Oft ließ mein Vater kurz meine Hand los und lüpfte zum Gruß seinen Hut. Dann sagte er, zu mir gewandt: »Da siehst du es mal wieder! Wer seinen Hut in der Hand hat, kann keine Waffe ziehen und dich erschießen!« Ich musste grinsen.

Macht irgendwie Sinn.

Die zahlreichen Aktivitäten meines Vaters hatte ich in dieser Zeit als sehr spannend und abwechslungsreich erlebt. Onkel Hermann und Tante Hilde beobachteten seine Unternehmungen jedoch mit Sorge und schlugen die Hände über dem Kopf zusammen. Oft warnten sie ihn davor, dass er nicht so weitermachen sollte. Die Familie käme zu kurz und seine Frau sei zu jung und zu hübsch, um nicht mal Ziel von Anbändelungsversuchen zu werden.

Wie recht sie doch eines Tages damit haben sollten!

Unten im Hausflur eskalierte die Situation immer mehr. Dass sich meine Eltern gegenseitig anbrüllten, kannte ich ja bereits, im wörtlichen Sinne flogen auch oft die Fetzen. An diesem Abend aber war es anders als sonst. Mein Vater nahm irgendwann den Schlüsselbund und rannte aus dem Haus. Ich hatte das Gefühl, dass die Wände wackelten, als die Haustür mit Karacho zuflog.

Eia und ich trauten uns zunächst nicht, uns von der

Wendeltreppe wegzubewegen. Ich fühlte Tränen über meine Wangen laufen.

»Wo ist Papa hingegangen? Was machen wir denn jetzt?« Ängstlich schaute ich meinen Bruder an.

»Komm. Wir gehen runter zu Mama ins Wohnzimmer.« Er packte meine Hand und zog mich behutsam die Treppe hinunter.

Dann öffnete er vorsichtig die Wohnzimmertür. »Mama?«

»Kommt rein, Jungs. Es tut mir so leid. Es ist alles in Ordnung. Wir machen jetzt eine kleine Reise. Zieht euch schnell an und nehmt ein paar Spielsachen mit. Wir fahren weg.«

»Und Papa? Wo ist er?«, wollte Eia wissen.

»Er weiß Bescheid. Und wo er hin ist, ist mir egal. Los, beeilt euch. Ich hole eure Schwester.«

Zehn Minuten später standen wir alle im Hausflur. Gaby, auf dem Arm unserer Mutter, schlief immer noch tief und fest. Mama weinte und drückte uns alle.

»So, ihr lernt jetzt Onkel Heinz kennen. Er wartet in seinem Auto vor der Tür.«

Als wir das Haus verließen, kam ein dunkel gekleideter Mann auf uns zu.

»Hallo, ich bin Onkel Heinz. Steigt alle ein. Es ist ziemlich eng – aber das kriegen wir schon hin. Gebt mir eure Sachen, wir fahren jetzt los!«, sagte der Fremde.

Im Auto war es tatsächlich sehr eng. Es war schon dunkle Nacht und es fing an, abenteuerlich zu werden. Alles kam mir ein bisschen unheimlich und geheimnisvoll vor, und dann noch dieser fremde Mann. Von Onkel Heinz hatte ich vorher noch nie gehört.

Er fuhr damals einen weißen sportlichen Ford Capri und hatte eine angenehm riechende schwarze Lederjacke an. Die Fahrt kam mir sehr lange vor und ich drückte mich auf der schmalen Rückbank sitzend immer näher an meinen großen Bruder. Meine kleine Schwester hatte meine Mutter auf dem Beifahrersitz auf dem Schoß. Tatsächlich fuhren wir nur etwas mehr als eine Stunde. Von Euskirchen über Köln nach Bergisch Gladbach. Besonders aufregend fand ich den Moment, als wir in Köln über die Rheinbrücke fuhren, die sehr imposant auf mich wirkte. Ich sah einige hell erleuchtete Schiffe auf dem Rhein unter uns fahren und die vielen Lichter der Stadt rechts und links entlang des Ufers. Irgendwann war ich dann im Arm meines Bruders eingeschlafen und wachte in einer unbekannten Umgebung auf. Die ersten Sonnenstrahlen des Morgens drangen durch ein kleines Fenster rechts von mir und blendeten meine Augen. Ich blinzelte und schaute mich langsam um. Ich war nicht mehr im Auto, sondern lag neben meinem Bruder auf einer Matratze am Boden. Ich hatte überhaupt nicht mitbekommen, wie ich hierhergekommen war. Ich musste noch im Wagen eingeschlafen sein. Langsam fing ich an mir Gedanken zu machen. Ich musste an die turbulente Nacht denken und vermisste meinen Vater. Furcht machte sich ein Stück weit in mir breit. Mein Blick verfing sich wieder an den Sonnenstrahlen und ich beobachtete deren Verlauf. Ich spürte, wie sie mir guttaten, und sog deren Energie ganz tief in mich ein. Das wirkte enorm beruhigend auf mich. Ich begann den Moment zu genießen und fing an zu träumen. Ich malte mir aus, wie wir alle gleich aufstehen und dass wir uns mit der gesamten Familie in einem Abenteuerurlaub befinden und wir nach einem ausgiebigen Frühstück in einen neuen aufregenden Tag stürzen würden. Natürlich wäre mein Vater hier und nicht der unbekannte, mysteriöse ›Onkel Heinz‹. Ich schaute mich weiter um. Das Zimmer war winzig und die Tür zum Nebenraum stand offen. Ich vermutete dort meine Mutter und die anderen. Alles war noch ruhig und ich musste ganz dringend auf die Toilette. Da ich auf meiner Seite direkt an der Wand lag, musste ich über meinen noch schlafenden Bruder klettern, um aufzustehen. Leise schlich ich durch die Tür in den Nebenraum.

Tatsächlich, dort fand ich sie.

Onkel Heinz schnarchte vor sich hin und meine Mutter öffnete die Augen in dem Moment, wo ich das Zimmer betrat.

»Timmichen!«

Wie ich diesen Kosenamen hasse …

»Komm zu mir. Kannst du nicht mehr schlafen?«

»Ich weiß nicht. Aber ich muss dringend mal.«

Ich wunderte mich, warum meine Mutter im Bett eines fremden Mannes schlief und dann noch mit meinem neuen Onkel. *Das wird schon alles seine Richtigkeit haben,* dachte ich.

Meine Mutter zog sich eine Strickjacke über ihr Nachthemd und führte mich an der Hand nach draußen in einen kleinen verwilderten Garten.

»Wir sind hier bei der Mutter von Onkel Heinz. Ein sehr kleines und altes Haus. Es gibt leider keine feste

Toilette, dafür ein Plumpsklo hinten im Garten! Das ist spannend, oder?«

»Hä? Mama. Was ist ein Plumpsklo?«

30 Sekunden später wusste ich Bescheid. Da saß ich nun! Zum ersten Mal auf einem Plumpsklo mit traditionellem Herzloch in der Tür. Ziemlich ungewöhnlich, auf einem Holzbrett mit großem rundem Loch zu sitzen und sich zu entleeren. Aber es funktionierte! Und Toilettenpapier gab es auch.

In den folgenden Tagen stellte ich immer wieder die Frage, wo denn unser Vater sei und warum ich ihn nicht sehen konnte. Doch ich bekam keine Antwort darauf.

Ein paar Tage später war ich mal wieder als Erster früh morgens wach und schlich mich an meinem schlafenden Bruder vorbei in den Garten zum Plumpsklo. Da ich wusste, dass ich dort etwas länger zu tun haben würde, nahm ich kurzerhand mein neues Lieblingsspielzeug mit. Onkel Heinz hatte mir eine Tüte mit grünen und grauen Plastiksoldaten geschenkt. Es waren sogar kleine Panzer dabei. Nichts Dolles, aber damit konnte ich schöne Abenteuergeschichten nachspielen, die ich mir ausgedacht hatte.

Im Klo gab es viele Möglichkeiten, mit den kleinen Soldaten zu spielen: Auf zahlreichen Holzleisten an der Innenwand rechts und links konnte ich sie taktisch gut positionieren. Einen liegenden Plastiksoldaten mit einem Gewehr im Anschlag klemmte ich in das Herzloch an der Tür. Die Panzer platzierte ich rechts und links von mir auf dem Sitzbrett, sodass die Soldaten gut auf sie feuern konnten.

Irgendwann wurde es mir dann doch zu unbequem. Mein Geschäft hatte ich schon längst gemacht und es roch langsam unangenehm. So packte ich alle Soldaten und die Panzer wieder zurück in die Tüte und legte sie kurz neben mich, um die Tür zu öffnen. Dann staunte ich nicht schlecht, als ich meinen Vater auf mich zukommen sah.

»Hey, Papa! Was machst du denn hier?«, rief ich total überrascht.

»Ich komme, um dich abzuholen. Komm schnell! Der Wagen steht vor der Tür!«

»Aber ich bin doch noch im Schlafanzug. Ich muss Mama Bescheid sagen.«

»Nein. Das brauchst du nicht, Großer. Wir müssen uns beeilen. Und wir wollen die anderen doch nicht wecken!«

»Wo fahren wir denn hin, Papa?«

»Nach Hause!«, sagte er hastig und schaute sorgenvoll immer wieder zum Hauseingang hinüber. Er packte meine Hand und wir hechteten, so schnell es meinem Vater möglich war, quer durch den Garten und über den Hof auf unser Auto zu. Laufen konnte mein Vater mit seiner Holzprothese fast so schnell wie ein gesunder Mensch.

Kaum saßen wir im Auto, schrie ich: »Warte! Ich muss noch mal raus. Ich habe meine Soldaten im Plumpsklo liegen lassen. Damit spiele ich doch gerade. Ich lauf schnell zurück.«

»Nein! Das schaffen wir jetzt nicht mehr. Wir müssen uns wirklich beeilen!«

»Aber die habe ich doch gerade erst von Onkel Heinz geschenkt bekommen …«

»Ich verspreche dir, die kriegst du bald wieder. Aber wir müssen jetzt los!«

Er startete den Opel Kadett und trat aufs Gaspedal.

Meine kleinen grün und grauen Plastiksoldaten sollte ich nie wiedersehen. Das hatte ich meinem Vater jedoch nicht übelgenommen, denn in diesem Moment war ich einfach nur froh und erleichtert, ihn zu sehen. Ich freute mich, dass es endlich wieder nach Hause ging in unser schönes Haus, mit meinem eigenen Kinderzimmer, meinem eigenen Spielzeug und den echten Klos mit Wasserspülung. Daher konnte ich den Verlust der Plastiksoldaten gut verschmerzen.

Tatsächlich kam es damals noch nicht zum endgültigen Bruch zwischen unseren Eltern. Nach ein paar Wochen zogen meine Mutter und Gaby wieder zu Hause ein. Meinen Bruder Eia hatte mein Vater ein paar Tage nach mir bereits in Bergisch Gladbach abgeholt.

Noch weitere drei Jahre (!) zog sich die Trennungsphase bis zum Scheidungstermin hin. Es kam zu vielen lautstarken Streitereien und auch zu zwei oder drei weiteren ›Entführungen‹, in deren Folge ich wieder auf Onkel Heinz und das schöne Plumpsklo traf. Mein Bruder weigerte sich, mit uns ›abzuhauen‹. Er setzte sich durch und blieb einfach bei meinem Vater.

Als ich mit sechs Jahren in die Schule kam, war meine Mutter teils wochenlang ohne mich weg, nur meine Schwester Gaby hatte sie mitgenommen. Mein Vater versuchte, die ganze Situation uns gegenüber klein zu halten, er redete in unserem Beisein auch nie schlecht über unsere Mutter. Sie konnte sich wohl nicht zwischen den Männern entscheiden und sprach davon, dass sie beide gleichermaßen liebte.

Wenn unsere Mutter länger wegblieb, war ich die Woche über bei Onkel Hermann und Tante Hilde in Kreuzweingarten. Mein Bruder konnte sich schon selbst gut helfen und beschäftigen, er war sehr selbstständig. Auf ihn war Verlass, wie mein Vater stolz sagte. Deshalb spielte es keine Rolle, ob unsere Mutter zu Hause war oder nicht.

Eia ging auf das städtische Gymnasium und fuhr täglich mit dem Fahrrad gute sechs Kilometer zur Schule. Nachmittags, wenn er seine Hausaufgaben erledigt hatte, radelte er zu seiner Pfadfindergruppe. Das Hauptquartier der Pfadfinder befand sich direkt im Zentrum unserer Stadt Euskirchen in einem Gemeindehaus. Dort durfte die Gruppe einen großen Raum nutzen, um Unternehmungen zu planen oder gemeinsam Tee zu trinken. Manchmal nahm er mich zu Aktivitäten seiner Pfadfindergruppe mit. Zum Beispiel, wenn sie selbstgebastelte Drachen steigen ließen oder ihre selbstgezimmerten Holzschiffchen in der Erft, in einem durch die Stadt fließenden Bach, auf die Reise schickten. Dann setzte ich mich auf den Gepäckträger seines Fahrrades und hielt mich mit beiden Händen an meinem Bruder fest, damit ich nicht runterfiel während der Fahrt.

Ich selbst war noch zu klein, um allein zu Hause bleiben zu können. Daher fand mein Vater die zwischenzeitliche Lösung, mich unter der Woche bei meinem Patenonkel Hermann und meiner Tante Hilde zu lassen. Da mein Onkel sehr naturverbunden war, machten wir regelmäßig Wanderungen und Ausflüge in die Wälder

der Umgebung. Mit Fernglas ausgestattet, beobachteten wir gespannt die Vogelvielfalt und die Art und Weise, wie sie lebten. Meine Cousine Julia war natürlich stets dabei. Und wie sollte es anders sein: Kaum zu Hause angekommen, erhielten wir die Aufgabe, in den Büchern die Vögel zu finden und zu benennen, die wir vorher in der Natur beobachtet hatten.

An den Wochenenden waren wir drei Männer zu Hause auf uns alleine gestellt. Dies hieß für meinen Vater: kochen! Er bemühte sich redlich und zauberte uns tolle Gerichte: ›Strammer Max‹ – ein Graubrot mit Spiegelei und gekochtem Schinken, ›Armer Ritter‹ – Weißbrot oder Brötchen mit Ei, Milch und viel Zucker, und ›Toast Hawaii‹ – Toast mit Schinken, Ananas und Käse überbacken. Manchmal gab es zur Abwechslung die leckersten Pommes der Stadt, und zwar aus der Pommesbude, die vor der städtischen Kaserne nicht weit von unserem Zuhause stand. Immer dann, wenn unser Vater überhaupt keine Lust hatte zu kochen, holte er kurzerhand für jeden eine große Portion Pommes, traditionell mit Senf. Bei schlechtem Wetter, wenn keine Unternehmungen mit meinem Vater anstanden, wurde auch mal der Fernseher angeschaltet und ich durfte eine meiner Lieblingsserien schauen, wie zum Beispiel ›Flipper‹, ›Bonanza‹, ›Die kleinen Strolche‹ oder ›Time Tunnel‹.

Das ständige Hin und Her zwischen meinen Eltern zog sich noch einige Jahre hin. Auf einmal ging es dann doch ziemlich schnell und die Beziehung endete so, wie sie enden musste. Die Scheidung war durch. Auslöser für die endgültige Trennung unserer Eltern war sicherlich der Schreck um ein kleines ›Beinahe-Unglück‹, welches meiner Schwester widerfahren war.

Mein Vater war mit Gaby und mir eines Abends zu einem nahe gelegenen See gegangen. Dort fütterten wir die Enten und mein Vater nutzte die Zeit, um auf einer Bank zu entspannen und über seine vielen Termine und Projekte nachzudenken. Dabei musste er uns einen Moment aus den Augen gelassen haben. Ich weiß selbst nicht, wie es passierte, jedoch verlor meine kleine Schwester am Ufer das Gleichgewicht und rutschte in den See. Er war an dieser Stelle nicht tief, aber sie ging kurz mit dem ganzen Körper unter Wasser, bevor sie sich selbst wieder aufrichten konnte. Sie fing natürlich lauthals zu schreien an und machte alles, was sich im Umkreis von einigen hundert Metern aufhielt, auf sich aufmerksam. Pitschnass war sie und das Wasser war dazu auch noch sehr kalt. Mein Vater sprang natürlich sofort auf und zog sie, mit Fuß und Holzprothese im See stehend, aus dem Wasser heraus. Kurz darauf eilte ein älterer Mann mit einer Decke auf uns zu. Er hatte uns zufällig aus einem angrenzenden Haus beobachtet. Seine Frau hatte sicherheitshalber bereits den Rettungsdienst angerufen. Eigentlich wurde die Situation damals völlig überbewertet, eine Decke hätte absolut gereicht. Aber die Rettungskräfte waren innerhalb von wenigen Minuten am See – und da sie nun schon mal da waren, schlugen sie vor, uns die wenigen hundert Meter nach Hause zu fahren. Das würde Gaby sicherlich Spaß bereiten und nach dem Schrecken etwas beruhigen.

Beim Anblick des Rettungswagens vor unserer Haustür fiel meine Mutter aus allen Wolken. Dieser Moment brachte das Fass wohl zum Überlaufen. Nach Jahren des Hin und Her entschied sie sich nun endgültig für ein neues Leben mit Onkel Heinz. Es war ihr unverständlich, wie so etwas passieren konnte, und sie zog die Konsequenzen. Unsere Eltern teilten uns kurz danach mit, dass die Trennung und die Scheidung nun endgültig feststanden.

So wie es zu dieser Zeit geltendes Recht war, musste im Scheidungsurteil jemand schuldig gesprochen werden. Und das war in diesem Fall meine Mutter. ›Im Namen des Volkes‹ wurde in dem Rechtsstreit zwischen dem Stadtoberinspektor Christian Otto Schulz gegen Doris Maria Schulz, geb. Knapp, meine Mutter als Schuldige festgestellt und die Ehe geschieden. Es wurde festgehalten, dass die Beklagte die Schuld trägt und dass ihr die Kosten des Rechtsstreites auferlegt werden. In einem parallel verlaufenden Verfahren wurde zudem auf Antrag meiner Mutter festgestellt, dass meine Schwester Gaby nicht die leibliche Tochter meines Vaters war, sondern die Tochter von Herrn Heinz Kruse. Auf einen Bluttest, der das Vaterschaftsverhältnis hätte eindeutig feststellen können, hatte man im allseitigen Einverständnis verzichtet. Dem Gericht genügte eine Auflistung meiner Mutter mit den exakt festgehaltenen Tagen des Geschlechtsverkehres der beiden Männer mit meiner Mutter und die abschließende Aussage meines Vaters, dass er bei näherem Hinsehen keinerlei Ähnlichkeit mit Gaby erkennen konnte, sondern nur eine Ähnlichkeit mit dem neuen Partner meiner Mutter.

So einfach können die Dinge manchmal laufen. Zack! Schuldiger ermittelt. Urteil rechtskräftig!

Wir Kinder wurden per Gerichtsbeschluss auf die Eltern aufgeteilt. Eia und ich blieben bei meinem Vater, Gaby kam zu meiner Mutter. Eine amtlich festgelegte Besuchsregelung bestimmte den Rest. Mein Bruder durfte selbst entscheiden, wie oft und wie lange er zu meiner Mutter gehen wollte. Um mich wurde sich besonders gekümmert, weil ich ja noch so klein war. Da es sich um Treffen mit einer ›verurteilten‹ Mutter handelte, durfte sie mich zu Beginn nur alle vier Wochen sehen, und zwar auf ›neutralem‹ Boden. Mein Vater fuhr mich zu den entsprechenden Besuchsterminen nach Bonn zu meinen Großeltern, den Eltern meiner Mutter. Abends, spätestens am nächsten Morgen, holte er mich von dort wieder ab.

Meine Großeltern wohnten in einer kleinen alten Stadtvilla und richteten mir im Keller einen eigenen Raum ein. Mit der Zeit entwickelte ich mich zu einer Art ›Lieblingsenkelkind‹ meines Großvaters. Er war ein Patriarch, traf sehr lautstark und bestimmend Entscheidungen und alle mussten nach seiner Pfeife tanzen. Aber ich kam immer gut mit ihm klar.

Relativ schnell weichte die amtliche Besuchszeitenregelung mehr und mehr auf. Die Wochenenden wurden ausgedehnt und der Rhythmus von vier Wochen verkürzt. Dies hieß nicht zwangsläufig, dass meine Mutter mich dann an jedem Tag sehen konnte, den ich bei meinen Großeltern verbrachte. Es gefiel mir einfach gut bei ihnen, sodass ich selber jede Chance ergriff, so lange und so oft wie möglich dort zu sein.

Zwischen meinem Großvater und mir bestand schon vor der Scheidung meiner Eltern ein inniges Verhältnis, das sich nun noch verstärkte. Dies lag wohl auch daran, dass wir viel zusammen waren und ich tun durfte, was ich wollte, solange ich seine Ansagen ernst nahm und auch richtig umsetzte.

Mein Großvater bewirtschaftete ein riesengroßes Pachtgrundstück außerhalb von Bonn, wo er beinahe jede freie Minute verbrachte. Für mich war der ›Garten‹, wie wir das Anwesen nannten, ein großer Abenteuerspielplatz. Zu jeder Jahreszeit gab es Arbeit und Abwechslung zur Genüge. Auf der einen Hälfte des Grundstücks standen Tannen und Obstbäume, dort hielt mein Großvater auch vier Bienenvölker. Auf der anderen Hälfte wurden Kartoffeln, Erdbeeren und diverse Gemüsesorten gepflanzt und geerntet. Das alles wurde hobbymäßig, ohne den Einsatz von großen Maschinen, bewirtet. Ich konnte eine Menge lernen und natürlich auch naschen. Traditionell mussten meine Mutter und meine Tanten, und insbesondere deren Männer, regelmäßig erscheinen und aktiv mit anpacken.

Für uns Kinder war dies immer eine schöne Zeit. Besonders, wenn am Ende des Tages alle gemeinsam kochten, grillten und am Lagerfeuer feierten. Die Tannen verkauften meine Großeltern jedes Jahr auf dem Weihnachtsmarkt in Bonn. Alles andere wurde nur für den Eigenbedarf geerntet. Die gesamte Familie war den Winter über gut versorgt mit Honig, Säften, eingemachten Marmeladen und Fruchtspeisen, welche mein Großvater in seinem Hobbyraum in Konserven und Einmachgläser gefüllt hatte.

Auf dem Pachtgrundstück gab es keine Toilettenanlage. Ich hatte mir nie großartig Gedanken gemacht, wenn ich mal pinkeln musste. Es kam, wie es kam – es war ja auch etwas total Natürliches und jeder musste doch mal, sogar mehrmals am Tag. Dazu suchte man sich im weiten Rund ein geeignetes Plätzchen und alles war in Ordnung. Die Männer hatten es natürlich wesentlich einfacher als die Frauen.

An einem schönen Abend jedoch sollte mir dies zu einem prägenden Erlebnis werden. Nach einem arbeitsreichen Wochenende saßen meine Großeltern mit ihren fleißigen Helfern, zu denen auch ich zählte, gemütlich am Lagerfeuer. Ich stand auf, um mir in ausreichender Entfernung ein stilles Örtchen am Rand des Tannenwäldchens zu suchen. Onkel Heinz und Onkel Heribert kamen mit mir, um das Gleiche zu tun. Als wir eine geeignete Stelle gefunden hatten, stellten wir uns nebeneinander auf und legten los. Es war ungewöhnlich, irgendwie bekam ich keinen normalen Strahl zustande, stattdessen kam es breit und fächerförmig gestreut aus mir heraus. Das Problem war, dass Onkel Heinz und Onkel Heribert dies sahen und in ein riesiges Gelächter ausbrachen. Den Rest des Abends nahmen sie mich deswegen auf den Arm und hörten gar nicht mehr auf damit. Das Ganze wurde dann auch noch ausgebreitet vor den anderen, sodass schlussendlich alle in das Gelächter einstimmten.

Ich fand diese Situation so peinlich und unangenehm, dass ich noch Jahre später nicht im Stehen pinkeln konnte, wenn andere dabei waren. Auf öffentlichen Toiletten verweigerte sich alles in mir, sobald sich neben mir jemand ans Pissoir stellte. Ich meinte dann immer, derjenige würde genau hinsehen, um zu beobachten, wie der Strahl aussah. Dann ging gar nichts! Niente! Es lief überhaupt nichts. Egal, wie sehr ich mich bemühte, presste und drückte. Jedes Mal flüchtete ich unverrichteter Dinge, indem ich so tat, als ob alles erledigt sei, oder ich ging verstohlen in die Kabine, um dort meinem Bedürfnis nachzukommen. Ich verfluchte dann jedes Mal meine beiden blöden Onkels!

Die Grundlage für das innige Verhältnis zwischen meinem Großvater und mir wurde schon lange vor der Scheidung meiner Eltern gelegt, wahrscheinlich zu dem Zeitpunkt, als für ihn der erste Warnschuss kam. Meine Mutter stand damals kurz vor der Entbindung meiner Schwester.

Eines Tages rief meine Tante mit sorgenvoller Stimme bei uns an:

»Doris! Hier ist Helga«, sagte sie aufgeregt, »es ist etwas Schreckliches passiert. Ihr müsst sofort kommen. Vater ist im Wohnzimmer einfach so umgefallen, und wie es aussieht, wird er nicht überleben.«

Meiner Mutter stockte der Atem. »Was ist passiert? Wo bist du? Wo ist Vater jetzt?« Ihre Stimme überschlug sich fast.

»Ich bin bei unserer Mutter zu Hause. Vater haben sie gerade mit einem Rettungswagen abgeholt, sie bringen ihn ins städtische Krankenhaus. Am besten treffen wir uns dort. Mutter steht absolut neben sich und ist nur am Weinen. Wir fahren jetzt los.«

In diesem Moment ging die Haustür auf und mein Vater kam von der Arbeit. Er registrierte sofort, dass etwas nicht stimmte.

Hastig und fast panisch rief meine Mutter: »Christian! Schnell! Wir müssen nach Bonn. Mein Vater liegt im Sterben!«

Keine fünf Minuten später saßen wir alle im Opel Kadett und waren mit höchstmöglichem Tempo unterwegs Richtung Bonn. Im Krankenhaus angekommen staunte ich nicht schlecht. Alles wirkte auf mich unwirklich und grotesk. Mein Großvater lag auf der Intensivstation. Überall sah ich Schläuche, Kabel und Monitore, aus denen es in allen Tonlagen piepste. Meine Großmutter und meine Tante waren schon da. Sie saßen nebeneinander auf zwei Stühlen am Fenster mit etwas Abstand zum Bett und schluchzten.

Meine Mutter begann sofort laut zu weinen, als sie Großvater sah. Rechts am Bett stand ein Priester, er murmelte etwas vor sich hin und bekreuzigte sich immer wieder. Der Stuhl neben meiner Großmutter und meiner Tante war noch frei. Meine Mutter setzte sich schließlich, immer noch schluchzend, zu ihnen. Abwechselnd schnäuzten alle drei in ihre weißen Stofftaschentücher.

Mein Vater stand mit mir am Fußende des Bettes und nahm meine Hand. Ich war noch zu klein, um alles zu verstehen, was um mich herum ablief. Irgendwie fand ich die Situation sogar komisch – zumindest nicht beängstigend. Eia stand hinter uns, fast teilnahmslos an die Tür gelehnt. Ich schaute zu meinem Großvater, dann hinter mich zu meinem Bruder. Ich musste irgendwie grinsen und wusste gar nicht, warum ich das tat. Es war für mich eine merkwürdige Situation, so etwas kannte ich bisher nicht. Und dann noch der Priester, der jetzt anfing, meinen Opa mit einem seltsamen Zeug einzureiben. Erst die Stirn und dann die Innenflächen seiner Hand. Alle beobachteten aufmerksam, wie der Priester sein Ritual fortführte. Er schaute sorgenvoll und murmelte unentwegt etwas, was ich nicht verstehen konnte.

Mein Vater beugte sich zu mir, registrierte erstaunt, dass ich grinste, und ermahnte mich leise, aber bestimmt: »Tim. Reiß dich zusammen! Das ist nicht lustig! Deinem Opa geht es sehr schlecht. Wir müssen uns von ihm verabschieden. Er geht in den Himmel. Der Priester gibt ihm gerade die Letzte Ölung.«

»Nein! Nein!«, rief ich aus und machte mich ganz groß vor dem Bett. Ich zeigte zu meinem Großvater: »Opa stirbt doch nicht! Er ist so stark und macht doch so viel!«

Ich ging an die linke Seite des Bettes und streichelte sein Gesicht. »Seht ihr? Er schaut mich an.« Mit einem schnellen prüfenden Blick in Richtung Stuhlreihe suchte ich nach einer Reaktion auf meine bestimmenden Worte.

Doch meine Mutter sah mich nur mitleidig an und schluchzte heftig und laut auf. Meine Tante schüttelte den Kopf und fing auch an zu schluchzen. Und meine Großmutter, zu guter Letzt, schloss sich ihnen an und zeigte dieselbe Reaktion – sie schluchzte laut auf. Alle drei schnäuzten gleichzeitig und fast synchron in ihre Stofftaschentücher. Auf ihrem Schoß hatten sie ihre Handtaschen abgelegt. Mir fiel auf, dass die Taschen alle dieselbe Größe hatten und auch noch fast gleich aussahen. Irgendwie grotesk anzusehen, ich musste schon wieder grinsen. Ich wollte gerade noch mal ansetzen, um meiner Aussage, dass Opa doch nicht stirbt, den richtigen Nachdruck zu verleihen, als mein Vater mich schnell an die Hand nahm und mich mit meinem Bruder nach draußen vor die Tür bugsierte.

»Kinder haben hier sowieso nichts verloren«, murmelte er beim Rausgehen und warf noch mal einen flüchtigen Blick auf meinen Großvater.

Tatsächlich erholte sich mein Großvater, zur Überraschung aller, von seinem ersten Herzinfarkt. Er sprach später immer wieder von dieser Szene an seinem Krankenbett. Obwohl er an diesem Tag nicht viel mitbekommen hatte, konnte er sich an den einen Moment erinnern, als ich lautstark rief: »Opa stirbt doch nicht!« Das hatte er sehr wohl mitbekommen. Er meinte, dies hätte ihm die Kraft gegeben, weiter zu kämpfen.

Vielleicht war das der Moment, als ich zu seinem Lieblingsenkel wurde?

Opa erholte sich sehr schnell und verfiel natürlich wieder in seinen alten Trott. Geschont hatte er sich nicht. Das Einzige, was er zunächst leicht reduzierte, waren seine Jagdausflüge. Er war nämlich ein begeisterter Jäger und regelmäßig im In- und Ausland auf der Jagd. Zahlreiche Trophäen zierten den Hausflur und alle freien Stellen an den Wohnzimmerwänden. Er sagte oft zu mir, dass ich irgendwann einmal Jäger werden und eines Tages seine Gewehre erben sollte. Manchmal nahm er mich mit auf die Jagd. Ich fand es ziemlich langweilig, früh morgens irgendwo im kühlen Gras oder auf einem Hochsitz zu warten, dass etwas passierte. Das war nicht mein Ding. Und so wirklich etwas erlegt hatte er nie, wenn ich dabei war.

Das muss wohl zum Alltag eines Jägers dazugehören, nach stundenlanger Warterei nichts vor die Flinte zu kriegen …

Der zweite Warnschuss traf ihn gut sechs Jahre nach seinem ersten Herzinfarkt. Das war dann nicht ganz so schlimm wie beim ersten Mal. Zumindest wurde kein Priester bestellt und es gab keine Letzte Ölung. Auch da stand ich am Krankenbett und empfand nichts Schlimmes an der Situation. Ziemlich locker ging ich damit um und hatte dies scheinbar auch wieder so vermittelt. In der Tat, von diesem leichteren zweiten Herzanfall erholte er sich auch gut.

Als ich 15 war, fuhr ich das letzte Mal in den Herbstferien zu meinem Großvater und half bei der Kartoffelernte. Wir nannten diese Ferien auch ›Kartoffelferien‹. Oma bereitete uns am Abend immer eine gehörige Portion Kartoffeln zu, und zwar in allen denkbaren Variationen. Am liebsten mochte ich Pellkartoffeln mit ganz viel Butter und Salz.

Herrlich! Besonders die allerkleinsten Kartoffeln schmecken mir am besten.

Mein Großvater gab sich die ganze Woche schon anders, als wir ihn kannten. Er war nicht so gesprächig wie sonst, redete sehr leise und verhielt sich zurückhaltend. Es passte nicht zur Manier eines Patriarchen, der oft laut donnernd und krachend alles rausließ, was ihn gerade störte, oder mit Anweisungen an seine Mitmenschen nur so um sich warf. Im Gegenteil. Er half sogar meiner Oma beim Abwaschen! Das hatte ich noch nie beobachtet!

Am letzten Abend der Kartoffelferien lehnten wir beide nebeneinander an der holzvertäfelten Terrassenwand. Es war ein schöner, lauwarmer Herbstabend. Mein Blick schweifte über die üppigen Holundersträucher am Ende der langen Wiese und hinüber zu den drei stämmigen, uralten Kastanienbäumen. Jeder für sich hing still seinen Gedanken nach. Die Sonne lag orangenfarben am Horizont. An den Blättern der alten Bäume verfingen sich die Sonnenstrahlen und ließen sie goldgelb schimmern. Ein lauwarmer Windzug streifte angenehm durch mein Haar. Ein mystischer und stimmungsvoller Anblick bot sich uns. Mein Großvater fing an zu erzählen.

»Stell dir vor, Tim, vor drei Wochen war ich auf der Jagd in der Eifel, irgendwo in der Nähe von Blankenheim bei einem meiner Jagdfreunde, der dort eine Pacht besitzt.«

Ich nickte.

»Wir saßen nebeneinander im Hochstand und nach Stunden erblickte ich genau vor uns ein Reh.« Er zögerte kurz, bevor er weitererzählte: »Ich nahm mein Gewehr und legte an. Ganz einfacher Schuss, dachte ich. Genau vor den Lauf. Doch, ganz plötzlich drehte sich das Reh zu mir um und es schien mir so, als ob es mich genau durch das Gewehr hindurch ansah und mich anlächelte.« Er stockte.

»Und? Hast du es getroffen, Opa?«

Er atmete ein paarmal tief durch, bevor er antwortete.

»Nein. Ich habe nicht abgedrückt. Ich hatte gedacht, dass das kleine Reh noch nicht sterben sollte. Es schaute so lieb zu mir her und ich beschloss, es laufen und am Leben zu lassen.«

Ich schaute meinen Großvater überrascht an und sah, wie er ganz entspannt lächelte. So kannte ich ihn nicht. In diesem Moment spürte ich wieder einen Windzug, wesentlich heftiger diesmal. Nicht angenehm mild wie zuvor. Ein Schauder überkam mich. Blitzartig breitete sich in Sekundenbruchteilen ein erschreckender Gedanke in meinem Kopf aus – die Gewissheit, dass es bald so weit sein sollte, dass mein Opa bald sterben würde. Ich erhaschte einen letzten Sonnenstrahl am Horizont, bevor aufziehende dunkle Wolken diesen endgültig einfingen. Ich war erschrocken und sagte nichts mehr. Ich hatte das so stehen lassen und mich nur gewundert. Über ihn – über meine Gedanken!

Zwei Wochen später starb mein Großvater. Herzinfarkt. Sofort tot. Keine Intensivstation. Kein Abschied. Er bekam diesmal die letzte ›Letzte Ölung‹.

Und es war nicht mein erster Todesfall gewesen …

***

»Das gibt es doch gar nicht! Das kann doch nicht wahr sein!«, riss mich Uwe, lautstark schimpfend, aus meinen trüben Gedanken. Er drückte die Hupe zur Bekräftigung seiner Wut zweimal kurz. In dieser Woche war er dran mit dem Fahren.

»Und deswegen haben wir jetzt fast eine Stunde hier im Stau gestanden? Mannomann! Lernt mal fahren! Habt ihr das gesehen? Ausgerechnet in der Baustelle. Und noch nicht einmal Blechschaden zu sehen! Aber nicht von der Spur fahren … Oh Mannomann! Und wir stehen hier ewig im Stau!!«

Es dauerte noch eine Weile, bis wir endlich zu Hause ankamen.

Direkt nach dem Abendessen ging ich müde und lustlos ins Bett. *Was für ein blöder Tag!* Ich musste an meinen Großvater denken und, noch schlimmer, ich vermisste wieder meinen Vater. Wie immer, wenn es mir besonders schlecht ging, warf ich eine von meinen drei Roger-Whittaker-Kassetten in den Rekorder und hörte wie in einer Endlosschleife ›The Last Farewell‹ (Der letzte Abschied).

Das ist dann der ›Overkill‹ – Knock-Out ... fertig! Doch morgen ist alles wieder gut – ein neuer Tag wird beginnen. Ich werde nach den Sonnenstrahlen Ausschau halten und ihnen folgen – bin Weltmeister im Verdrängen. Hoffentlich schlafe ich bald ein ...

Das tat ich dann auch.

Kapitel 4 – Schnitt

Die dritte Arbeitswoche ist fast geschafft. Freitag! Nur noch die Fahrt von Wülfrath nach Hause. Die Hälfte habe ich rum!

Die ganze Woche hatten wir schon Temperaturen von deutlich über 30 Grad gemessen. Die Hitze und das schwüle Wetter drückten aufs Gemüt. Alle Fenster im Ford Fiesta waren runtergedreht, trotzdem war es fast nicht auszuhalten. Und das nach so einer langen Arbeitswoche!

Ein gutes Gefühl bereitete allerdings die Lohntüte in meiner Tasche. Ein weiterer Schritt in Richtung Verwirklichung meines Traumes war geschafft!

Ich hatte bereits Kontakt mit einer Agentur aufgenommen, die Sprachreisen in die USA anbot. Das Besondere daran war, dass die Unterbringung in einer Privatfamilie stattfinden sollte. Fast wie bei einem Schüleraustausch, nur, dass wir umgekehrt niemanden aus den USA bei uns aufnehmen mussten. Deshalb war es teurer, da die Familien vor Ort für die Aufnahme des Gastes bezahlt wurden. Die Agentur hatte mir per Post Werbeflyer mit einigen Informationen zugesandt. Sie priesen darin ein ›Rundum-sorglos-Paket‹ an, was letztendlich dazu beigetragen hatte, dass meine Mutter meinem Plan zustimmte. Es war ihre Bedingung, dass ich rund um die Uhr ›betreut und geschützt‹ wurde, was die Agentur auch garantierte.

Einen ersten Termin bei uns zu Hause mit Rosemarie

Sinniger, der Chefin der Firma, hatten wir für Oktober vereinbart. Damit war noch genügend Zeit, die Reise ausführlich zu planen, da es ja erst im nächsten Sommer losgehen sollte. Zu diesem ersten persönlichen Termin wollte sie uns Reiseberichte von früheren Teilnehmern mitbringen. Auch erste potenzielle Adressen von Gastgebern würde sie dabeihaben. So könnte man sich rechtzeitig ein Bild von der Region und dem US-Bundesstaat machen, den man besuchen wollte.

Frau Sinniger war gebürtige US-Amerikanerin, lebte aber schon seit Jahren in Deutschland und war mit einem Rechtsanwalt aus Köln verheiratet. Wie ich dem Flyer entnahm, verfügte sie über ein umfangreiches Gastgeberverzeichnis aus den USA, nur die Bundesstaaten Alaska und Hawaii waren ausgenommen. Ich freute mich riesig. Doch es war noch so lange hin. Meine Mutter hatte mir, als ich die Zusage für den Ferienjob erhielt, zur weiteren Motivation eine passende Musik-Single geschenkt: von Patrick Juvet ›I love America‹.

Das finde ich super! Doch motivieren muss sie mich nicht. Mehr geht nicht! Motiviert bin ich bis in die letzten Haarspitzen.

Diese Woche fuhr wieder Onkel Heinz. Eigentlich wäre er erst die übernächste Woche dran gewesen, doch Walter hatte Urlaub und der Fiesta von Uwe war gerade kaputt. Die Kühlwasserleitung war undicht. Die ›Ford-Männer‹ reparierten am Wochenende natürlich ihre Fahrzeuge selbst – Ehrensache! Den eigenen Wagen in die Werkstatt zu geben war ein ›No-Go‹.

Bei dieser Hitze war es für mich von Vorteil, dass Walter Urlaub hatte. Es tat gut, mal nicht eingeklemmt zwischen schwitzenden und muffelnden Männern auf der Rückbank sitzen zu müssen.

Ich schaute aus dem Fenster und ließ mir den Fahrtwind um die Nase wehen. Mann, war ich stolz auf mich! Ich hatte einen großartigen Traum und sollte diesen auch bald verwirklichen.

Mir kamen die Sommerferien in den Sinn, die kurz nach der Scheidung unserer Eltern anstanden. Nach der turbulenten Zeit der Trennungs- und Scheidungsphase sollte langsam wieder der Alltag einziehen.

Alles ist nun geregelt und es geht uns gut. Neuanfang!

Das dachte ich zumindest. Allerdings ging es ziemlich aufregend weiter. Mir blieb kaum Zeit zum Nachdenken – kaum Zeit, um die Turbulenzen zu verarbeiten. Tatsächlich standen beide Eltern kurz davor, wieder zu heiraten! Dass meine Mutter zügig ihren Heinz heiraten würde, war für alle keine Überraschung. Dass mein Vater jedoch genauso schnell unterwegs war, überraschte alle.

Eines Nachmittags, nachdem Eia und ich eine riesige Portion ›Armer Ritter‹ verdrückt hatten, ließ er die Katze aus dem Sack: »Jungs! Was haltet ihr eigentlich davon, wenn wir wieder zu einer großen neuen Familie zusammenfinden würden?«

»Hm – jaahh??«, erwiderte ich mit großen Augen.

»Geht es um Hannelore?«, fragte mein Bruder wissend und mit einem verschmitzten Lächeln im Gesicht.

»Na ja, Eia, du hast sicherlich schon einiges mitbekommen. In der Tat, um sie geht es.«

Hannelore kannten wir bereits. Sie war im selben Verein aktiv, in dem mein Vater den Posten des Kassenwartes ausübte, und zwar als Übungsleiterin im Bereich rhythmische Sportgymnastik und Leichtathletik. In den letzten Wochen war sie immer öfter bei uns und half meinem Vater im Haushalt. Da sich der Sportplatz genau gegenüber von unserem Haus befand, kam sie häufig nach dem Training zu uns. Das fand ich gar nicht so merkwürdig, da sie ja auch meine Übungsleiterin war. Sie trainierte meine Kinder-Leichtathletikgruppe. Speziell die Disziplinen Hochsprung und Kugelstoßen bereiteten mir Spaß. Ich dachte irgendwie, dass es vollkommen normal war, wenn die Trainerin das Kind nach erfolgreichem Training zu Hause abliefert. Zumal ich mich mit ihrem Sohn Peter, der knapp ein Jahr älter war als ich, bereits angefreundet hatte.

Wenn wir Jungs befreundet sind, warum nicht auch unsere Eltern?

Nach dem Training verdrückten wir beide uns oft in den Hobbyraum im Keller, bei schönem Wetter spielten wir zusammen im Garten.

»Na, was sagt ihr denn nun?«, wollte mein Vater wissen.

»Wird Peter dann mein Bruder?«, fragte ich.

»Solange ich mein Zimmer behalten kann, ist mir das egal«, meinte Eia nur. »Hat Hannelore nicht noch mehr Kinder?«

»Ja, das stimmt. Hannelore und ihre Kinder wohnen in einem Anbau bei ihren Eltern, nicht weit von hier. Hannelores Eltern haben ein riesengroßes Grundstück mit eigenem See. Wenn ihr wollt, schauen wir uns gleich alles an und ihr lernt eure neue Familie kennen. Sie warten sicherlich schon auf uns und sind ganz neugierig auf euch. Sie möchten euch unbedingt kennenlernen!« Zu mir gewandt ergänzte er freudig: »Und Peter kennst du ja schon.«

Nur zehn Minuten später klingelten wir an Hannelores Haustür. Mein Vater war wie immer mit Stock und Hut unterwegs. In der rechten Hand hielt er einen kleinen bunten Blumenstrauß.

Der Anbau, in dem Hannelore mit ihren Kindern wohnte, befand sich an einem größeren Bungalow und hatte einen eigenen Eingang direkt zur Straße hin. Im Bungalow selbst wohnten ihre Eltern.

Die Tür öffnete sich und Peter strahlte uns an. »Kommt rein. Wir haben schon auf euch gewartet.«

Hannelore kam aus der Küche und umarmte meinen Vater. »Schön, euch alle zu sehen. Wir freuen uns riesig! Kommt rein! Jetzt bin ich gespannt!«

Mein Vater lachte. »Ich freu mich auch. Die Jungs sind schon ganz neugierig. Und übrigens, nicht dass du auf falsche Gedanken kommst: Die Blumen sind nicht für dich, sondern für deine Mutter.«

»Das ist ja schön! Da wird sie sich sicher freuen. Zu meinen Eltern gehen wir gleich rüber. Doch erst sollen die Kinder sich beschnuppern.«

Wir folgten Hannelore in die Küche, wo wir gleich den anderen vorgestellt wurden. Guido war im gleichen

Alter wie mein Bruder, und Irmgard, die bereits 18 Jahre alt war, hatte ihren Freund Uli mitgebracht. Sie war nur noch am Wochenende zu Hause, da sie in Köln studierte. Heute war sie extra zum Kennenlernabend nach Euskirchen gekommen. Ihr Freund, mit dem sie in Köln eine gemeinsame Wohnung hatte, machte auf mich einen merkwürdigen Eindruck. Er musste deutlich älter sein als Irmgard, hatte einen Vollbart und grinste die ganze Zeit. Und er rauchte Pfeife.

Es ist das erste Mal, dass ich jemanden Pfeife rauchen sehe. Und ich muss zugeben, es riecht sehr angenehm.

Sofort nach der Begrüßungsarie sagte Irmgards Freund: »Übrigens, ich arbeite bei Colgate. Ich habe euch ein paar Werbegeschenke mitgebracht. Die könnt ihr gerne haben.«

Ich schaute meinen Bruder skeptisch an. Vermutlich dachten wir beide das Gleiche:

Merkwürdig! Bei dem ersten Aufeinandertreffen beider Familien erst mal für den guten Atem eine Runde Zahnpasta zu spendieren …

Wir grinsten uns an und lachten.

Mein Vater wurde auf einmal ganz ernst, stellte sich an das Ende des großen Küchentisches und sagte feierlich: »Das wird nun für euch ziemlich überraschend kommen. Doch Hannelore und ich kennen uns über den Verein schon eine ganze Weile und wir finden, dass unsere beiden Familien sehr gut zusammenpassen. Wir haben uns kennen und lieben gelernt und werden daher am 18.08., in gut acht Wochen, heiraten!« Er nahm Hannelore in den Arm und gab ihr einen Schmatzer auf die Wange.

Nach einem Moment des Zögerns und der Stille stand Irmgard auf und umarmte die beiden. »Wow! Das freut mich sehr! Ich gratuliere euch. Ich hatte mir so etwas beinahe gedacht.«

Wir taten es ihr gleich, auch wenn ich nicht wusste, was dies nun für uns bedeuten sollte und ob es wirklich gut für uns war. Das kam einfach zu schnell.

»Kommt mit«, rief Guido, »wir zeigen euch die Wohnung und unsere Zimmer. Jetzt sind wir Geschwister! Eine riesengroße Familie!«

Nachdem wir den Rundgang absolviert hatten, packte mein Vater Stock, Hut, Blumenstrauß und auch Hannelore und ging mit uns zu seinen zukünftigen Schwiegereltern, die bald unsere Stiefgroßeltern sein würden. Über einen schön geschlängelten Weg, der an der Fassade entlangführte, erreichten wir den Vorderbereich des Bungalows. Ich staunte nicht schlecht über das, was ich sah! Hannelores Eltern besaßen ein riesiges Grundstück mit Obst- und Laubbäumen, vor der Terrasse des Bungalows lag eine schöne Wiese. Und das Beste: ein eigener See!

Mein zukünftiger Stiefgroßvater kam auf uns zu. In der einen Hand hielt er eine Angelrute und in der anderen einen Kescher mit zwei gerade frisch geangelten Fischen. Ich schaute noch einmal vom Bungalow über das ganze Grundstück hinweg zum See. In diesem Moment waren meine anfänglichen Zweifel wie weggewischt.

Hatte ich eben noch irgendwelche Bedenken? Ich glaube,
das ist doch alles vollkommen in Ordnung und richtig so!
Das wird Spaß machen, sagte ich mir und lief neugierig
dem neuen Opa mit den Fischen in der Hand entgegen.

Der Beginn der Sommerferien war ein guter Zeitpunkt,
um beide Familien zusammenzuführen. Ich war sicher,
dass es mein Vater so geplant hatte, da wir nun sehr viel
Zeit miteinander verbringen konnten. Zunächst einmal
zog Hannelore mit ihren Kindern zu uns ins Haus und
wir verteilten die Räume neu. Platz genug hatten wir ja.
Sogar für Irmgard wurde im Erdgeschoss (für die Wochenenden) ein kleines Zimmer eingerichtet, in dem vorher mein Vater sein Büro hatte. Dutzende Male fuhren
mein Vater und Hannelore abwechselnd die gut fünf Kilometer zwischen dem alten und dem neuen Zuhause hin
und her, bis alle Kisten, Koffer und Möbel an der richtigen
Stelle standen. An einem Tag kam Uli sogar mit einem
kleinen Transporter, den er sich von Freunden ausgeliehen
hatte, um die großen Möbelstücke zu transportieren.

Während der Sommerferien spielten wir Kinder täglich
auf dem Grundstück der Großeltern. Das Wetter war
herrlich und lud zum Baden ein. Wir befestigten an einer
großen Birke ein Seil und schwangen uns wie Tarzan hin
und her, bevor wir uns mit entsprechendem Schwung ins
Wasser plumpsen ließen. Mit einem kleinen Paddelboot
erkundeten wir jeden Winkel des Sees und des Ufers.
Peter und ich konnten uns stundenlang beschäftigen.
Wir waren ein Herz und eine Seele.

In den letzten zwei Ferienwochen wurden wir tagsüber
auf eine Ferienfreizeit in die Stadt geschickt. Eigentlich

wollten wir viel lieber weiter am See spielen, doch das hatten unsere Eltern nun so bestimmt und es gab kein Zurück mehr. Nachmittags und abends blieb ja noch genügend Zeit, um unseren See weiter zu erkunden.

Die Ferienfreizeit fand in einer städtischen Berufsschule statt. Jede Gruppe bekam dort einen Klassenraum zur Verfügung gestellt, der als Aufenthalts- und Bastelraum diente. Hier teilten uns die Betreuer die Informationen für die Tagesaktivitäten mit und erklärten uns, wie alles ablaufen würde. Insgesamt gab es zehn Gruppen. Das große Highlight war, dass am letzten Tag der Ferienfreizeit ein Flohmarkt mit Spiel- und Imbissständen durchgeführt werden sollte. Jede Gruppe übernahm ein eigenes Projekt und es wurde überlegt, diskutiert und viel gebastelt und gewerkelt, um den schönsten Stand für diesen Tag zu schaffen. Unsere Gruppe bekam die Aufgabe, einen Geschicklichkeitsstand zu entwickeln. Dafür sollten wir drei Blecheimer und so viele Tischtennisbälle wie möglich besorgen. Da konnte ich natürlich direkt punkten: Tischtennisbälle hatten wir zu Hause reichlich – hunderte! Die drei Blecheimer sollten ähnlich einer Pyramide gestapelt werden. Dafür legten wir einen Eimer leicht angeschrägt auf die beiden darunter liegenden Eimer. Damit diese nicht verrutschen konnten, verschraubten wir diese mit entsprechenden Schrauben, die wir einfach durch zuvor gebohrte kleine Löcher steckten. Es ging darum, die Tischtennisbälle in die Eimer zu werfen, ohne dass sie wieder heraussprangen, was gar nicht so einfach war. Damit das Ganze auch optisch etwas hergab, bekamen wir die Aufgabe, aus Brettern und Tischen einen Stand zu bauen, wie eine Kirmesbude.

Fünf Wurf kosteten 30 Pfennige, das war in Ordnung. Alle Einnahmen sollten für einen guten Zweck gespendet werden. Deshalb war es wichtig, dass besonders viele Gäste zum Abschlussfest kamen. Auch wir hatten natürlich allen Verwandten und Bekannten Bescheid gegeben. Letztendlich ging es um einen guten Zweck und wir wollten natürlich unbedingt zeigen, was wir in den zwei Wochen geschaffen hatten. Das motivierte uns besonders und machte uns auch sehr stolz, als wir unseren Wurfstand fertig gebaut hatten und selbst erfolgreich ausprobieren konnten.

Zwei Tage vor dem großen Abschlussfest hatte ich meinen Bruder Eia ziemlich geärgert, was mir hinterher sehr leid tat.

Peter und ich tobten an diesem Nachmittag zu Hause herum. Draußen regnete es, weshalb wir uns nach der Ferienfreizeit nicht bei den Stiefgroßeltern am See aufhielten. Eia war den ganzen Tag bei seinem Freund und bereitete seine Radtour in die Eifel vor, die für das letzte Ferienwochenende geplant war. Ausgerechnet zu dem Zeitpunkt, an dem wir unser Abschlussfest hatten, wollten er und sein Freund zum Zelten fahren. Mein Großvater besaß in der Nähe von Gemünd noch ein kleines Wiesengrundstück mit Obstbäumen, das an einem Bach lag und sich zum Zelten herrlich eignete.

Peter und ich spielten Verstecken und waren ziemlich wild und albern. Natürlich suchte ich auch im Zimmer meines Bruders nach einem geeigneten Versteck. Dabei entdeckte ich auf seinem Schreibtisch einen mit Blümchen und Herzen bemalten Umschlag. Ich war gerade acht Jahre alt und konnte mir schon denken, um was für einen Brief es sich handelte. Von Liebesbriefen hatte ich schon gehört, jedoch noch nie einen in der Hand gehabt. Neugierig wie ich war, musste ich ihn natürlich lesen, auch wenn mir klar war, dass er darüber ziemlich sauer werden würde. Aber der Brief war ja nicht verschlossen und ich ergriff die Gelegenheit.

Er enthielt nicht viel Text, außer: »… du bist so toll – du bist so lieb … ich bin so verliebt in dich …« Das Geschriebene war umrahmt von unzähligen Herzchen, gemalt in allen Farbvariationen. Eiligst rief ich Peter zu mir und wir machten uns gemeinsam über diesen Brief lustig.

Als Eia abends nach Hause kam, zogen wir ihn damit auf, und das auch noch vor allen Familienmitgliedern. »Verliebt! Verlobt! Verheiratet!«, riefen wir – und: »Eia hat eine Freundin!«

Natürlich hatte er sich darüber richtig geärgert und uns beiden lebenslanges Eintrittsverbot in sein Zimmer erteilt!

Dann kam der Freitag und somit das große Fest. Eia und sein Freund waren schon frühmorgens mit ihren Rädern in Richtung Eifel aufgebrochen, vollbepackt mit Rucksack, Zweimannzelt und Proviant für mehr als ein Wochenende. Das Wetter war gut und kein Regen in Sicht.

Peter und ich wurden wie üblich von Hannelore in die Stadt gefahren. Sie gab uns beiden noch je 3,50 Mark in die Hand, damit wir an den anderen Ständen zugreifen konnten, wenn uns etwas gefiel.

»Rechnet mal damit, dass wir ab ca. 15 Uhr da sein werden. Oma und Opa bringen wir mit. Wir wollen natürlich alle euren Wurfstand ausprobieren«, sagte sie.

»Viel Spaß euch! Und hoffentlich kommen genügend Leute!«

Wir stürzten aus dem Auto und liefen zu unserem Gruppenraum. Zeitlich waren wir ein bisschen zu spät. Die anderen aus unserer Gruppe waren schon da und arbeiteten bereits am Aufbau der Wurfbude. Ohne zu zögern, packten wir sofort mit an.

Die ersten Besucher trafen um 10 Uhr ein. Zu Beginn lief es ziemlich schleppend an. Anfangs kamen nur eine Handvoll Kinder und Erwachsene, die zunächst noch zögerlich und schüchtern an den Ständen vorbeiliefen. Doch zum Mittag hin sollte sich dies schlagartig ändern. Auf einmal wurde es voll und auch an unserem Wurfstand bildeten sich die ersten Warteschlangen. Es war gar nicht einfach, den Ball im Eimer zu halten. Die meisten schafften es noch nicht einmal, einen Ball von fünfen in den Eimer zu werfen, ohne dass er wieder heraussprang. Peter und ich hatten die Aufgabe, es zwischendurch vorzuführen. Wir waren natürlich geübt und wussten, worauf es ankam. Meistens schafften wir mit leicht angeschnibbelten Würfen fünf von fünfen. Die anderen Kinder konnten nun sehen, dass es wirklich möglich war. Wenn jemand mindestens vier von fünf Tischtennisbällen im Eimer halten konnte, bekam er eine Süßigkeit als Belohnung.

Die Zeit verging wie im Fluge, denn wir hatten nun gut zu tun. Wir wunderten uns nur, warum unsere Eltern nicht kamen. Wir schauten immer wieder auf die Uhr. Mittlerweile war es schon halb fünf und immer noch war keiner zu sehen. Ich fing an, mich zu ärgern, weil wir uns doch so viel Mühe mit unserem Stand gegeben hatten, und gleich war alles vorbei. Dass vielleicht etwas passiert sein könnte, auf diesen Gedanken kam ich nicht.

Es war kurz nach fünf, als wir langsam anfingen, alles aufzuräumen und einzupacken. Tatsächlich hatten wir sehr viel Geld an unserem Stand eingenommen und unser Betreuer war mit uns allen vollends zufrieden. Er gratulierte uns und erlaubte uns, die restlichen Süßigkeiten aus der Wurfbude unter uns Ferienfreizeitkindern aufzuteilen.

Doch Peter und ich fühlten uns nicht recht wohl. Wir waren enttäuscht, dass sich keiner aus unserer Familie auf unserem großen Abschlussfest blicken ließ. Gerade packte ich die Tischtennisbälle in die Tasche, als ich meinen Stiefgroßvater auf uns zukommen sah. Er war ganz blass und ich bemerkte Tränen in seinen Augen. Ich registrierte sofort, dass etwas nicht stimmte.

»Was ist denn los? Wo sind Papa und Hannelore?«, rief ich ihm von Weitem zu. »Warum seid ihr denn nicht gekommen?«

Er stockte kurz, als er unseren Betreuer sah, und ging dann mit zügigem Schritt auf ihn zu. Ich sah, wie sie im Flüsterton miteinander sprachen. Unser Betreuer nickte ständig und schaute traurig dreinblickend zu Peter und mir. Mir war nicht wohl in dieser Situation und ich ahnte nichts Gutes, als Stiefgroßvater auf uns zukam und sich schließlich an uns wandte.

»Wir konnten nicht kommen«, sagte er zögerlich, »so leid es uns tut.« Er machte eine Pause, als habe er Mühe, die folgenden Worte auszusprechen. »Es ist etwas Schreckliches passiert. Ihr könnt alles stehen lassen, eure

Gruppe wird den Rest aufräumen. Wir fahren jetzt nach Hause.«

Während der kurzen Fahrt sprachen wir nicht ein Wort. Wir wussten immer noch nicht, was geschehen war, und das verstärkte unser Unwohlsein. Wir ahnten bereits, dass uns keine gute Nachricht erwarten würde. Peter schaute auch ganz bedröppelt und verunsichert drein.

Zu Hause angekommen gingen wir ins Wohnzimmer. Dort waren alle versammelt: mein Vater, Hannelore, Irmgard, Guido, die Stiefgroßmutter und sogar mein Patenonkel und meine Tante. Auch ein guter Freund von meinem Vater saß dort. Auf dem Tisch brannte eine Kerze und wir sollten uns aufs Sofa setzen. Mein Vater und Hannelore setzten sich neben uns. Ich bekam einen Kloß in den Hals.

Hannelore sah uns traurig an und begann zu sprechen: »Ihr müsst jetzt sehr tapfer sein. Euer Bruder ist heute mit dem Fahrrad verunglückt. Ein Tankwagen hat ihn überfahren. Eia war auf der Stelle tot. Tröstlich ist, dass er nichts gemerkt hat von dem Unglück. Er spürte keine Schmerzen.«

Alles um mich begann sich zu drehen. Ich konnte mich nicht zurückhalten; es brach sofort aus mir heraus. Ich schrie und weinte fürchterlich los. Seit ich meinen Stiefgroßvater auf dem Fest erblickt hatte, hatte ich die schlimmsten Gedanken in mir getragen.

Ich will nicht glauben, dass mein Bruder tot ist!! Das will ich nicht!! N e i n ...!!

Ich war verzweifelt und meine Tränen flossen unentwegt. Ich dachte sofort an seinen Liebesbrief und dass ich ihn damit so tief gekränkt hatte. Onkel Hermann, mein Patenonkel, nahm mich in den Arm und versuchte mir Trost zu spenden, indem er mich sanft hin und her schaukelte. Mein Vater war fix und fertig. Er war total blass und versuchte ganz tapfer zu sein. Er nahm mich aus der Umklammerung meines Onkels, fasste meine Hand und streichelte mir ein paar Tränen weg.

»Wir beide halten zusammen und passen auf uns auf. Versprochen!«, sagte er und versuchte, seine Tränen zu unterdrücken.

Über den Unfall wurde in allen Zeitungen ausführlich berichtet, bis ins kleinste Detail und mit entsprechenden Fotos vom Unfallort und dem Tankwagen, der seitlich umgekippt war. Man konnte nur erahnen, dass darunter irgendwo mein Bruder lag. Er hatte keine Chance. Beinahe am Ziel der Radtour angelangt, hielt er an einer roten Ampel an der Hauptkreuzung eines kleinen Dörfchens mit dem Namen Gemünd. Hinter ihm stand sein Freund. Sie freuten sich, dass sie die zahlreichen Serpentinen und die enormen Steigungen mit all dem Gepäck bereits geschafft hatten und es nur noch wenige Kilometer bis zum Ziel waren. Sie warteten an der Ampel auf Grün, um weiterfahren zu können. Plötzlich donnerte ein Tanklastwagen im Höchsttempo heran. Der Fahrer wollte wohl noch schnell in der Grünphase nach rechts abbiegen und überschätzte dabei seine Geschwindigkeit und die Gesetze der Schwerkraft. Der Wagen bekam Schlagseite und kippte um – er begrub meinen Bruder, der auf der Stelle tot war. Sein Freund, der hinter ihm stand, blieb wie durch ein Wunder unverletzt. Er wurde noch nicht einmal von dem Lastwagen gestreift.

Alle Zeitungsartikel hatte ich gesammelt und in einen meiner Erinnerungskartons gestopft, jedoch nie wieder hervorgeholt und gelesen. Mit nur acht Jahren wurde ich mit meinem ersten Todesfall konfrontiert. Es war der 04.08.1972 und ich sollte in meinem Leben nie wieder so heftig weinen wie über den Tod meines großen Bruders.

Kapitel 5 – Gefühle

Als ich nach der Arbeit zu Hause ankam, staunte ich nicht schlecht und meine trüben Gedanken waren wie weggewischt: Sabine saß in unserem Wohnzimmer. Was für eine Überraschung!

»Hallo, ihr beiden«, begrüßte uns zunächst meine Mutter. Und wie immer: Küsschen hier, Küsschen da und die obligatorische Frage, wie es uns denn auf der Arbeit ergangen sei.

»Guten Tag, Herr Kruse. Ich bin Sabine«, sagte sie zu Onkel Heinz gewandt.

Meine Mutter erklärte: »Sabine hat heute Mittag angerufen und wollte Tim sprechen. Ich sagte, dass ihr arbeiten seid, sie könne aber gerne um 17 Uhr vorbeikommen.« An Sabine gewandt fuhr sie fort: »Du bleibst doch hoffentlich noch zum Abendbrot, oder?«

Sabine sah zu mir herüber und lächelte verlegen. Ich wurde doch glatt ein bisschen rot.

»Hi, Sabine. Prima, du kannst gerne mit uns essen. Ist das dein Fahrrad vor der Tür?«

»Ja. Ich habe es ja nicht weit von Paffrath bis hierher. Ich muss nur spätestens um neun wieder zu Hause sein. Meine Eltern möchten nicht, dass ich noch so spät allein unterwegs bin.«

»Tim, zeig ihr doch mal dein Zimmer«, schlug meine Mutter vor. »Und die Pferde musst du ja auch noch versorgen. Dabei kann Sabine dir bestimmt helfen. Aber das macht ihr bitte erst nach dem Abendbrot. In zehn Minuten ist es fertig.«

Zum Glück schlief Gaby an diesem Wochenende bei einer Freundin.

Wie praktisch!, dachte ich. *So kann ich Sabine ungestört mein, na ja, unser Zimmer zeigen.*

Ganz sicher war ich allerdings nicht vor meiner Schwester. Ihre Freundin wohnte gerade mal ganze 60 Meter von uns entfernt und es war nicht garantiert, dass die beiden sich ausschließlich im Nachbarhaus schräg gegenüber aufhielten.

Sabine staunte. »Das ist ja super. Ihr habt sogar ein eigenes Badezimmer!«

»Ja, wir haben hier unten unser eigenes kleines Reich. Der einzige Nachteil ist, dass wir nicht so ohne Weiteres an den Kühlschrank kommen, wenn wir zwischendurch mal Hunger bekommen sollten. Der steht natürlich oben in der Küche unserer Eltern«, bemerkte ich. »Tagsüber steckt von außen zwar der Hausschlüssel in der Tür, damit wir jederzeit reinkommen. Er wird jedoch nach dem Abendessen in der Regel abgezogen. Meine Mutter und mein Stiefvater gehen nämlich immer sehr früh zu Bett und wollen dann natürlich nicht mehr von uns gestört werden. Zudem hat meine Mutter es nachts nicht so gerne, wenn der Schlüssel von außen an der Haustüre steckt.«

»Tim!«, hörten wir von oben meine Mutter rufen. »Das Essen steht auf dem Tisch. Kommt bitte hoch!«

»O. k. Dann mal los. Komm mit, Sabine. Wer zuerst oben ist!« Wie auf Kommando liefen wir beide die Treppen hinauf und schubsten, hielten und neckten uns, zwei Stufen auf einmal nehmend. Natürlich ließ ich Sabine mit minimalem Vorsprung gewinnen.

»Erster!«, rief sie strahlend.

Ich öffnete die Tür und wir gingen ganz langsam in die Küche. Der Tisch war gedeckt wie immer. Es gab Graubrot mit Käse und Wurstaufschnitt.

»Erzähl doch mal, Sabine. Was machst du denn jetzt nach dem Realschulabschluss?«, wollte meine Mutter von ihr wissen.

»Ich gehe wie Tim auf die Höhere Handelsschule nach Bergisch Gladbach.«

»Das ist ja schön«, sagte meine Mutter. »Und hast du dir für die Ferien noch etwas vorgenommen?«

»Mit meinen Eltern war ich zwei Wochen bei unseren Verwandten in Bayern am Starnberger See. Daher steht jetzt nichts mehr an.«

»Oh!«, erwiderte meine Mutter. »Dann kannst du ja auch gerne öfters, wenn du Zeit und Lust hast, zu uns kommen. Tim wird sich bestimmt freuen.«

»Mama!!«, sagte ich und warf ihr einen bösen Blick zu.

»Oder nicht, Tim?«

»Doch, doch. Können wir ja machen«, knirschte ich.

Jetzt redete sich meine Mutter heiß ...

»Wir können ja vielleicht auch mal deine Eltern zu uns einladen.«

»MAMA!!«, stöhnte ich und blickte sie mahnend an.

Jetzt wird es langsam peinlich. Nun fehlt nur noch, dass sie Sabine fragt, ob wir schon lange ›zusammen gehen‹ ...

»Habt ihr beide schon öfters mal etwas zusammen unternommen? Ihr könnt ja auch mal am Wochenende ins Kino gehen, oder?«

»Nun lass die beiden doch mal, Doris!«, brachte sich Onkel Heinz ein und versuchte meine Mutter zu bremsen.

Das gibt es doch gar nicht! Aber ich habe so etwas in der Art ja schon befürchtet. Typisch! Ich muss zusehen, dass wir schnell hier verschwinden …

Sabine schien das Gleiche zu denken. Ich sah, dass sie ihr Brot bereits aufgegessen hatte, so wie ich auch.

»Ich muss ja noch die Pferde versorgen. Komm mit, Sabine, ich zeig dir alles!«

Sie sprang sofort auf und war sichtlich erleichtert.

»Seid ihr denn schon satt? Wollt ihr nicht noch etwas essen?«, versuchte meine Mutter uns noch am Tisch zu halten.

»Nein. Vielen Dank, Frau Kruse. Ich bin wirklich satt. Vielen Dank!«, antwortete Sabine.

Ich schnappte mir den Stallschlüssel vom Schlüsselbord und dann flitzten wir ab durch die Tür. Sabine folgte mir.

Wir wohnten am Ende einer Sackgasse. Fast nur schicke Ein- oder Zweifamilienhäuser. Gegenüber von unserem Haus lag eine kleine Weide, die bei unserem Einzug vor sich hin wilderte und nicht genutzt wurde. Onkel Heinz und meine Mutter hatten die Idee, dort Ponys zu halten. Dies wäre ein schönes Hobby, meinten sie, auch für uns Kinder wäre es toll. Da Onkel Heinz handwerklich sehr geschickt war, traute er sich das Ganze auch zu. Er begann, sich intensiv über Pferdehaltung zu informieren, und es dauerte nicht lange, dann stand die

Entscheidung fest. Wir kauften uns auf einem Pferdehof in der Nähe zwei Fjordpferde – sogenannte Norweger – namens Marco und Sascha. Bevor wir sie jedoch zu uns holen konnten, mussten wir die Weide herrichten. Wochenlang packten wir in jeder freien Minute an und zimmerten und hämmerten, um den bereits vorhandenen alten Stall wieder herzurichten und den Zaun rings um die Weide komplett zu erneuern. Aber die Arbeit hatte sich gelohnt. Es war ein großes Ereignis für alle Bewohner unserer Straße, als Marco und Sascha mit einem Pferdetransporter in ihr neues Zuhause gebracht wurden. Spontan machten wir eine kleine Grillfeier daraus. Die Nachbarn brachten Bier und Wein mit und alles, was der Kühlschrank für ein Barbecue hergab. Die Pferde fühlten sich von Anfang an wohl. Als wir sie aus dem Anhänger auf die Weide ließen, liefen und sprangen sie wie verrückt hin und her, von einer Ecke in die andere. Es dauerte eine ganze Weile, bis sie sich beruhigt hatten und dann genüsslich von dem hohen Gras fraßen.

Bei der Versorgung der Pferde musste ich kräftig mit anpacken. Zusammen mit Onkel Heinz war ich zuständig für das Einlagern und die Verteilung von Heu und Stroh, für die Säuberung des Stalls und die Ausbesserung von Schäden rund um den Stall und die Weide. Gaby übernahm in der Hauptsache das Striegeln und das Füttern der beiden Pferde. Nur meine Mutter hatte keine aktive Rolle übernommen. Sie hatte die Rolle des stillen Beobachters, Genießers und Beraters. Zudem versorgte sie uns alle stets mit reichlich Essen und Trinken, wenn wir fleißig zu Gange waren. Onkel Heinz und meine Schwester waren die Reiter in unserer Familie. Ich selbst hatte keinen Spaß daran. Mein Herzblut lag tatsächlich eher an der Arbeit rund um die beiden Pferde.

Marco und Sascha waren uns nach einigen Wochen schon sehr ans Herz gewachsen. Doch an einem frühen Sonntagmorgen klingelte jemand Sturm an unserer Haustür. Es war unser Nachbar, der direkt neben der Weide wohnte. Er war ganz aufgeregt und rief, dass die Pferde ausgebrochen waren. Er hätte Marco im Wald und auf dem Feld vor der Weide rennen sehen. Onkel Heinz und ich warfen uns schnell ein paar Klamotten über und liefen eiligst nach draußen. Wir sahen Marco auf dem Feld schnaubend hin und her laufen und dabei wild um sich treten. Ganz langsam näherten wir uns ihm und schafften es, ihn mit gutem Zureden wieder einzufangen. Von Sascha jedoch war nichts zu sehen. Stundenlang suchten wir alles ab und hegten langsam den Verdacht, dass die beiden nicht ausgebrochen waren, sondern dass wir Opfer eines Pferdediebstahls geworden waren. Letztendlich konnten wir den Spuren im Feld folgen, die uns zu einer entfernten Wiese führten. Dort fanden wir auch Reifenspuren, welche auf einen Pferdetransporter hinwiesen. Marco musste sich freigekämpft haben, im Vergleich zu Sascha war er wilder, aufmüpfiger und schwer zu bändigen. Die später hinzugerufene Polizei bestätigte unseren Verdacht und sagte, dass dies kein Einzelfall war. Ständig wurde in dieser Zeit von Pferdediebstählen berichtet.

Scheinbar ist der Markt für Pferdefleisch gerade sehr lukrativ. Entsetzlich!! Ich kann mir nicht vorstellen, jemals Pferdefleisch zu essen. Wer macht denn so etwas??

Onkel Heinz wollte die Hoffnung nicht aufgeben und fuhr tagelang alle Schlachtereien in der Umgebung ab. Doch keine Chance. Sascha blieb spurlos verschwunden und wir mussten irgendwann die Hoffnung aufgeben, ihn jemals wiederzusehen.

Marco ging es in den Tagen danach überhaupt nicht gut. Ihn hatte das alles enorm mitgenommen. Er fraß nichts mehr und tobte oft wie wild herum, wieherte fast ununterbrochen, als ob er seinen Freund rufen würde. Ganz schnell wurde uns klar, dass wir für Marco einen neuen Freund besorgen mussten. Man hatte uns dies auch wärmstens empfohlen. Wir überlegten zunächst sogar, eine Ziege anzuschaffen, damit Marco nicht so einsam war. Es ergab sich jedoch, dass uns eine Haflingerstute namens Rosi angeboten wurde. Da hatte Onkel Heinz zugeschlagen, und von dem Moment an, als Rosi auf unserer Weide stand, war Marco wieder ganz der Alte. Die beiden beschnupperten sich kurz und Marco fing sofort an zu grasen – so, als ob nichts passiert wäre.

»Mensch«, sagte Sabine, »das ist ja richtig schön hier!«

»Ja! Wir brauchen nur aus der Haustüre heraus und kurz über die Straße. Komm mit, ich zeige dir alles. Wir haben auch eine kleine Grillecke.« Ich nahm kurz Anlauf und hüpfte mit einem Schersprung kurzerhand über das Gatter des Weidezauns, ohne es mit der Hand zu berühren. Sabine staunte nicht schlecht. Ich wollte ihr ja auch imponieren.

»Wenn ich nichts in der Hand habe, mache ich das immer so. Das geht schneller, als wenn ich jedes Mal die beiden Querstangen aus der Halterung nehmen muss.

Hochsprung habe ich als kleiner Junge schon gerne gemacht«, erzählte ich. »Aber warte! Ich helfe dir!«

Für Sabine machte ich mir natürlich die Mühe und zog die beiden Querstangen aus der Verankerung. In dem Moment kam Marco gemächlich auf uns zugetrottet.

Er rechnet sicherlich damit, dass er etwas Leckeres zu naschen bekommt. Da lässt er nun mal nichts anbrennen.

Natürlich hatte ich Sabine vorher etwas hart getrocknetes Brot für die Pferde gegeben.

»Vorsicht, Sabine. Marco ist ziemlich stürmisch. Du musst deine Finger einziehen, sonst hat er die schnell mit geschnappt. Und achte auf die Knöpfe deiner Jacke! Auch da lässt er nichts unversucht, um daran zu knabbern und zu reißen.«

Sabine hatte keine Angst. Sie hatte alles gut im Griff und ließ sogar noch etwas Brot für Rosi übrig. Nachdem ich ihr alles gezeigt und die Pferde mit etwas Heu für die Nacht versorgt hatte, setzten wir uns auf die Bank in unserer Grillecke.

»Deine Mutter ist ein bisschen merkwürdig, oder?« Sabine lächelte mich an, als sie das sagte.

»Jo ... Ich weiß auch nicht. Manchmal ist sie wie eine Glucke. Sorry. Aber es ist auch ein Zeichen dafür, dass sie dich nett findet.«

»Kein Problem. Außerdem hatte sie doch eine gute Idee.«

»Was für eine Idee?«, fragte ich.

»Na ja, das mit dem Kino. Hättest du Lust dazu?«

»Hm. Klar. Warum nicht ...« Ich nickte.

»Ich habe gehört, dass es einen neuen Film mit Terence

Hill und Bud Spencer geben soll«, erzählte Sabine und sah mich dabei strahlend und zugleich auffordernd an.

»Jo … das hört sich gut an«, antwortete ich und strahlte zurück.

Sabine sah auf ihre rosafarbene Armbanduhr. »Ich muss los, Tim. Wenn ich zu spät nach Hause komme, gibt es wirklich dick Ärger mit meinem Vater. In der Beziehung ist er nämlich sehr streng und lässt auch nicht mit sich reden.«

»O. k.!«, meinte ich. »Ich begleite dich natürlich nach Hause.«

»Nein, das brauchst du nicht.«

»Doch, doch. Mein Vater hat mir schon immer gesagt, dass ich ›Damen‹ nach einem Treffen bis vor die Haustüre bringen muss, damit auch sicher ist, dass sie gut und heile zu Hause ankommen! Das gehört sich so!«

»Und?«, fragte Sabine.

»Was?«

»Ja, und? Hast du schon mal sogenannte ›Damen‹ nach Hause gebracht?«

Ich musste lachen. »Nein – du bist die Erste!« Ich kniff sie in den Oberschenkel und rannte los, bevor sie reagieren konnte. Wieder sprang ich über das Gatter des Weidezaunes und diesmal rief ich: »Erster!«

Sie kletterte über die Querstangen und sprang mir in die Arme.

»Dann mal los!«, sagte sie. »Mal sehen, ob du auch im Fahrradfahren so schnell bist!«

Wir gingen hoch in die Wohnung, um Bescheid zu sagen, dass ich Sabine nach Hause begleiten würde.

Artig sagte Sabine meiner Mutter und Onkel Heinz

auf Wiedersehen. »Und vielen Dank noch mal für das Abendbrot.«

»Das war doch gerne geschehen«, sagte meine Mutter. Sie konnte es natürlich nicht lassen und fragte neugierig: »Ich hoffe, du kommst bald wieder vorbei? Und vielleicht lernen wir auch mal deine Eltern kennen? Bestell doch unbekannterweise schöne Grüße von uns.«

»MAMA!! Die kenne ICH ja noch nicht einmal!« Ich schüttelte den Kopf und Sabine und Onkel Heinz lachten laut.

Bis zu Sabines Zuhause war es nicht weit. Sie wohnte im Nachbardorf ungefähr sechs Kilometer entfernt. Es gab zwei Wege dorthin: eine kürzere Strecke, jedoch auf der vielbefahrenen Hauptstraße, und eine etwas längere durch den Wald und über die Felder. Für diese Strecke hatten wir uns natürlich entschieden.

Bei ihr zu Hause angekommen, parkte sie ihr Fahrrad seitlich in einer Hofeinfahrt. Ich brachte sie wie versprochen bis zur Tür und Sabine sah mich an.

»Meine Eltern schauen bestimmt gerade einen Film im Fernsehen. Magst du kurz mit reinkommen?«

»Hm«, sagte ich nachdenklich. »Lieber heute nicht. Der Tag war durch meine Eltern schon peinlich genug«, schmunzelte ich, »und außerdem habe ich ja keine Blumen für deine Mutter dabei. Das ist das Zweite, was mir mein Vater immer geraten hat …«

Sabine lachte. »Was für ein Quatsch. Das brauchst du doch nicht! Hat dir dein Vater noch mehr solcher Dinge beigebracht?«

»Ja, eine ganze Menge. Das Dritte ist auf jeden Fall: Fragen …«, antwortete ich geheimnisvoll.

»Was meinst du mit ›Fragen‹?«

Ich schaute Sabine an, beinahe wie von Zauberkraft geführt streckte ich meine Hand aus und berührte leicht ihre Wange. »Darf ich mal?«, fragte ich.

Sabine schaute mich an und sagte leise: »Das meint dein Vater mit ›Fragen‹?«

»Ja!«

»Dann ja …!«

Unsere Lippen berührten sich und wir küssten uns ganz schüchtern und sanft. Es war mein erster Kuss und es fühlte sich herrlich an! Wer hätte das gedacht, dass die Ratschläge meines Vaters tatsächlich funktionierten!

Von drinnen hörten wir Türen schlagen und das Geklapper von Geschirr. Ich registrierte eine wunderhübsche leichte Rötung in ihrem Gesicht, als sie mir zögerlich zuflüsterte: »Das sind meine Eltern. Ich muss jetzt rein. Danke schön fürs Nach-Hause-Bringen. Sehen wir uns bald?«

»Ganz bestimmt! Ich rufe dich an. Wir sind doch fürs Kino verabredet! Schlaf schön!« Ich drehte mich um und sprang aufs Fahrrad.

Die ganze Rückfahrt über musste ich an unseren Kuss denken.

Ich bin der glücklichste Mensch auf der Welt! Von wegen dick, pickelig und hässlich! Wusste ich doch schon immer, dass das nicht stimmt!!

Kapitel 6 – Entwurzelt

Die Hälfte ist geschafft! Super! So wird das was mit meiner Reise nächstes Jahr.

Meiner Mutter gab ich jeden Freitag meine Lohntüte mit dem Bargeld, das ich die Woche über verdient hatte. Montags ging sie dann zur Raiffeisenbank und zahlte es dort auf mein Sparbuch ein. Das Schöne war, dass sie den ungeraden Betrag, den sie von mir erhalten hatte, immer mit einem Extra-Bonus aufrundete.

Auf der Fahrt nach Wülfrath musste ich an Sabine denken. An den ersten Kuss. Und an die väterlichen Ratschläge im Umgang mit ›Damen‹, die ich beachtet hatte und welche auch noch funktionierten. Ich lachte kurz auf.

»Was ist los, Tim? Worüber musst du gerade lachen?«, fragte Onkel Heinz.

»Och ... Nichts Besonderes. Nur so ...«

Er erwiderte nichts. Er hatte wohl auch nicht ernsthaft erwartet, dass ich jetzt großartig zu erzählen anfange. Und die anderen im Halbschlaf befindlichen Arbeitskollegen interessierte dies auch nicht.

Schon merkwürdig, wie sich mein noch junges Leben bisher entwickelt hatte. Ständig diese Aufs und Abs! Viele schöne Momente, jedoch auch viele chaotische lagen bereits hinter mir.

Mein Vater und Hannelore heirateten am selben Tag wie meine Mutter und Onkel Heinz!

Wie verrückt ist das denn?!

Schade fand ich schon, dass ich mich nicht teilen und bei beiden Feiern dabei sein konnte. Meine Mutter war sicherlich sehr traurig darüber, dass ich nicht zu ihrer Hochzeit kam. Dass sie noch nicht einmal das Datum ihrer Hochzeiten ausgetauscht hatten ... Daran konnte man erkennen, wie tief ihre Differenzen zu dem Zeitpunkt gewesen sein mussten.

Nach dem jahrelangen Hin und Her und nach dem schrecklichen Tod meines Bruders versuchte ich nun, die schönen Seiten des Lebens zu entdecken und natürlich auch zu genießen. Die nächsten vier Jahre bedeuteten für mich eine traumhaft schöne Zeit. Zunächst einmal hatte ich jedoch Mühe, mit dem plötzlichen Zuwachs an Familienmitgliedern aus allen Richtungen klarzukommen. Stiefgroßeltern, Stiefgeschwister, Stiefmutter, Stiefvater – und das Ganze gleich mehrfach, durch Hannelores Familie und durch die Familie von Onkel Heinz. Langeweile kam nie auf. Irgendwo und bei irgendwem schlug ich immer auf. Und wenn ich nicht gerade mit meiner Mutter oder mit meinem Vater bei ›Alt‹- und ›Neu‹-Verwandten unterwegs war, dann schlugen die Verwandten oft genug bei uns zu Hause auf. Das Schönste an der neuen Situation erkannte ich schnell: Zu Geburtstagen und Feiertagen wurde ich stets auf das Beste bedacht. Im Vergleich zu früher bestimmt doppelt und dreifach! Die Medaille hatte jedoch eine Kehrseite. Hannelore, meine Stiefmutter, war stets hinterher, dass wir Kinder auch umgekehrt für alle Feste und Feiern immer Geschenke mitbrachten. Natürlich musste es etwas Selbstgebasteltes sein. Dies führte dazu, dass uns Hannelore unermüdlich alles beibrachte, was man sich nur vorstellen konnte. So

lernte ich, Bilder in allen Variationen zu malen, Holz-
bilderrahmen herzustellen, Streichholzskulpturen zu
kleben, Wachskerzen zu gießen, Tontöpfe zu töpfern,
Glasperlenketten aufzufädeln, Kastanienmännchen zu
bauen, Ostereier auszublasen, Weihnachtssterne in allen
Farben und Formen zu basteln und sogar das Stricken
und Häkeln von Socken und Topflappen! Peter und ich
bastelten um die Wette und legten uns von allem einen
guten Vorrat an. So gingen uns nie die Geschenke aus.

Den größten Spaß bereitete uns der See bei den Stiefgroßeltern. Ich entwickelte mich im Sommer zu einer
Wasserratte. Jede freie Minute ruderten Peter und ich
mit dem kleinen Paddelboot auf dem Wasser, sprangen
und schwammen um die Wette. Das Grundstück war
ein riesengroßer Abenteuerspielplatz für uns. Selbst im
Winter gingen uns die Ideen nicht aus. Bei aufkommen-
dem Frost konnten wir es kaum erwarten, dass Großvater die Eisfläche für uns freigab. Er war dabei sehr
gewissenhaft und ging keinerlei Risiko ein. Mit einem
Hammer und einem Zollstock bewaffnet, prüfte er zweimal am Tag die Eisfläche auf deren Tragfähigkeit. Eine
Eisdicke von acht Zentimetern, die allgemein als ausreichend gilt, war ihm nicht sicher genug. Erst wenn
der See zehn Zentimeter Dicke erreicht hatte, eröffnete
er ganz feierlich die Schlittschuhsaison, indem er selbst
zuerst auf das Eis ging und mehrmals hoch- und run-
tersprang, um zu demonstrieren, dass alles wirklich sicher sei. Am schönsten war es, wenn es noch zusätzlich
geschneit hatte. Dann trommelten wir ein paar Nach-
barsjungen zusammen, machten mit Schneeschiebern
und Besen eine Eishockeyfläche frei und spielten mit

selbstgezimmerten Hockeyschlägern aus Besenstiel und angenagelten Holzbrettern, bis es dunkel wurde.

Meine Mutter und Onkel Heinz fuhren mit uns oft in den Urlaub. Er war ein begeisterter und sehr guter Skifahrer. Deshalb war es nicht verwunderlich, dass er meiner Mutter, Gaby und mir schnell das Skifahren beibrachte. Sobald der erste Schnee fiel und ich das Wochenende bei meiner Mutter war, fuhren wir ins Sauerland, wo es einige kleinere Skilifte gab. Das war optimal, um das Skifahren zu erlernen. Meine Eltern hatten die Regelung getroffen, dass ich Weihnachten grundsätzlich bei meinem Vater verbrachte und die Zeit bis nach Silvester bei meiner Mutter. Traditionell fuhren wir dann jedes Jahr in den Skiurlaub ins Ötztal nach Österreich. Das waren natürlich ganz andere Berge und Strecken als im Sauerland. Gaby und mich steckten sie jedes Mal in einen Skikurs, wo wir beide uns allmählich zu richtig guten Skifahrern entwickelten. Das Highlight am Ende der Woche war stets die Teilnahme an einem Gästerennen und wir fuhren in den jeweiligen Altersgruppen immer sehr gute vordere Plätze ein.

Mein Vater fuhr mit uns selten in den Urlaub. Das Seegrundstück bei Hannelores Eltern bot uns alles, was wir brauchten. Unser letzter gemeinsamer Urlaub war im Sommer 1976. Zu fünft waren wir – mein Vater, Hannelore, Guido, Peter und ich – im vollgepackten Opel Kadett nach Westende an die Nordsee in Belgien gefahren. Mein Vater hatte für zwei Wochen direkt an der Promenade ein Ferienhausappartement gemietet. Die von außen eher schrecklich anzusehenden Hochhausappartements störten uns nicht. Im Gegenteil. Wir hatten eine geräumige Erdgeschosswohnung und mussten nur wenige Schritte einmal quer über die Promenade gehen, um direkt am feinen Sandstrand zu sein. Jeder von uns konnte sich frei bewegen und tun, was er wollte. Morgens beim gemeinsamen Frühstück planten wir unseren Tag und legten fest, wann und wo wir uns für gemeinsame Aktivitäten treffen wollten. Meistens ging es dabei natürlich um die Mahlzeiten. Jeden Tag war ich mit Peter unterwegs, wir waren immer noch wie ein Herz und eine Seele. Streit unter uns beiden kannten wir nicht. Abwechslung gab es in Westende reichlich und es wurde uns nie langweilig. Falls es mal zu frisch war oder wir genug von den Strandspielen hatten, durften wir uns eines der zahlreich vorhandenen Go-Karts ausleihen. Diese gab es in allen Variationen, als Einsitzer, Zweisitzer und auch als Familien-Go-Kart. Oft gingen wir auch zum nahe gelegenen Minigolfplatz. Dann kam Guido stets mit, da dies seine Leidenschaft war. Und tatsächlich, besiegen konnten wir ihn nie. Mittags gingen wir manchmal zusammen in den Ort zu einer original belgischen Pommesbude. Die Pommes gab es dann entweder in einer Tüte in die Hand zum Mitnehmen oder, wenn wir uns dort hinsetzen wollten, für uns alle in einer riesigen Schüssel. Die Belgier machen die weltbesten Pommes frites, stellte ich bei dieser Gelegenheit fest!

An einem der schönen und heißen Urlaubstage kam es zu einem heftigen Streit zwischen Guido und mir. Im Nachhinein muss ich zugeben, dass ich wohl der Verursacher war. An diesem Vormittag war ich wie aufgedreht und wollte Action. Den anderen war es zu heiß und sie wollten sich nur in der Sonne auf den Handtüchern am

Strand grillen lassen. Selbst mit Peter war an diesem Tag nichts los, er lag nur faul herum und las ein Buch. Enttäuscht, dass keiner mit mir etwas unternehmen wollte, ergriff ich mein ›Fünf Freunde‹-Buch von Enid Blyton und versuchte, ein paar Seiten zu lesen. ›Fünf Freunde verfolgen die Strandräuber‹ war der Titel – wie passend! Doch irgendwie hatte ich keine Lust zu lesen und fing an, Guido zu necken, indem ich ihn abwechselnd mit meiner Wasserpistole nassspritzte und mit Sand bewarf. Nicht schlimm eigentlich, so dachte ich zumindest. Doch Guido war davon ziemlich genervt, zumal ich auch nicht damit aufhören wollte. Es kam dann so, wie es kommen musste, wenn ein großer Bruder seinen nervigen kleinen Bruder in die Schranken wies. Guido sprang auf, und ehe ich in Deckung gehen konnte, gab er mir eine heftige Ohrfeige, sodass ich rücklings in den Sand flog. Wahrscheinlich mehr aus Schreck als aus Schmerz, fing ich laut an zu schreien und ging umgekehrt auf Guido los. Jedoch ohne Erfolg. Gefühlte fünf Köpfe größer, hielt er mich ohne Weiteres auf Distanz und fing seinerseits an, mich laut auszulachen, weil ich ihm nichts anhaben konnte. Nachdem ich gefühlte 15 Mal rücklings auf dem Sand gelandet war, gab ich irgendwann genervt auf und lief wutentbrannt auf direktem Wege quer über die Promenade in unser Ferienappartement. Dort angekommen, griff ich, immer noch wütend, zu meinen Mal- und Schreibutensilien, die ich für Regentage mit in den Urlaub genommen hatte, und fing an, die übelsten Dinge über meinen Stiefbruder Guido aufzuschreiben: »Guido ist ein Idiot!« »Er ist ein A…loch.« »Nie wieder werde ich ein Wort mit Guido sprechen!« »Ich will nie wieder etwas mit ihm zu tun haben!« Ich krönte meine Ausführungen damit, dass ich anschließend den Bleistift auseinanderbrach und beide Hälften auf den Zettel klebte. Der zerbrochene Stift sollte symbolisch als eine Art Schwur dafür stehen, dass es mir wirklich ernst damit war, nie wieder mit Guido sprechen zu wollen. Tatsächlich hielt ich den Zettel noch lange in irgendeiner meiner Erinnerungskisten versteckt. Zur Wahrheit zählt jedoch auch, dass ich dann relativ schnell, nach gefühlten 25 Stunden, wieder mit Guido gesprochen hatte.

Dazu beigetragen hatte zu einem großen Teil mein Vater. Am Abend des heftigen Streits mit Guido erledigten Peter und ich wie immer gemeinsam den Abwasch. Danach zog es mich zu meinem Vater. Er verweilte wie jeden Abend auf einer der großen Holzbänke auf der Seepromenade mit Blick auf die Nordsee und genoss den Sonnenuntergang. Aufgrund des Streites war die Stimmung, zumindest bei mir, ziemlich getrübt und ich wollte einfach nur mit meinem Vater allein sein. Es war ein windiger und frischer Abend, von der Hitze des Tages war nichts mehr zu spüren. Die Sonnenstrahlen mühten sich zwischen dicken, teils schwarzen, Wolken hindurch bis hinunter zu den immer wilder werdenden Wellen der Nordsee. Ein traumhafter Anblick. Über dem Strand, vor dem gebrochenen Licht der Sonnenstrahlen, segelten die Möwen im Wind.

Eine Zeitlang saßen wir still nebeneinander und genossen beide die Stimmung des Abends. Wie so oft folgte ich mit eng zusammengekniffenen Augen in weiter Ferne dem Verlauf der Sonnenstrahlen. Ich war schon immer fasziniert von dem Wunder der Sonne, die alles Leben auf unserem Planeten erst möglich macht. So kraftvoll, scheinbar zum Greifen nah und letztendlich doch so unerreichbar weit weg. Ich kam ins Träumen. So lag ich nun in den Armen meines Vaters und es tat richtig gut, das Gefühl der Geborgenheit zu spüren.

Als ob mein Vater meine Gedanken erraten hätte, sagte er in sanftem Tonfall:

»Das Fräulein stand am Meere – und seufzte lang und bang.

Es rührte sie so sehre – der Sonnenuntergang.

Mein Fräulein! Sein Sie munter, das ist ein altes Stück;

Hier vorne geht sie unter – und kehrt von hinten zurück.«

Ich sah meinen Vater an und lächelte.

»Nicht von mir ...«, sagte er, »ein Gedicht von Heinrich Heine, das ich noch aus meiner Schulzeit kenne.«

In diesem Moment kam Hannelore langsam auf uns zu, in den Händen zwei leichte Sommerdecken.

»Ich möchte euch nicht stören. Ich habe euch beobachtet, wie ihr zusammen den Abend genießt. Der Vater und der Sohn – ganz vereint.«

Mein Vater und ich strahlten.

»Hier, deckt euch zu. Es wird langsam kühler.« Sie reichte uns die Decken und verschwand wieder in Richtung Ferienappartement.

Mein Vater fragte leise: »Und, ist alles wieder gut? Hast du dich mit Guido vertragen?«

»Nee. Er hat mir richtig wehgetan.«

»Tja«, erwiderte mein Vater, »ich glaube, so ganz unschuldig an der Situation warst du nicht, wenn du mal ehrlich darüber nachdenkst, oder?«

»Trotzdem. Er hätte doch nicht so heftig schubsen und schlagen müssen …«

Er lächelte, als er mich unterbrach, und erwiderte: »Und du? Wie oft hat er dich gebeten und gesagt, dass du doch mit dem Sandwerfen und Wasserspritzen aufhören sollst?«

»Hm …«, antwortete ich nur. Ich dachte über die Fragen nach, die mein Vater mir gestellt hatte, und gab ihm irgendwie recht.

Nach einer weiteren Weile des Nachdenkens, sagte ich: »Schade, dass Gaby und Eia nicht bei uns sind!«

»Ja. Sie fehlen mir auch. Beide sind in Gedanken immer bei mir. Ich kann mir vorstellen, dass die Zeit und das Erlebte für dich ganz schrecklich waren. Wir müssen Eia immer im Gedächtnis behalten. In unserem Herzen lebt er weiter. Leider bietet das Leben auch solche Schattenseiten. So schlimm es ist, wir können dies nicht verhindern und müssen daher jeden Moment unseres Daseins genießen und vor allen Dingen das Beste daraus machen. Denke mal an euren Streit von heute. Klar, kleinere Streitigkeiten und Nickligkeiten wird es immer geben. Auch das gehört zum Leben dazu.« Er seufzte kurz und sprach weiter: »Manchmal sollte man sich einfach in die Situation des Anderen hineinversetzen und versuchen, sich bewusst zu machen, wie man sich selbst umgekehrt in so einer Situation fühlen würde. Das heißt nicht, dass man alles akzeptieren muss. Jedoch hilft es, den Anderen besser zu verstehen, und das beeinflusst dann oft das weitere eigene Handeln. Verstehst du, was ich meine, Tim?«

»Ich glaube, ja«, erwiderte ich leise.

»Und bezüglich deiner Schwester möchte ich auch, dass du etwas wissen sollst und nie vergessen darfst.«

»Was denn?«, fragte ich neugierig.

Der Wind wurde frischer und nahm etwas an Fahrt auf. Ich kuschelte mich noch mehr unter die Decke und an meinen Vater.

Er fuhr fort: »Ich möchte nur, dass du genau weißt, was die Wahrheit ist. Du darfst auch nie vergessen, was ich dir heute sage. Egal, was andere über deine Schwester sagen, egal, was du vielleicht irgendwann einmal darüber lesen solltest: Gaby ist und bleibt immer deine Schwester. Sie ist nicht nur deine Halbschwester. Ich weiß genau, dass sie meine Tochter ist und nicht die von dem neuen Mann deiner Mutter. Wie gesagt, du darfst nie etwas anderes glauben!«

Ich dachte über das Gesagte nach.

Der Unterschied zwischen Halb- und ganzer Schwester kam mir bis jetzt eh nicht in den Sinn. Für mich spielte dies nie eine Rolle und wird es auch nie tun!

»Ja, klar, Papa! Das weiß ich. Gaby ist meine Schwester und deshalb wäre es ja schöner, wenn sie jetzt auch bei uns wäre.«

»Ja, das denke ich auch oft. Deine Mutter und ich mussten uns damals bei der Trennung einigen. Ich kann einer Mutter ja nicht alle Kinder wegnehmen. Deshalb habe ich vor dem Scheidungsgericht damals auch dem Willen deiner Mutter nachgegeben und ausgesagt, dass Gaby nicht meine Tochter sei. Gaby war zu diesem Zeitpunkt noch so klein und bekam von alledem nichts mit, sodass wir es am besten fanden, dass sie zu deiner Mutter ging, und du bist bei mir geblieben. Du warst ja schon viel älter, hattest vieles mitbekommen und hast dich zu Hause ja auch schon heimisch gefühlt. Das wollten wir dir auf keinen Fall nehmen. So oder so, ich liebe euch alle gleichermaßen und eure Mutter empfindet genauso. Und letztendlich wollte ich weiteres Leid durch vielleicht nicht enden wollende Gerichtsverfahren und Gutachten von euch Kindern fernhalten. Ich wollte einfach endlich einen Schlussstrich nach vielen Jahren des Hin und Her ziehen und fand, dass es für alle Beteiligten so wirklich das Beste sei.«

»Papa! Ich finde es prima so. Ich bin froh, dass ich bei dir bin. Und Hannelore ist auch klasse!!«

Wir saßen noch eine ganze Weile so still zusammen. Mein Blick verfing sich wieder an den Sonnenstrahlen, die vor den dunklen Wolkenfetzen nun in einem herrlichen Rot erstrahlten. Ein Gefühl des bisher nicht bekannten Fernwehs machte sich langsam in mir breit. Der breite Horizont mit dem herrlichen Anblick der nun blutroten Sonne schienen mich in die Ferne locken zu wollen. Ich erinnerte mich an die Geschichten meines Patenonkels, die er mir über die Erlebnisse in amerikanischer Gefangenschaft erzählt hatte.

»Bist du eigentlich schon mal in Amerika gewesen?«, fragte ich meinen Vater.

»Nein. Leider noch nicht. Das wäre sicherlich ein aufregendes Erlebnis. Ich kenne Amerika nur von den Erzählungen deines Onkels und natürlich aus meinen vielen Karl-May-Büchern, die wir bei uns im Bücherregal stehen haben. Reizen würde es mich schon, einmal dorthin zu reisen. Vielleicht machen wir dies eines Tages ja mal zusammen. Würde dir das gefallen?«

»Keine Frage, Papa!« meine Augen strahlten und ich nahm mir vor, wenn wir wieder zu Hause waren, direkt mit dem Lesen der Karl-May-Bücher zu starten.

Die Sonne war unterdessen fast vollständig am Horizont verschwunden.

Irgendwann mussten mir in den Armen meines Vaters liegend die Augen zugefallen sein.

Am nächsten Morgen am Frühstückstisch fragte er mich: »Weißt du eigentlich, wie du ins Bett gekommen bist?«

Ich schüttelte den Kopf. Aber mir dämmerte etwas.

»Guido hat dich ins Bett getragen. Für mich bist du mittlerweile zu schwer geworden. Und nur auf einem Bein und mit meinen Krückstöcken habe ich es gar nicht erst versucht.«

Ich schaute Guido ganz verdutzt an: »Oh!«

Und wir lachten alle.

In dem Moment klaute mein Vater Peters Frühstücksei und steckte es ganz in den Mund, ohne es zu zerkauen. Dann machte er Grimassen und rollte mit seinen Augen hin und her. Ganz gruselig sah das aus.

»Nein!«, beschwerte sich Peter entsetzt. »Das ist mein Ei!«

Mein Vater nahm es aus dem Mund und gab es ihm unbeschädigt zurück.

»Na toll! Ich mag das jetzt nicht mehr essen. Du hast das im Mund gehabt!«

»Och, Peter, ich hatte das Ei nur im Mund. Bei den Hühnern kommt das Ei hinten raus. Darüber beschwerst du dich nicht …«

Wir kriegten uns alle nicht mehr ein vor Lachen und alles war wieder gut.

Die nächsten Monate vergingen viel zu schnell. Ruckzuck war der Sommer vorbei und alle dachten schon an Weihnachten. Unsere ›Bastelfabrik‹ für die Herstellung der zahlreichen Weihnachtsgeschenke lief langsam an. Die trübe Jahreszeit und die vielen verregneten Herbstwochenenden boten sich dafür hervorragend an. Wie jedes Jahr tobten wir uns im Hobbyraum entsprechend aus.

Ende November standen gleich zwei Klassenfahrten auf dem Programm: Meine beiden Stiefbrüder verreisten zufälligerweise genau in der gleichen Woche. Guido fuhr mit seiner Klasse nach Amsterdam, Peter mit seiner Klasse ins Allgäu. Hannelore begleitete Peters Klasse als ehrenamtliche Betreuerin, weshalb mein Vater und ich uns in der Zeit selbst versorgen mussten. Ich freute mich schon auf ›Armer Ritter‹, ›Strammer Max‹ und ›Toast Hawaii‹!

Na ja. Oft wird es so ein ›Festessen‹ nicht geben. Die Stiefgroßeltern werden es sich nicht nehmen lassen, zwecks Versorgung der beiden Daheimgebliebenen ein gehöriges Wörtchen mitzureden, dachte ich mir.

Und tatsächlich. Jeden zweiten Abend sollten wir zum Abendbrot kommen und jeden Mittag zum Mittagessen.

Pünktlich um 13 Uhr stand ein warmes Essen auf dem Tisch der Großeltern für uns bereit. Zeitlich passte dies hervorragend. Ich fuhr direkt von der Schule aus mit dem Fahrrad dorthin und mein Vater kam mit dem Auto. Und so, wie es sich für einen ordentlichen Beamten der Stadt gehörte, war er immer exakt auf die Minute da.

Die ersten Tage funktionierte alles wie geplant. Es gab sogar einmal den ›Strammen Max‹, von meinem Vater zubereitet. Ich stand immer etwas früher auf als mein Vater, da er später zur Arbeit los musste als ich. So sahen wir uns grundsätzlich erst am Frühstückstisch für ca. zehn Minuten.

Eines Morgens ging ich, nachdem der Wecker geklingelt hatte, zum Zähneputzen und Waschen ins Badezimmer. Direkt daneben, nur durch eine Verbindungstür getrennt, befand sich das Elternbadezimmer. Dieses Bad hatte eine weitere Verbindungstür zum Schlafzimmer meiner Eltern. An diesem Morgen hörte ich merkwürdige Geräusche aus dem Elternbadezimmer. Ich horchte und klopfte vorsichtig an die Tür. Doch keine Reaktion. Langsam öffnete ich die Verbindungstür und erschrak.

Mein Vater hockte vor der Toilette und hatte sich übergeben. Er sah kurz zu mir und hob nur beschwichtigend die Hand.

»Mir ist gerade nicht gut. Ich komme schon klar. Sieh zu, dass du in die Schule kommst!« Sprach's, stand auf und verschwand auf einem Bein humpelnd im Schlafzimmer.

Wohl war mir in diesem Moment nicht. Keiner war da, der mir sagen konnte, was ich nun zu tun hatte. Ich war verunsichert. Schnell wusch ich mich und zog mich an. Dann ging ich leise zur Schlafzimmertür und lauschte wieder. Es war nichts zu hören. Ich öffnete die Tür und sah meinen Vater im Bett liegen.

Scheinbar schläft er. Offenbar ist alles wieder gut, dachte ich erleichtert.

Ohne zu frühstücken, holte ich mein Fahrrad aus der Garage und fuhr wie immer zur Schule und danach, wie verabredet, zu den Stiefgroßeltern zum Mittagessen.

Um 13 Uhr war mein Vater nicht da.

Es wurde 13:05 Uhr und er war immer noch nicht da.

Meine Stiefgroßmutter meinte: »Das ist aber ungewöhnlich für deinen Vater. Er ist sonst immer auf die Minute pünktlich. Du kannst die Uhr nach ihm stellen.«

13:10 Uhr.

»Hat dein Vater dir gesagt, dass er heute später kommen würde, Tim?«, fragte sie mich.

»Nein. Aber ...«

»Was meinst du mit: Aber?«

»Heute Morgen ging es ihm nicht gut. Er hatte sich übergeben.«

»Hast du mit ihm gesprochen?«

»Ja, nur kurz. Er meinte, ich sollte schon mal in die Schule fahren. Dann hat er sich wieder ins Bett gelegt.«

»Das ist nicht gut!«, schaltete sich Stiefgroßvater ein.

Wir sahen uns nachdenklich an. Sorgenvoll griff mein Stiefgroßvater zum Telefon und wählte unsere Nummer von Zuhause, aber niemand ging dran. Er versuchte es noch einmal, doch wieder ohne Erfolg. Danach wählte er die Telefonnummer der Amtsstelle meines Vaters. Nach einem kurzen Dialog war klar, dass er an diesem Tag nicht zur Arbeit erschienen war. Auch hatte er sich nicht abgemeldet, was überhaupt nicht zu ihm passte, erklärte seine Sekretärin am anderen Ende der Leitung. Mittlerweile war es bereits 13:20 Uhr.

Mein Stiefgroßvater sagte nach kurzer Überlegung zu mir: »Wir fahren jetzt schnell nach Hause und sehen nach, ob dein Vater dort ist.« Zur Stiefgroßmutter meinte er: »Du rufst bitte sicherheitshalber Dr. Kroll an. Er soll dorthin kommen. Ich habe überhaupt kein gutes Gefühl!«

Dr. Kroll war unser Hausarzt, zu dem die ganze Familie ging. Da er auch zugleich ein Cousin meines Vaters war, lag es nahe, dass Dr. Kroll, für mich »Onkel Kurt«, unser Hausarzt war.

Keine paar Minuten später standen wir vor der Haustür. Mein Stiefgroßvater besaß zur Sicherheit einen Schlüssel und schloss hastig auf. Er rief laut nach meinem Vater, doch nichts war zu sehen oder zu hören.

»Komm«, rief er, nachdem wir schnell im Wohnzimmer und in der Küche nachgesehen hatten, »lass uns ins Schlafzimmer gehen.«

Ich folgte ihm auf dem Fuß. Wir öffneten die Schlafzimmertür und traten ein. Der Anblick, der sich uns bot, war schlimm. Mein Vater lag quer über dem Bett, die Kissen und Decken waren durchwühlt. Überall, im Bett und auf dem Boden, lag Erbrochenes. Stiefgroßvater eilte zu meinem Vater ans Bett. Er atmete schwer.

In dem Moment klingelte es an der Haustür. Ich lief, so schnell ich konnte, die Wendeltreppe nach unten und ließ Dr. Kroll herein.

»Papa ist oben«, schrie ich hastig, »im Schlafzimmer!«

Onkel Kurt spurtete mit seiner Arzttasche hoch zu meinem Vater. Er erfasste sofort die Situation und sagte zu meinem Stiefgroßvater, dass er den Rettungswagen bestellen sollte.

Es folgten Tage der Unsicherheit, mein Vater kam auf die Intensivstation. Natürlich hatte Hannelore die Klassenfahrt sofort abgebrochen. Mein Patenonkel Hermann und meine Tante Hilde kümmerten sich in der Zeit um mich. Ich konnte im Zimmer meiner Cousine übernachten und fuhr jeden Tag mit dem Zug zur Schule nach Euskirchen. Ich hatte früher ja schon einmal dort gewohnt, daher war dies die beste Lösung für mich.

In den ersten Tagen hatte ich so gut wie nichts über den Gesundheitszustand meines Vaters erfahren. Lediglich, dass es ihm nicht gut gehe, dass die Ärzte sich Tag und Nacht um ihn kümmerten und alle hofften, dass es ihm bald besser gehen würde. Immer wieder hatte ich darum gebettelt, dass ich ihn besuchen dürfte. Doch das ließen sie nicht zu und vertrösteten mich damit, dass wir mit meinem Vater telefonieren dürften, sobald es ihm bessergeinge.

Am vierten Tag auf der Intensivstation war es endlich so weit. Meine Tante sagte, wir würden heute Abend mit ihm telefonieren können. Es ginge ihm deutlich besser und er hätte sich vom Schlimmsten erholt. Am frühen Abend riefen wir im Krankenhaus an. Da er immer noch auf der Intensivstation lag, gab es neben seinem Bett kein Telefon. Meine Enttäuschung war groß, dass ich nur mit Hannelore sprechen konnte. Sie war fast Tag und Nacht bei ihm.

»Deinem Vater geht es besser«, sagte sie. »Er kann leider

nicht telefonieren, da es nur ein Stationstelefon gibt und er nach wie vor nicht aufstehen kann. Ich soll dir jedoch ausrichten, dass er sehr stolz ist auf dich. Er freut sich darüber, dass du jeden Tag an ihn denkst und nach ihm fragst. Gerade schläft er auch wieder.«

»Kann ich denn gar nicht mit ihm sprechen? Darf ich ihn denn ein Mal kurz besuchen kommen?«

»Ja, sicher kannst du das, sobald er auf ein normales Zimmer verlegt wurde. Wenn er von der Intensivstation entlassen wird, fahren wir gemeinsam zu ihm hin. Jetzt mach dir nicht zu viele Sorgen. Und geh nicht zu spät schlafen. Morgen schreibst du ja eine Deutscharbeit. Ich drücke dir die Daumen!«

Natürlich mache ich mir Sorgen! Scheiß auf die Deutscharbeit, dachte ich.

Gut einschlafen konnte ich später auch nicht. Nach dem x-ten Versuch, über das ›Schäfchenzählen‹ in den Schlaf zu finden, sind mir dann doch irgendwann die Augen zugefallen.

Ich wachte auf, als leise die Türe aufging und mein Onkel hereinkam. Ich wunderte mich, weil uns normalerweise Tante Hilde aufweckte. Ein kurzer Blick auf den Wecker zeigte mir, dass wir wohl verschlafen hatten.

Es ist bereits über eine Stunde später als sonst. Ich werde zu spät zur Schule kommen!

Mein Onkel machte eine traurige Miene und setzte sich zu mir ans Bett. Ganz ernst schaute er mich an. Tante Hilde, die ihm langsam ins Zimmer gefolgt war, weckte meine Cousine auf und ging mit ihr nach draußen. Sie hatte ein verknäueltes Taschentuch in der Hand und sah ganz verheult aus.

Irgendetwas stimmt nicht.

Mein Onkel sprach leise und ruhig mit mir. Plötzlich begann sich innerlich alles in mir zu verkrampfen. Ich wollte es nicht wahrhaben. Mit aller Kraft versuchte ich, alle aufkommenden Gedanken zu blockieren. In meinem Kopf dröhnte und pochte es. Ich starrte wie betäubt vor mich hin, als hätte ich nicht gehört, was mein Onkel gerade zu mir gesagt hatte. Nie mehr sollte ich meinen Vater wiedersehen. Nie wieder von ihm in die Arme genommen werden. Nie wieder sein Lachen hören, seine Wärme spüren. Ich fühlte mich wie in einem schrecklichen Alptraum und war wie gelähmt. Es überfiel mich ein Entsetzen über die langsam in mich eindringende schmerzhafte Gewissheit. Mein starrer Blick fiel auf den Brief, den ich zwei Tage zuvor an meine Mutter geschrieben hatte und an diesem Tag eigentlich in die Post geben wollte. Der Umschlag lag noch offen auf meinem Nachttischchen. Ich griff wie in Trance danach und holte den orangenen Briefbogen heraus.

»Kreuzweingarten, den 12.12.1976. … Liebe Mutti! Vielen Dank für die 10,- DM, die Du mir geschickt hast. Und kannst Du Gaby bitte vielen Dank für den Brief, den sie mir geschrieben hat, bestellen. Ich habe mich sehr darüber gefreut. Papa ist im Krankenhaus. Er hatte alles vollgebrochen. Dann haben wir den Arzt angerufen und dann auch irgendwann den Krankenwagen. Er konnte die ersten Tage

keinen erkennen. Heute hat er aber Hannelore erkannt und es geht ihm besser. Er liegt auf der Intensivstation und es darf ihn nur Hannelore besuchen. Ich bin jetzt bei Onkel Hermann. Ich übernachte dort bis Freitag. (Dann holst Du mich ja ab.) Ich fahre mit dem Zug zur Schule. Kannst Du mir bitte schreiben, wann Du Weihnachten feierst? Entweder am ersten oder am zweiten Tag? Am ersten Tag ist es am besten. Denn, wenn Du am zweiten feierst, musst Du mich am selben Tag nach Hause bringen. Am ersten Tag ist es besser, dann können wir länger feiern. Viele liebe Grüße an Gaby und Onkel Heinz, Dein Tim.«

Es war Donnerstag, der 14. Dezember 1976. Ich war zwölf Jahre alt und mein Vater war tot. Den Brief zerriss ich ganz langsam in zwei Teile und ließ ihn fallen …

Von nun an veränderte sich mein Leben komplett. Die nächsten Wochen blieb ich zunächst bei meinem Onkel und meiner Tante. An Schule war erst mal nicht zu denken. Die Beisetzung meines Vaters kam fast einem Staatsbegräbnis gleich. Weil er in zahlreichen Vereinen und Organisationen präsent war, kannten ihn natürlich sehr viele Menschen. Menschen, die ihm viel zu verdanken hatten und ihm ein letztes Geleit geben wollten. Es war der reine Wahnsinn. Trotz meiner Trauer konnte ich mich dem Anblick der Menschenmassen nicht verwehren. An der Hand von Hannelore, neben uns Onkel Hermann, ging ich dem Sarg meines Vaters hinterher. Ich konnte nicht glauben, dass mein Vater nicht mehr lebte. Ich hoffte, dass er sich jeden Moment aus dem Sarg erheben oder um die Ecke kommen würde, und alles wäre nur ein Irrtum. Doch meine Hoffnung erfüllte sich nicht.

Am offenen Grab angekommen, erwartete uns eine kleine Abordnung von Trompetenbläsern. Nachdem der Priester ein letztes Gebet gesprochen hatte, stimmten die Trompeter das Lied ›Ave Maria‹ an. Ich wollte es noch immer nicht glauben und verdrückte ein paar Tränen. Ich versuchte, dagegen anzukämpfen und tapfer zu bleiben, so wie es mir mein Vater in schweren Momenten immer geraten hatte. Der Stadtdirektor und einige wichtige Vertreter der großen Sportvereine hielten Reden und versuchten Trost zu spenden. Die Gedanken kreisten unentwegt wie ein Sturm in meinem Kopf. Ich konnte und ich wollte keinen Gedanken zu Ende führen. Mir kam das Begräbnis von meinem Bruder in den Sinn. Ich hörte die Trompeten, sah meine Stieffamilie, ganz in Schwarz gekleidet standen sie da und weinten, auch mein Onkel und meine Tante und deren Familie. Die riesige Menschenmenge, eine nicht enden wollende Schlange von mehreren hundert Menschen, die alle am offenen Grab meines Vaters kondolierten. Ich versuchte immer wieder, gegen die Tränen anzukämpfen. Alle sahen zu mir herüber. Mein Kopf fühlte sich an, als ob er explodieren wollte. In weiter Ferne, auch ganz in Schwarz gekleidet, sah ich meine Mutter.

Sie muss sich ganz schlimm fühlen. So ausgegrenzt und so weit weg von ihrem trauernden Sohn!

Chaos in meinem Kopf. Es tat weh. Doch ich hielt durch bis zum Schluss.

Wo soll ich nun auch hin? Was wird sich jetzt alles ändern?

Ich fühlte mich verloren. Als nur noch Hannelore und Onkel Hermann mit mir am Grab standen, kehrte eine merkwürdige Stille ein. Die Luft lag ruhig und kalt über dem Friedhof. Keiner von beiden drängte mich zum Gehen. Ich nahm eine Rose, bekreuzigte mich und warf sie zu all den vielen anderen Blumen auf den Sarg. Ein letzter Abschied, den ich immer noch nicht wahrhaben wollte. Ein Wind kam auf und eine Böe strich sanft durch mein Haar. Ich bildete mir ein, es wäre die Hand meines Vaters. Es tat so gut und ich schaute hinüber zu den in einiger Entfernung stehenden großen Eichen am Rande des Friedhofes. Von dort kam der Wind und ich hoffte, dass ich doch noch meinen Vater erblicken könnte. Ich meinte, einen Schatten weghuschen zu sehen, genau in dem Moment, als eine zweite Windböe sanft durch mein Haar ging.

Mir war schlecht. Ich wollte endlich weg von hier.

Onkel Hermann hatte dann alles in die Hand genommen. Als mein Patenonkel fühlte er sich verpflichtet, das Leben für mich neu zu ordnen und zwischen den Parteien zu vermitteln, damit für mich auch ja die richtigen Entscheidungen getroffen wurden. Auf der einen Seite stand meine Mutter, die unbedingt wollte, dass ich zu ihr kam, und auf der anderen Seite stand meine Stieffamilie, mit meinem alten Zuhause, wo ich inzwischen tief verwurzelt war und in den letzten vier Jahren schöne Zeiten verbracht hatte. Immer und immer wieder versicherten alle, dass ich selber bestimmen könnte, wo ich weiter leben wollte. Alle würden meine Entscheidung akzeptieren und respektieren.

Doch wie soll das gehen? Ich weiß doch nicht, was das Richtige ist. Natürlich will ich nicht von zu Hause weg, wo ich aufgewachsen bin und wo mein Vater für mich immer noch so präsent ist. Natürlich will ich auch nicht meine Mutter enttäuschen. Sie ist doch meine Mutter und dort lebt ja auch noch meine Schwester.

Es war verrückt. Nach jedem Gespräch konnte ich mich für den Moment für oder gegen eine Seite entscheiden. Doch kaum sprach die andere Seite mit mir, war ich wieder verunsichert und traf eine andere Entscheidung. Onkel Hermann versuchte, alles Für und Wider sehr neutral und gewissenhaft für mich zu sortieren und mit mir ganz sachlich zu besprechen. Mit Hannelore trafen wir uns oft bei ihm zu Hause und loteten die Möglichkeiten aus, die sich zeigten. Mit meiner Mutter trafen wir uns auf neutralem Boden und immer wieder im gleichen Café der Stadt, um über meine Zukunft zu sprechen.

Letztendlich hatte es Onkel Heinz geschafft, mir eine endgültige Entscheidung für den Umzug zu meiner Mutter abzuringen. Wie üblich hatten wir vereinbart, dass ich nach Weihnachten die restlichen Ferientage bei meiner Mutter verbrachte. Er ließ keine Chance aus, auf mich einzureden und mich zu beeinflussen. Direkt nach den Ferien teilte ich meiner Stieffamilie mit, dass ich zu meiner Mutter gehen würde.

II.

Kapitel 7 – Neustart

Die letzte Arbeitswoche begann. Wie immer saß ich eingequetscht auf der Rückbank des Fiestas und hing meinen Gedanken nach.

Als Ferienjob ist die Arbeit perfekt, auf die Dauer wäre es aber nichts für mich. Ich kann mir nicht vorstellen, jeden Tag bis zur Rente so einer Arbeit nachzugehen. Das ist mir definitiv zu monoton und zu eintönig.

Ich war froh, bald die sechs Wochen ›Maloche‹ geschafft zu haben. Das verdiente Startkapital auf meinem Sparbuch würde mich der Verwirklichung meines USA-Traumes ein großes Stück näher bringen. Auf der anderen Seite waren nun auch die Ferien zu Ende, von denen ich im herkömmlichen Sinne nichts gehabt hatte.

Nichtsdestotrotz war es doch eine gute Zeit! Ich habe eine Menge dazugelernt, bin Nichtraucher geworden und habe, trotz meiner geringen Selbstwerteinschätzung, eine Freundin gefunden. Und was für eine! Eine supernette, fröhliche und hübsche dazu!

Natürlich hatten wir uns in den letzten Wochen so oft wie möglich getroffen.

Am vergangenen Samstag gab es bei uns einiges zu tun, da ein ganzer Hänger voll Stroh und Heu für die Pferde angeliefert worden war. Die Ballen sollten über die Wintermonate in unserer Scheune am Stall eingelagert werden, und Sabine wollte es sich nicht nehmen lassen, mit anzupacken. Onkel Heinz und ich waren froh über jeden, der half. Der Traktor kam mit dem Hänger nur bis zum Gatter, das zu schmal war, um mit großem Gerät durchfahren zu können. Wir mussten somit die Ballen ca. 80 Meter über die Weide weitertransportieren. Sabine nutzte für die Wegstrecke die Schubkarre. Onkel Heinz und ich trugen jeweils zwei Ballen gleichzeitig zur Scheune, indem wir mit unseren Händen die beiden Kordel griffen, die die Ballen eng geschnürt zusammenhielten.

Sabine sah klasse aus und packte voller Elan mit an. Sie hatte ihre langen braunen Haare zu einem Zopf zusammengebunden und heimlich bewunderte ich ihre tolle Figur. Dafür hatte ich ja Zeit und Gelegenheit genug. Ausgerechnet heute hatte sie ziemlich enge Sachen an. Eine kurze Jeans-Latzhose und eine rot-weiß karierte Bluse. *Sehr amerikanisch*, dachte ich und träumte vor mich hin, als sie die Schubkarre mit einem Ballen Heu vor mir her zum Stall schob.

Gaby und ihre Freundin beschäftigten sich in der Zwischenzeit mit den Pferden. Sie standen auf einem abgesteckten Teil der Weide und versuchten, Rosi und Marco das Voltigieren beizubringen. Mit Rosi funktionierte das von Anfang an sehr gut, sie ließ sich gerne an einer langen Leine im Kreis herumführen. Marco hatte wie immer seinen eigenen Kopf und ließ sich von den beiden kleinen Mädchen nichts sagen. Anstatt im Kreis zu laufen, lief er lieber kreuz und quer oder machte überhaupt nichts. Dann blieb er einfach stehen und schaute mit seinen treuen braunen Augen ganz unschuldig drein. Irgendwann gaben die Mädels es auf und beschäftigten sich nur noch mit Rosi. Marco hatte sein Ziel erreicht. Dann begann er, friedlich und ungestört Gras zu fressen. Ab und an schaute er gelangweilt zu den anderen rüber, so als ob er sagen wollte: »Gewonnen!«

Meine Mutter kümmerte sich wie immer um unser Wohlbefinden. Sie brachte uns kühle und erfrischende Getränke und rief am Mittag zum Essen. Sie hatte Kartoffelsalat mit Würstchen gemacht. Die Mädchen und Onkel Heinz ließen sofort alles stehen und liegen und eilten ins Haus. Sabine und ich verstauten gerade eine weitere Fuhre Heu im Stall. Über die Hälfte hatten wir bereits eingelagert und gestapelt. Um die oberen Reihen zu sortieren, musste ich an den unten liegenden Ballen hochklettern. Sabine reichte mir die Ballen und ich zog diese an der Kordel zu mir hoch.

»Pause!«, rief ich von oben. »Komm, gib mir deine Hand! Ich zieh dich hoch.«

»Schaff ich alleine!« Kaum ausgesprochen, war sie schon oben angelangt. Sie krabbelte auf mich zu und sagte: »Endlich!«

»Was meinst du mit ›endlich‹?«

»Endlich allein, du Blödmann!« Sabine stupste mich an und setzte sich breitbeinig auf meinen Bauch.

Ich bemerkte, dass die oberen Knöpfe ihrer Bluse offen waren. Keine Ahnung, ob beabsichtigt oder nicht. Sabine sank zu mir und wir begannen uns wie wild zu küssen. Salzig und süß zugleich schmeckten ihre Küsse. Dazu der süßliche Geruch des frischgemähten Heus. Ich fühlte mich wie im siebten Himmel.

Mist!

Gaby polterte plötzlich zur Scheune herein.

»Manno, Tim«, rief sie schon von Weitem, »habt ihr Mama nicht gehört? Das Essen ist fertig. Ich soll euch holen kommen. Die anderen haben schon angefangen. Was macht ihr denn noch so lange?«

»Wir knutschen!«, rief ich zurück und erhielt zum Dank von Sabine einen festen Hieb in die Rippen.

»Hä?!«, rief Gaby irritiert. »Was macht ihr?«

»Natürlich die Heu- und Strohballen richtig stapeln, was denn sonst?« Ich nahm Sabine an die Hand und wir sprangen runter. »Wir kommen ja schon!« Ich tippte Sabine an ihre Bluse. »Die Knöpfe …«, flüsterte ich.

Nach getaner Arbeit stand noch ein wichtiges Ereignis an: Am Abend sollte ich die Eltern von Sabine kennenlernen. Sie waren anscheinend schon ganz gespannt auf mich. Und ich natürlich auch auf sie. Klar hatte ich mich an einen der vielen guten Ratschläge meines Vaters gehalten und ein Blümchen für die Mutter besorgt. Sabine musste zwar lachen, als ich ihr von meinem Vorhaben erzählte, aber es verfehlte die Wirkung nicht und kam bei ihrer Mutter gut an. Letztendlich war es nur eine einzelne Blume, eine kleine weiß-rosafarbene Rose mit etwas weißem Schleierkraut.

»Das ist aber eine schöne Überraschung! Vielen Dank dafür. Das werde ich direkt mal in eine passende Blumenvase stecken. Kommt rein, ihr beiden«, sagte Sabines Mutter zu uns.

Wie immer waren wir mit dem Fahrrad unterwegs. Nur diesmal endete der Abend für mich nicht an der Haustüre, sondern erstmalig schaffte ich es über die Türschwelle. Sabine sah mich an und grinste nur.

Ihr Vater saß ganz wichtig und konzentriert auf dem Sofa und las die Tageszeitung.

Er sah kurz über den Rand seiner Lesebrille zu mir herüber und sagte lediglich: »Aha!«

Was meint er nur damit?

Ich zögerte einen Moment und ging dann auf ihn zu. »Guten Abend, Herr Klammer«, sagte ich und streckte ihm die Hand hin.

Es dauerte ein paar Sekunden, dann nahm er die Zeitung ein Stück weit herunter und musterte mich wieder. Ein zweites Mal: »Aha!«

Verdammt, da ist es schon wieder! Habe ich etwas falsch gemacht? Irgendwie verunsichert er mich.

Ich stand ziemlich verloren vor ihm und ließ zögerlich meine ausgestreckte Hand wieder sinken. Herr Klammer machte keine Anstalten, sie zu ergreifen. In dem Moment fiel mir auf, dass mein Vater mir keinen Ratschlag gegeben hatte, wie man denn den Vater seiner ›Auserwählten‹ auf seine Seite kriegen kann …

»Leg doch mal die Zeitung weg, Karl!«, befahl ihm seine Frau.

»Ja, ja. Ist ja schon in Ordnung.« Und er gehorchte. »Aha! Du bist also der Junge, der meine Tochter immer nach Hause begleitet. Tim heißt du. Richtig, oder?«

»Ja. Das stimmt.«

»Na ja. Das ist ja schon mal in Ordnung«, grummelte er vor sich hin.

Sabine nahm mich an die Hand und führte mich zum Esstisch. Es gab Eintopf und es roch verdammt gut. Trotz meiner anfänglichen Nervosität hatte ich Hunger.

»Magst du zum Abendessen auch ein Glas Bier?« Sabines Vater sah mir direkt in die Augen und ich hatte das Gefühl, er würde mich mit seinem Blick durchbohren.

Ist das jetzt eine Fangfrage? Wie soll ich reagieren? Wäre es gut, abzulehnen, um damit zu zeigen, dass ich auf Bier keinen Wert lege? Oder wäre es besser, ich nehme das Bier an, um in seinen Augen als echter ›Typ‹ dazustehen? Was soll ich machen?

Ich sah kurz zu Sabine hinüber, die nur mit den Schultern zuckte, und entschied mich! Ich plusterte mich ein kleines bisschen auf, erwiderte seinen Blick und sagte: »Ja, gerne! Ein kühles Glas Bier ist bei dieser Hitze sicherlich das Richtige. Aber nur eines, da ich ja nachher noch mit dem Fahrrad nach Hause fahre.«

Ich sah seinen Blick und wusste sofort: *Bingo! Richtige Entscheidung!*

Sabines Vater lächelte und schenkte mir ein.

»Bei mir gehört ein Bier abends einfach dazu. Ich trinke immer ein Glas, wenn ich aus der Werkstatt komme. Und, je nach Anlass, manchmal auch ein zweites oder drittes.« Herr Klammer besaß eine kleine Automobilvertretung mit einer Werkstatt, beides direkt neben dem Wohnhaus. »Na, dann mal Prost! Und herzlich willkommen, Tim!«

Nach dem Essen gingen wir in Sabines Zimmer. Sie

schaltete das Radio auf dem Nachttischchen neben ihrem Bett an. Es lief gerade ›Love is in the air‹.

Wie passend!

Wir schmissen uns auf ihr Bett und lachten.

Ich nahm Sabine in den Arm.

»Geschafft!«, sagte sie. »Meine Mutter hast du mit der Rose direkt auf deine Seite gezogen und meinen Vater hast du auch geknackt! Ich glaube, er mag dich.«

»Hast mich ja ganz schön auflaufen lassen. Hättest mich ja auch mal vor ihm warnen können!«

»Nö – ich wusste doch, dass du das hinbekommst. Das Treffen unserer Eltern schieben wir aber noch so lange wie möglich hinaus. Denn das wird sicherlich PEIN-LICH!«

»Einverstanden!«, erwiderte ich und kniff ihr in die Seite.

Sabine hatte ein schönes Zimmer. Direkt unter dem Fenster, zur Straße hin, stand ein kleiner Schreibtisch, auf dem allerlei Zettel, Bücher und Krimskrams lagen. Ihr Bett war überzogen mit einer kuscheligen weißen Tagesdecke. Auf dem Bett lagen zahlreiche kleinere und größere Kissen sowie einige Plüschtiere. Am besten gefiel mir der Stoff-Schimpanse. Ich hatte nämlich einen ähnlichen zu Hause auf meinem Bett liegen, nur etwas kleiner als der von Sabine. Meiner war zudem ziemlich ramponiert. Das Stofftier hatte ich bereits als Baby von meinen Großeltern aus Bonn geschenkt bekommen, und gerade in den ersten Jahren musste ich wohl ziemlich ungestüm mit ihm umgegangen sein. Im Fell sah man ein paar karge Stellen und geflickt wurde das Äffchen auch schon mehrmals. Dagegen sah Sabines Äffchen neu aus, wie aus dem Laden. Ihr Regal war voller Bücher, hauptsächlich Mädchenbücher, auch einige Märchenausgaben und drei ›Pippi Langstrumpf‹-Bände von Astrid Lindgren. Insgesamt standen bestimmt über 40 Bücher auf den Regalbrettern.

»Hast du die alle gelesen?«, fragte ich.

»Ja, klar! Was meinst du denn? Die meisten sind aber schon älter. Schau mal, hier habe ich auch Pferdegeschichten.« Sie zog zwei Bücher aus dem Regal und gab sie mir: ›Der Pony-Club vom Wiesenhof‹ und ›Ich wünsche mir ein Pony‹.

»Deshalb hast du heute so kräftig mit angepackt, kennst dich ja schon gut aus ...«

Mein Blick fiel auf zwei Poster an der Wand direkt über ihrem Bett. »Du bist Fan von Cliff Richard?«, rief ich erstaunt.

»Ja, den liebe ich! Ich habe ganz viele Alben von ihm. Mein Favorit ist ›Rock 'n' Roll Juvenile‹. Davon kennst du bestimmt das Lied: ›We don't talk anymore‹. Das läuft ja gerade ständig im Radio.« Während sie redete, suchte sie die entsprechende Kassette heraus und steckte sie in den Rekorder. »Und, schau mal«, sie tippte auf ein Poster, »du siehst ihm ein kleines bisschen ähnlich. Ihr habt die gleiche Frisur!«

***

»Aufwachen, Tim! Wir sind da!«, schreckte mich Gregor aus meinen Gedanken. Wir erreichten den Parkplatz des

Werkgeländes. »Nur noch fünfmal arbeiten. Dann hast du es geschafft. Und denke daran, wie immer pünktlich sein!«

»Ja, ja. Alles klar ...«

Ich verabschiedete mich von den vieren und ging schnellen Schrittes Richtung Umkleideraum, um dort zum zigsten Mal die Alltagsklamotten gegen die Arbeitsklamotten zu tauschen.

Herr Kramer hatte schon auf mich gewartet. »Da bist du ja endlich«, begrüßte er mich und fing sofort wieder so grässlich an zu lachen.

Ich dachte nur: *Ja, zur gleichen Uhrzeit wie immer! Wie seit fünf Wochen schon ...*

»Was gibt es denn?«, fragte ich dann.

»Ich wollte dir nur sagen, dass ich zum Feierabend noch mit dir über etwas Ernstes sprechen muss. Du wartest auf jeden Fall auf mich und gehst nicht nach Hause, ohne mit mir gesprochen zu haben! Das ist wichtig! Kapito?«

Er wartete gar nicht meine Antwort ab, machte auf der Stelle kehrt, öffnete die Tür und schlug diese hinter sich mit Getöse zu. Es dauerte nicht lange und wir hörten alle wieder, ob wir wollten oder nicht: »Liebling, wach aaaauf! Ich komm' nach Hauuuus! Mach mir das Esssssen – sonst gibt es was auf die Fressssen!!«

Mehrmals dachte ich im Laufe des Tages darüber nach, was er denn so Ernstes mit mir besprechen wollte. Doch ich hatte keine Idee. Kurz vor Feierabend sollte ich es dann erfahren. Und ich sollte angenehm überrascht werden.

Wie immer versammelten wir uns alle im Umkleideraum

und wechselten die Arbeits- gegen die Alltagsklamotten. Keiner der Arbeitskollegen machte jedoch Anstalten zu gehen. Sobald einer umgezogen war, setzte er sich noch einmal an den Tisch. Das war ungewöhnlich.

Herr Kramer kam zur Türe herein, stellte sich ganz feierlich vor den Tisch und räusperte sich, um die Aufmerksamkeit auf sich zu ziehen. Mittlerweile waren alle umgezogen. Ich auch.

»So, Tim«, begann er eine Art Ansprache und die Gespräche unter den Kollegen verstummten, »hattest wohl gedacht, es gäbe heute Ärger? Wegen dem ernsten Gespräch, oder? Da haben wir dich schön auf den Arm genommen!« Er machte eine Redepause und verfiel wieder in sein lautes, schreckliches Gelächter. »Also, wir hatten dich ja in den letzten Wochen ein paarmal geneckt ...«

Kam mir gar nicht so vor, dachte ich.

»... und deine letzte Arbeitswoche hat begonnen«, fuhr er fort. »Und da ich den Rest der Woche unterwegs auf Montage bin, wollte ich es mir nicht nehmen lassen, dir für deine tolle Arbeit hier bei uns heute schon zu danken, auch wenn du noch vier Tage durchhalten musst – mit den verrückten Kollegen hier!« Nicht nur Herr Kramer lachte, sondern auch die anderen stimmten in das Gelächter mit ein. »Da du immer alles hervorragend und auch zügig umgesetzt hast, was wir dir aufgetragen haben – und du dazu noch so ein netter Junge bist, haben wir uns zum Abschied etwas für dich überlegt.«

Ich wurde leicht verlegen. Damit hatte ich nun tatsächlich nicht gerechnet.

Ich habe einfach nur jeden Tag meinen Job gemacht, so wie man es von mir erwartete. Ich finde da jetzt nichts Ungewöhnliches dran.

Herr Kramer reichte mir einen Umschlag. »So! Der ist für dich! Du hast uns ja erzählt, warum du deine ganzen Ferien mit uns alten Knackern verbringst, anstatt faul irgendwo am Strand die Füße hochzulegen. Uns gefällt es, wie tatkräftig du deinen Traum verwirklichen willst, und wir wissen, dass du jeden Pfennig für deine Amerika-Reise nächstes Jahr gut gebrauchen kannst. Daher haben wir alle für dich ein paar Mark zusammengelegt und hoffen, dass du uns auch eine Postkarte in die Firma schicken wirst!«

Ich wusste nicht, was ich sagen sollte. Ich öffnete den Umschlag und fand 50 Mark und ein Foto von mir, auf dem ich konzentriert ein Fließband zusammenstecke. »Wow! Ich habe ja gar nicht bemerkt, dass ich fotografiert worden bin. Vielen Dank für alles!«

»Schon gut. Nicht vergessen: Postkarte!! Von uns war nämlich noch niemand in den USA. Daher grüß auch schön den Präsidenten Jimmy Carter von uns, wenn du ihn triffst, und mach dort keinen Unsinn!«

Bei jedem Einzelnen bedankte ich mich herzlich mit Handschlag und dann gingen wir alle gemeinsam in den Feierabend.

Auf dem Weg zum Parkplatz hörte ich schon von Weitem, wie die vier Männer der Fahrgemeinschaft lautstark miteinander diskutierten. Onkel Heinz kurbelte wie wild den Wagenheber hoch und Gregor stemmte gerade das Ersatzrad aus dem Kofferraum. Die beiden anderen standen, bewaffnet mit dem Radkreuzschlüssel, vor dem rechten Hinterrad und waren wohl für den Radwechsel zuständig.

»Hey, was ist denn hier passiert?«, rief ich den Männern zu.

»Wir haben einen Platten, wir sind in einen Nagel gefahren. Den kannst du gleich mal sehen, der steckt noch im Profil«, antwortete Gregor.

Onkel Heinz fuhr fort: »Das passiert halt mal. Da kann sich keiner vor schützen. Aber das haben wir gleich und dann geht's nach Hause.«

Tatsächlich. Mit vier erfahrenen Ford-Männern war der Radwechsel wirklich zügig erledigt, und selten hatte ich während der Rückfahrt so lautstarke Gespräche erlebt wie heute. Als hätte die Panne etwas in ihnen ausgelöst, sodass sie alle ihre Pannen- und Reparaturerfahrungen rauslassen mussten. Der eine erzählte von einem ganz selten vorkommenden und komplizierten Reparaturfall, den er mal lösen musste. Der andere von einem Unfall, bei dem es zu ganz wilden Schäden gekommen war, und wieder ein anderer von irgendeinem Strafzettel wegen zu schnellen Fahrens.

Obwohl die Geschichte über den Strafzettel ja irgendwie nicht zum Thema passt ...

An dieser Stelle brachte ich mich dann spontan in die Konversation ein und sagte ganz laut: »Ich habe heute schon mein Abschiedsgeschenk von den Kollegen bekommen. 50 Mark!!!«

Tja. Passt wohl auch nicht ganz zum Thema und stößt auch nicht auf viel Interesse.

Nach einem nüchternen »Ist doch schön« von Onkel Heinz, einem kurzen »Prima« von Gregor und einem wohlwollenden Nicken, verbunden mit einem »Hmm«, seitens der beiden anderen Mitfahrer, übernahm Gregor wieder das Wort und erzählte ausführlich von irgendwelchen Scheinwerfern, die er irgendwann mal günstig auf einem Schrottplatz für seinen Fiesta ›geschossen‹ hatte. »Wie nagelneu!«, rief er aus.

Na klasse, dachte ich und freute mich nur noch auf zu Hause.

Dort angekommen, hatten Gaby und ich sturmfreie Bude. Meine Mutter und Onkel Heinz waren zu einem Geburtstagsumtrunk bei Freunden im Ort eingeladen. Unsere Mutter hatte uns das Abendbrot vorbereitet, ich sollte nur zusehen, dass meine kleine Schwester auch pünktlich ins Bett ging.

Das wäre heute optimal gewesen, ein Abend allein mit Sabine. Leider hat sie keine Zeit, da sie mit ihren Eltern ebenfalls zu einem Geburtstagsfest bei Verwandten eingeladen ist. Schade, sturmfreie Bude und ich kann nichts damit anfangen!

Nachdem ich Gaby pünktlich um halb acht ins Bett gebracht hatte, ging ich nach oben ins Wohnzimmer, warf mich aufs Sofa und machte den Fernseher an. Bereits nach ein paar Minuten schaltete ich ihn wieder aus. Nichts lief, was mich interessierte. Ich lauschte kurz nach unten, ob Gaby wirklich schlief, aber es war nichts zu hören, sodass wohl alles in Ordnung war. In dieser Hinsicht war sie wirklich pflegeleicht. Meine Schwester machte abends nie Theater, da konnte man sich auf sie verlassen.

Ich überlegte, was ich nun tun sollte, wenn ich schon sturmfrei hatte. Meine Mutter und Heinz wollten gegen zehn wieder zurück sein. So viel Zeit hatte ich also auch nicht, und am nächsten Morgen ging es ja früh wieder zur Arbeit. Da blieb mein Blick an einem Ordner in unserem alten Eichenregal hängen. Das Regal stammte noch von unserem Großvater aus Bonn, meine Mutter hatte es nach seinem Tod geerbt. Der Ordner war beschriftet mit den Worten ›Tim‹ und ›Papiere‹. Na klar hatte ich ihn schon früher gesehen, jedoch hatte er mich, wie auch die anderen Ordner, die im Regal standen, nie sonderlich interessiert.

Papierkram halt …

Doch an diesem Abend war es anders. Ich hatte ja nichts Wichtiges zu tun, also setzte ich mich mit dem Ordner aufs Sofa und blätterte in den Unterlagen, zunächst eher aus Langeweile. Doch langsam stieg meine Neugierde und immer mehr Fragen bildeten sich in meinem Kopf. Ich fand das Gerichtsurteil über die Scheidung meiner Eltern und ein weiteres Urteil, in dem festgelegt worden war, dass meine Schwester die Tochter von Onkel Heinz sei. Darauf folgte ein schwer zu verstehender Schriftverkehr zwischen meinem Vater und meiner Mutter über irgendwelche Finanzthemen, dann ein Schriftverkehr zwischen meinem Patenonkel und meiner Mutter, in dem es um meinen Umzug zu meiner Mutter ging, und noch ganz viel Behördenkram. Hochinteressant fand ich die Bescheide zum Kindergeld und zu meiner Halbwaisenrente, worüber ich nun zum ersten Mal etwas las. Ich war ganz überrascht, dass meine Mutter für mich Geld aus einer sogenannten Halbwaisenrente erhielt, weil mein Vater gestorben war.

Das ist 'ne Menge Geld …

Im gleichen Moment hörte ich, wie die Haustüre aufgeschlossen wurde.

Gut, dass sie schon nach Hause kommen. Ich habe eine Menge Fragen an meine Mutter. Jetzt ist der richtige Zeitpunkt, um mal darüber zu sprechen. Irgendwie interessiert es mich doch sehr, wie die Scheidung aus Sicht meiner Mutter ablief. Sie wird mir sicher erzählen, wer denn nun der wirkliche Vater von Gaby ist. Papa hatte mir damals gesagt, dass er der leibliche Vater sei, egal, was ich irgendwann einmal darüber hören oder lesen sollte. Was sagt nun meine Mutter dazu? Und was genau ist eine Halbwaisenrente? Was bedeutet das alles?

Erwartungsvoll schloss ich den Ordner und nahm mir vor, meine Mutter direkt auf die Themen anzusprechen. Doch der Abend entwickelte sich dramatisch anders, als ich es mir vorgestellt hatte. Onkel Heinz und meine Mutter betraten das Wohnzimmer, und noch bevor ich irgendetwas sagen konnte, erblickten sie den Ordner in meiner Hand.

Meine Mutter kam sofort auf mich zu und wollte ihn mir aus der Hand reißen, was ihr jedoch misslang, da ich mich blitzschnell weggedreht hatte. Wütend rief sie: »Wie kommst du dazu, hier in unseren Ordnern zu stöbern? Da hast du nichts verloren. Das sind alles Erwachsenenthemen, für die du noch zu jung bist, um dies alles zu verstehen!«

Ich war überrascht und erwiderte: »Ich habe meinen Namen darauf entdeckt und wollte nur wissen, was das ist.«

»Hast du nicht gehört?«, schrie mich Onkel Heinz plötzlich an. »Da hast du nichts dran zu suchen, hat deine Mutter gesagt. Gib uns den Ordner zurück!«

Irgendwie war ich entsetzt und auch verwirrt.

Ich verstehe gerade gar nichts mehr. Warum sind die beiden so wütend darüber? Ich habe doch nichts verbrochen. Ich habe nichts Verbotenes gemacht!

Ich reagierte trotzig. »Trotzdem!«, erwiderte ich. »Da stehen Sachen drin, die mich schon lange interessieren und die ich euch sowieso mal fragen wollte. Vor allen Dingen das mit Gaby hätte ich gerne mal gewusst. Wer ist denn nun der Vater?«, giftete ich Onkel Heinz an.

Er lief rot an vor Wut. Damit hatte er wohl nicht gerechnet. Ich stand vom Sofa auf und hielt nach wie vor den Ordner mit beiden Händen vor meinem Körper fest. Er machte drei Schritte auf mich zu und versuchte, mir den Ordner zu entreißen. Da ich unmittelbar vor dem Sofa stand, konnte ich nicht ausweichen. Er schrie mich an, dass ich endlich den Ordner hergeben solle, und riss gleichzeitig an ihm. Ich fing an zu taumeln, und da sich meine Hände immer noch nicht lösten, bekam ich eine schallende Ohrfeige. Vor Schreck und Schmerz ließ ich den Ordner fallen und sank rückwärts aufs Sofa.

Das wollte ich nicht auf mir sitzen lassen! Ich sprang auf und verpasste Onkel Heinz einen Schubs, als der sich nach dem Ordner bückte, um ihn aufzuheben. Die Situation eskalierte. Es entwickelte sich ein heftiges Gerangel und Geschubse, das sich vom Wohnzimmer in den Flur verlagerte. Meine Mutter schrie uns an, dass wir damit aufhören sollten, und schaffte es schließlich auch, uns auseinanderzubringen.

»Ab in dein Zimmer! Sofort!«, befahl sie mir.

Wutentbrannt und auf das Tiefste enttäuscht lief ich die Treppe hinunter in mein Zimmer und schmiss mich aufs Bett.

Ich kann Heinz nicht ab! Immer diese Belehrungen. Immer weiß er alles besser. Ich hasse ihn!

Und laut nach oben zur Decke gerichtet schrie ich: »Ich habe keinen Bock mehr auf Arbeit – keinen Bock mehr auf USA – ihr könnt mich mal!« Immer wieder kreisten meine Gedanken um den Kampf von eben. »Ihr habt mir überhaupt nichts zu sagen!«, zischte ich noch hinterher.

Dieser Arsch! Ich habe gar nichts gemacht. Ich wollte nur reden – sonst nichts! Warum flippen die nur so aus?

Mir ging es echt mies. Ich packte eine von meinen Roger-Whittaker-Kassetten in den Rekorder und fing an zu weinen.

Scheiße! Papa, warum hast du mich allein gelassen??? Ich brauche DICH!!

Ich vermisste meinen Vater und schaute auf das vergilbte Passfoto, das in einem Mini-Bilderrahmen rechts über dem Kopfteil meines Bettes an der Wand hing. Das Passbild hatte er von seinem abgelaufenen Ausweis abgetrennt und mir geschenkt, als ich noch sehr klein war. Jahrelang hatte ich das Foto irgendwo zwischen meinen Spielsachen rumfliegen lassen. Erst, als er so plötzlich verstorben war, hatte ich es in einen passenden Bilderrahmen gepackt und nach dem Umzug zu meiner Mutter direkt aufgehängt.

Ich knipste das Licht aus und versuchte, mit Roger Whittaker im Hintergrund, einzuschlafen. Doch es funktionierte nicht …

Mist!

Ich fing an, wieder Schäfchen zu zählen.

Ein – Schaf, zwei – Schafe, drei – Schafe, vier – Schafe …
Weltmeister im Verdrängen!

Es klappte nicht, wie sehr ich mich auch bemühte. Tausend Gedanken in meinem Kopf.

Fünfunddreißig – Schafe, sechsunddreißig – Schafe …

Ich drehte und wälzte mich unaufhörlich in meinem Bett von einer Seite auf die andere. Roger Whittaker sang leise ›The Last Farewell‹ …

Achtundvierzig – Schafe, neunundvierzig – Schafe …

Irgendwann beruhigte ich mich und schlief zu später Stunde endlich ein.

Natürlich ging es am nächsten Morgen wieder zur Arbeit. Meine Mutter hatte mich wie immer geweckt. Widerwillig wusch ich mich, zog mich an und packte meine Brotdose. Gefrühstückt hatte ich nicht. Onkel Heinz sah ich nicht an und er mich auch nicht. Keiner sagte ein Wort. Gaby hatte zum Glück von alledem nichts mitbekommen. Wenn sie einmal schlief, dann tief und fest.

Schweigend fuhren wir zum Treffpunkt der Fahrgemeinschaft. Wie immer zwängte ich mich zwischen die beiden gewichtigen Männer auf dem Rücksitz.

Mit heute nur noch vier Tage!

Ich versuchte mich abzulenken, indem ich an die Zeit nach dem Einzug bei meiner Mutter dachte. Irgendwie witzig: Vier Jahre war ich regelmäßig von Euskirchen nach Bergisch Gladbach zu meiner Mutter kutschiert worden und danach umgekehrt von Bergisch Gladbach nach Euskirchen. Die Verbindung zu meiner Stieffamilie war in der ersten Zeit nicht abgebrochen. Für mich fühlte es sich an wie eine echte Familie. Peter, Guido und Irmgard waren für mich keine Stiefgeschwister, sondern wie echte Geschwister. Ich habe da keinen Unterschied gemacht. Genauso machte es für mich auch keinen Unterschied, ob Gaby meine Halb- oder meine ganze Schwester war.

Gelegentlich fuhr ich sogar mit dem Zug nach Euskirchen, höchstens jedoch drei- oder viermal. Meine Mutter wollte das nicht, da ich in Köln umsteigen musste. Der Bahnhof war ihr einfach zu wuselig, zu viele Menschen, und sie fürchtete, dass ich zu vielen Gefahren ausgesetzt sein würde. Ich fand das aber sehr abenteuerlich und überlegte immer, wie ich am besten von A nach B kam, ohne dass mich jemand fahren musste. Selbst mit dem Bus hatte ich es versucht. Allerdings nur ein Mal. Es kam mir vor wie eine Weltreise und ich musste dutzende Male umsteigen. Danach hatte ich die Nase voll vom Busfahren. Und einmal, in den Sommerferien, bin ich sogar die ganze Strecke mit dem Fahrrad gefahren. Erstaunlich eigentlich, dass meine Mutter mir dies erlaubt hatte, nachdem doch mein Bruder damals mit dem Fahrrad in der Eifel verunglückt war. Ich hatte aber immer weiter gequengelt und gebettelt, weil ich mein Fahrrad unbedingt für kleinere Radtouren mit Peter dort haben wollte. Nach langem Zögern und meinen hochheiligen Versprechen, dass ich ja vorrausschauend und defensiv fahren würde, willigte sie schließlich doch ein.

Wenn ich bei meiner Stieffamilie war, fühlte es sich an wie immer. Nur, dass mein Vater nicht da war. Ich hatte nach wie vor mein altes Zimmer. Wir spielten zusammen, machten Ausflüge und halfen im Haushalt oder bei der Gartenarbeit, wenn es darauf ankam. Am Sonntagmorgen um 10 Uhr ging es, wie immer schon, in die Kirche zur ›Heiligen Messe‹. Diese Tradition wurde dort niemals abgelegt. Wenn ich sonntags bei meiner Mutter blieb, hatte ich auf jeden Fall einen klaren Vorteil: Nachdem sie zu Onkel Heinz gegangen war, hatte sie die

Messebesuche fast vollständig gestrichen. Lediglich die Christmette an Weihnachten und das Jahrgedächtnis in Gedenken an meinen Bruder waren noch Pflichttermine.

Der Schulwechsel war für mich damals allerdings grausig. Ich fühlte mich von Anfang an nicht wohl in der neuen Klasse. Großartigen Kontakt zu den anderen hatte ich nicht. Außer, dass ich mich mit Frank ab und zu in den Pausen unterhalten und irgendwann auch mal nach der Schule getroffen hatte. Selbst Sabine hatte ich anfänglich gar nicht wahrgenommen. Ich war oft ziemlich einsilbig und in mich gekehrt. Einzig der Klassenlehrer schaffte es, mich mehr oder weniger aus der Reserve zu locken. Ihm hatte ich letztendlich zu verdanken, dass ich die Schule irgendwie geschafft hatte. Immer wenn es darauf ankam, hatte er mich gefördert. Er hielt auch regelmäßig Kontakt zu meiner Mutter und gab ihr oft wichtige Hinweise, was ich konkret für die nächsten Klassenarbeiten lernen sollte. Das half.

Das Tischtennisspielen hatte ich nicht mehr weiter verfolgt. Früher spielte ich in einer Schülermannschaft. Nach meinem Umzug hatte mich meine Mutter zwar sofort in einem hiesigen Verein angemeldet, doch es war kein Vergleich zu dem Verein, in dem ich zuvor aktiv war. Auch die Spieler waren ziemlich hochnäsig und wollten mit mir, dem ›Neuen‹, nichts zu tun haben. Letztendlich war ich dann auch nicht motiviert und verlor lustlos ein Spiel nach dem anderen. Ziemlich schnell ging ich nicht mehr dorthin und meine Mutter meldete mich kurzerhand ab.

Ab und zu spielte ich nach der Schule Tischtennis mit Frank. Seine Eltern hatten im Keller eine Tischtennisplatte und es funktionierte ganz gut mit uns beiden. Da er jedoch nie in einem Verein gespielt hatte, war ich ihm schon klar überlegen, ließ ihn jedoch fairerweise auch mal ein paar Sätze gewinnen.

Mit der Zeit wurden die Besuche in Euskirchen weniger und die Abstände immer größer. Anfangs war ich alle 14 Tage dort gewesen, zum Schluss nur noch in den Ferien. Ich weiß gar nicht so richtig, woran dies lag.

Vielleicht stimmt doch etwas an dem Sprichwort: ›Blut ist dicker als Wasser‹?

Peter hatte in der Zwischenzeit einen großen Freundeskreis gefunden. Oft war es dann so, dass ich am Wochenende nur noch einer von seinen vielen Freunden war, oder Peter war gar nicht erst zu Hause, da er bereits mit anderen unterwegs war. Mit meinem Stiefgroßvater hielt ich von Anfang an einen regen Briefkontakt. Das war gut für mich, da ich auf diesem Weg, wie eine Art Tagebuch, vieles zu Papier bringen konnte, was mich gedanklich bewegte. Umgekehrt hielt mich mein Stiefgroßvater über alles auf dem Laufenden und packte zu meiner Freude auch oft einen kleinen Geldschein mit in den Briefumschlag. Doch auch dies verhinderte nicht, dass die persönlichen Treffen weniger wurden. So bemerkte ich erst ziemlich spät, dass es Hannelore gesundheitlich sehr schlecht ging. Ich hatte mich schon gewundert, warum Terminvorschläge meinerseits für ein Besuchswochenende in Euskirchen von der Stieffamilie nicht angenommen worden waren.

An einem Wochenende luden sie mich dann doch

zu sich ein und mein Stiefgroßvater holte mich von zu Hause ab.

Als ich im Auto saß, sagte er: »Wir haben uns lange nicht gesehen. Das waren bestimmt drei Monate.«

Will er sich jetzt bei mir beschweren, dass ich so lange nicht da gewesen bin?

»Ich wollte schon ein paarmal kommen, an mir lag es nicht, sondern …«

»Ja, ich weiß«, unterbrach er mich, »ich weiß, dass du kommen wolltest. Wir wollten dich nicht belasten mit dem Umstand, dass es Hannelore sehr schlecht geht.« Nach einer kurzen Pause fuhr er fort: »Ich hatte auch schon mit deiner Mutter telefoniert. Sie weiß darüber Bescheid, was mit Hannelore los ist.«

Mir wurde übel. Bitte nicht schon wieder. »Was ist mit Hannelore?«, fragte ich ängstlich und zögerlich zugleich.

»Tim, wir fahren jetzt zusammen zu ihr. Sie möchte dich unbedingt sehen. Sie hat ganz schlimmen Krebs. Es ging verdammt schnell. In den letzten Wochen hat sie rapide abgebaut und auch abgenommen. Der Krebs hat überall gestreut und die Ärzte haben keine Möglichkeit gefunden, sie zu heilen.«

»Das heißt, sie wird sterben?«

Er räusperte sich und schluckte. »Ja. Das kann nicht mehr lange dauern. Du wirst sehen, sie ist sehr tapfer!«

Kurze Zeit später kamen wir an.

So etwas Tragisches. Ich habe ein Déjà-vu!

Ich stand schon einmal mit meinem Stiefgroßvater vor unserer Haustüre, in einer ähnlichen Situation. Er schloss auf und ich folgte ihm. Nichts hatte sich seit dem Tod meines Vaters in dem Haus verändert. Wir gingen die Wendeltreppe hoch, oben im Flur kam uns Irmgard entgegen. Sie begrüßte uns und sagte, dass Hannelore sich darauf freute, mich zu sehen.

Gemeinsam betraten wir das Schlafzimmer, das Zimmer, in dem wir damals meinen Vater in einem ziemlich üblen Zustand vorgefunden hatten. Es war immer noch mit denselben Möbeln ausgestattet. Mir wurde ganz anders. Ich hatte den Anblick meines Vaters vor Augen, wie wir ihn damals in diesem Bett gefunden hatten.

Nun sah ich Hannelore im Bett liegen.

Ich erkenne sie kaum wieder. Nur noch Haut und Knochen.

Doch sie lächelte mich an und hob die Hände. »Komm her, Tim. Setz dich zu mir.« Sie sprach sehr leise und langsam. »Schön, dass du da bist!«

Ich ging zu ihr und drückte sie ganz vorsichtig. »Mensch, Hannelore. Was machst du denn für Sachen?«

Sehr langsam begann sie zu erzählen und ich hörte aufmerksam zu. Sie sagte, dass sie voll im Reinen war mit sich selbst, dass sie ein unglaublich glückliches und erfülltes Leben gehabt hatte und sich nun auf ein Leben nach dem Leben freute.

Ich fühlte mich allmählich besser. Es tat mir gut, bei ihr zu sein. Ich lauschte ihren Worten, meine Übelkeit war wie weggeblasen. Zwischendurch schloss sie für Minuten die Augen und erzählte dann auf einmal einfach weiter. Irmgard und mein Stiefgroßvater hatten uns schon lange allein gelassen. Sie spürten, dass wir beide unser Zusammensein genossen.

Als sie wieder die Augen geschlossen hatte, sah ich mir die Bücher auf dem Nachttisch genauer an und blätterte darin. Es ging um ein Leben nach dem Tod und das Leben im Jenseits. Die Bücher halfen ihr scheinbar sehr. Sie gaben ihr Halt und Kraft für das, was als Nächstes kommen würde.

Sie öffnete die Augen, sah mich an und lächelte: »Mach dir keine Sorgen, Tim. Ich habe mich lange mit dem Tod befasst und ich fürchte mich nicht. Ich weiß, dass ich ein erfülltes Leben hatte. Dafür – und dafür, dass ich so tolle Menschen um mich herum hatte – bin ich äußerst dankbar.« Sie stockte ein bisschen und fuhr dann fort: »Dankbar, dass ich deinen Vater und dich kennen und lieben lernen durfte. Ich bin sicher, dass du deinen Weg machen wirst. Du bist stark und hast ganz viel von ihm.«

Ich blieb an diesem Abend noch lange an ihrer Seite sitzen. Hannelore hatte nicht mehr die Kraft, um selbst viel zu sprechen. Sie wollte wissen, wie es mir in meinem neuen Zuhause erging. Und ich erzählte und erzählte und erzählte. Irgendwann kam Irmgard herein und erklärte, dass Hannelore jetzt ihre Morphiumspritze benötige und dann sofort schlafen würde. Ich gab Hannelore einen Kuss auf die Wange und sagte, dass ich am nächsten Tag ja noch da sei und wir dann weitersprechen könnten.

Am folgenden Morgen saß ich wieder an ihrer Seite. Sie schlief jedoch die meiste Zeit. Ich beobachtete sie und stellte fest, dass ich mit dieser Situation eigentlich gut zurechtkam. Ich fühlte mich nicht trübsinnig, hatte nicht tiefe Trauer und Schmerz in mir. Hannelore war mit sich absolut im Reinen, und das wirkte sich auch auf mich aus. Sie sagte zu mir, dass sie das Leben genoss. Auch jetzt lebe sie sehr gerne. Sie würde die schmerzfreien Momente genießen und alles aufsaugen, was sie noch wahrnehmen konnte. Auf der anderen Seite freute sie sich nun auch auf ihr Leben nach dem Tod. Sie war darauf eingestellt und neugierig auf das, was da kommen würde. Für mich waren ihre ehrlichen Worte sehr hilfreich. Auf einmal konnte ich den Tod akzeptieren, zumal Hannelore selber ihren Tod akzeptierte.

Warum sollte ich ihr diese Sicherheit nehmen, indem ich hier nur trauernd und weinend neben ihr sitze? Mit diesem Verhalten würde ich nur zusätzliche Ängste in ihr *provozieren, die ihre letzten Lebenstage zu einer Qual machen könnten. Das wäre nicht fair! Denn es ist ihr Leben und ihr Tod und nicht mein Leben und nicht mein Tod!*

Mir fiel ein Zettel auf, den sie neben sich liegen hatte. Vorsichtig zog ich ihn an mich, als Hannelore wieder die Augen geschlossen hatte. Ich war neugierig, da sie etwas darauf unterstrichen und farblich gekennzeichnet hatte. Es handelte sich um einen Predigttext aus dem Buch Kohelet, Kapitel 3, wie ich der Überschrift entnahm. Dort stand: »Alles hat seine Stunde. Für jedes Geschehen unter dem Himmel gibt es eine bestimmte Zeit: eine Zeit zum Gebären und eine Zeit zum Sterben.« Nachdenklich sah ich Hannelore an und legte den Zettel wieder zurück.

Gegen Mittag kam mein Stiefgroßvater, um mich wieder nach Hause zu fahren.

Zehn Tage später war die Beerdigung. Natürlich war ich dort. Merkwürdigerweise fühlte ich zwar einen Abschiedsschmerz, eine tiefe Traurigkeit empfand ich jedoch nicht. Sie wurde in derselben Grabstätte wie mein Vater beerdigt. Jetzt waren sie wieder vereint. Seite an Seite lagen sie dort. Ich wandte meinen Blick, wie damals, zu den großen Eichen in einiger Entfernung am Friedhofsrand. Schneeflocken fielen vom Himmel. Alles war in Weiß gehüllt.

Huschte dort wieder etwas zwischen den alten dicken Eichenstämmen?

Blitzschnell ging das. Ich blinzelte mit den Augen und versuchte etwas auszumachen, was dort nicht hingehörte. Ich fand jedoch nichts und schaute auf den Sarg von Hannelore unter mir. Ich spürte ihr Lächeln und lächelte zurück. Ein stiller Gruß und ein stiller Abschied. Eine Windböe strich durch mein Haar.

Kapitel 8 – Vorfreude

Auf zur Arbeit! Es geht los! Raus aus den Federn!«
Meine Mutter weckte mich zum letzten Mal in diesen
Ferien. Und ich war sofort hellwach!

Sie wollte gerade das Zimmer verlassen, da rief ich: »Ich
gehe heute nicht. Habe keinen Bock mehr! Habe lange
genug gearbeitet!«

Sie stoppte abrupt und kam auf mich zu. »Was? Das
kann doch jetzt nicht wahr sein!«

»VERARSCHT!!«, rief ich, sprang aus dem Bett und
lief lachend ins Bad.

Meine Mutter schien sichtlich erleichtert. Wollte sie
sich doch gerade überlegen, wie sie mich für meinen
letzten Arbeitstag noch motivieren konnte. Zudem
hatte sie extra Blaubeer-Muffins gebacken! Das sei ein
typisch amerikanisches Gebäck, meinte sie. Es wäre
doch toll, wenn ich mich bei meinen Arbeitskollegen
auf diese Weise für die Zeit und das tolle Geschenk
bedanken würde. Zur Krönung hatte sie auf jeden
Muffin noch die Buchstaben »U S A« mit Zuckerguss
geschrieben.

Das Verhältnis zu Onkel Heinz war noch immer an-
gespannt. Wir sprachen nach wie vor nur das Nötigste
miteinander.

Der letzte Arbeitstag lief sehr unspektakulär ab, aber
die Muffins kamen super an und schmeckten fantastisch.
Alle wurden verspeist und die Backkünste meiner Mutter wurden sehr gelobt.

Schade ist nur, dass unser Vorarbeiter Günther Kramer nicht da ist, dachte ich. *Zum Abschluss hätte ich gerne noch mal seinen ›schrecklichen‹ Gesang gehört. »Liebling, wach aaaauf! Ich komm' nach Hauuuus ...«* Den Song werde ich bestimmt so schnell nicht vergessen!*

Meine letzte Lohntüte bekam ich von Herrn Vonlarmark ausgehändigt. Ein gutes Gefühl. Als ich mich von ihm verabschiedete, fiel mir noch etwas ein, was mir schon die ganze Zeit im Kopf herumging. »Eine Frage habe ich noch: Arbeiten Sie eigentlich schon lange hier?«

Herr Vonlarmark grinste: »Ja, klar! Eigentlich schon mein ganzes Arbeitsleben. Seit einigen Jahrzehnten gehöre ich hier zum Inventar. Warum möchtest du das wissen?«

»Och, nur so!«, antwortete ich überrascht und ohne ihm zu verraten, was ich ursprünglich vermutet hatte.

Dann packte ich endgültig zum letzten Mal meine Sachen zusammen und verschloss meinen Spind.

So sehr kann man sich irren. So leicht kann man sich von Äußerlichkeiten leiten lassen. Von wegen pleitegegangener Unternehmer, der hier seine letzte Chance ergreift, um seine Familie ernähren zu können. Gut, dass ich noch nachgefragt habe.

Schließlich verabschiedete ich mich artig von allen und ging zum letzten Mal zum Treffpunkt auf dem Parkplatz.

Ein letztes Mal in den Fiesta reinquetschen.

Ja! Geschafft!

Zu Hause angekommen, erwartete uns wie immer meine Mutter mit dem Abendbrot. Ich gab ihr ganz stolz meine allerletzte Lohntüte mit dem selbstverdienten Geld, als es an der Haustür klingelte. Es war Sabine! Zur Feier des Tages hatte uns meine Mutter einen Kinoabend spendiert.

»Aber fahrt bitte mit dem Bus«, sagte sie. »Ich hole euch nach dem Kino ab und wir fahren Sabine nach Hause. Ich möchte nicht, dass ihr so spät im Dunkeln noch mit dem Fahrrad unterwegs seid.«

Wir beide nickten. Das war o. k. so.

»Du kannst dein Fahrrad ja morgen bei uns abholen. Die Busse fahren ja auch samstags, oder, Sabine?«, fuhr meine Mutter fort.

»Ja, prima. Das können wir gerne so machen«, erwiderte Sabine.

Natürlich sahen wir uns den neuesten Film von Bud Spencer und Terence Hill an. Wir hatten viel gelacht und ich wusste nachher nicht mehr, wie viele Bösewichter die beiden Hauptdarsteller umgehauen hatten. Das gehörte meist zu den Lachern dazu. Geküsst hatten wir uns auch. Ziemlich oft. Im dämmrigen Licht des Kinosaals, bevor der Film losging. Wir kuschelten uns, so gut es ging, aneinander, auch wenn die Armlehne zwischen uns leider etwas störte.

Meine Mutter stand dummerweise überpünktlich nach dem Film schon im Foyer.

Erwartungsvoll sah sie uns an. »Na, ihr zwei? Wie war es?«

»Super!« Sagten wir nur und schauten uns verlegen an. Wir hatten Schmetterlinge im Bauch.

»O. k. Dann kommt. Der Wagen steht in der Tiefgarage.«

Im Auto setzte ich mich neben Sabine auf die Rückbank. Ich wollte die Minuten mit ihr noch genießen und ganz nah an ihrer Seite sein. Meine Mutter schaute zwar erstaunt, als wir einstiegen, doch sie sagte nichts.

Müssen die Autos denn einen Rückspiegel haben?, fragte ich mich etwas ärgerlich. *Ich habe das Gefühl, als würde sie ständig zu uns rüberschauen. Was will sie denn sehen? Gut, dass es schon dunkel ist, und ich glaube nicht, dass sie bemerkt, wie wir unsere Hände halten.*

Dann hielten wir vor Sabines Haus. Ich ahnte nichts Gutes, als ich ihren Vater erblickte, der gerade die Haustür aufschloss.

Oh nein!!
Bitte nicht! Bitte geh hinein …

Pustekuchen! Er hatte den Wagen kommen hören und sich noch im Türrahmen zu uns umgedreht. Selbstverständlich kam er auf uns zu und meine Mutter erkannte sofort die Situation. Sie ergriff ihre Chance, den Vater meiner Freundin kennenzulernen, und sprang aus dem Auto.

Na klar! So ist meine Mutter! Immer höflich und stets darauf bedacht, Freundlichkeiten auszutauschen. Jetzt nur keine Peinlichkeiten!

Wir stiegen auch aus, während Herr Klammer schnellen Schrittes auf meine Mutter zuging. Beide strahlten sich an.

Mama!, flehte ich innerlich. *Reiß dich bitte zusammen!*

»Hallo, Herr Klammer. Schön, dass wir uns endlich kennenlernen. Ich bin die Mutter von Tim.« Sie reichten sich die Hände. »Ich dachte, um diese Uhrzeit sei es besser, wenn ich Sabine nach Hause fahre. Sie kann ja morgen ihr Rad bei uns abholen.«

»Ja, das ist genau in meinem Sinne!«, sagte Sabines Vater. »Möchten Sie nicht noch kurz hereinkommen?«

Oh je, dachte ich sorgenvoll.

»Nein, es ist doch schon spät und wir möchten nicht stören. Aber vielen Dank.«

Wow!, war ich erleichtert.

»Aber was halten Sie davon, wenn Sie und Ihre Frau morgen Nachmittag zu uns auf die Weide kommen? Wir haben dort eine schöne Grillecke und planen ein kleines Barbecue. Sabine ist ja sowieso bei uns. Da könnten wir uns doch endlich mal in Ruhe kennenlernen.«

NEIN!

Ich schüttelte den Kopf und sah Sabine verzweifelt an. Doch sie war ganz entspannt und fand die Idee anscheinend gut.

Sie grinste mich an und sagte zu ihrem Vater: »Das wäre doch prima! Mama könnte dann ihren leckeren Nudelsalat machen und mitbringen. Bitte, Papa, sag ja!!«

Ich sah Sabine entsetzt an. »Das kann doch nur peinlich werden«, flüsterte ich ihr zu, in der Hoffnung, das Blatt noch wenden zu können.

»Gerne, Frau Kruse. Das machen wir sehr gerne. Wir hatten ja auch schon über ein Treffen nachgedacht, jetzt, wo die beiden Turteltauben sich ja scheinbar gefunden haben. Wir lassen es uns aber nicht nehmen, den Wein mitzubringen! Herrlichen Weißwein von der Mosel, oder ist Ihnen ein schöner Rotwein von der Ahr lieber? Ach, wissen Sie was? Wir bringen einfach beides mit!!«

Touché! – Geschlagen!

Sabine gab mir einen hastigen Kuss auf meine Wange. Beide verabschiedeten sich und verschwanden im Haus. Wir fuhren los.

»Na, das war doch klasse, Tim! Gut, dass wir Sabines Vater heute noch getroffen haben. Das wird morgen sicherlich toll. Und Herr Klammer ist total sympathisch, findest du nicht?«

»Sicher«, brummte ich mürrisch. Dann dachte ich an Sabine und wie glücklich sie über das morgige Treffen unserer Eltern war. Ihre Reaktion stimmte mich langsam um und ich konnte dem Ganzen doch etwas Positives abgewinnen. Ich spürte plötzlich wieder die Schmetterlinge in meinem Bauch. Es musste ein ganzes Rudel sein, so wie es kribbelte.

Das Barbecue verlief besser als befürchtet. Das Wetter spielte mit und bescherte uns angenehme Temperaturen, das tolle Grillfleisch und der leckere Nudelsalat taten das Übrige dazu. Wider Erwarten war die Stimmung gelöst und ungezwungen. Meine Mutter, forsch wie immer unterwegs, hatte den Eltern von Sabine ziemlich zügig das ›Du‹ angeboten, was mit einem Glas Wein unter fröhlichem Gelächter besiegelt wurde. Jedoch nicht, ohne ein weiteres »Prost« auf Sabine und mich folgen zu lassen.

Als sie nach dem Essen mit Geschichten aus unserer Kindheit anfingen, verdrückten Sabine und ich uns schnell. Im angrenzenden Wäldchen zeigte ich ihr meinen Lieblingsplatz am Bach unter den Bäumen. Dort konnte man gut auf ein paar Steinen sitzen, die entlang des Ufers lagen. Wir saßen nebeneinander, nahmen uns wortlos in den Arm und hingen unseren Gedanken nach, während wir auf den ruhigen Fluss des Baches schauten.

Plötzlich musste ich lachen.

»Was ist? Woran denkst du gerade?«, wollte sie von mir wissen.

Ich musste an den Moment denken, als ich genau an dieser Stelle meine erste Zigarette geraucht hatte, mit dem festen Vorhaben, auf der abendlichen Fete ganz cool zu wirken. Doch dann sprach Sabine mich an und ich ließ die Zigarettenpackung in der Tasche. Somit war dies nicht nur meine erste, sondern auch meine letzte Zigarette, die ich geraucht hatte.

Das erzählte ich Sabine natürlich nicht, sondern wich aus, indem ich schnell auf unsere Eltern zu sprechen kam.

»Ist doch gut gelaufen, das Kennenlernen heute.«

»Ja. Und deine Mutter hat sich auch richtig zusammengerissen.«

»Das kann man wohl meinen. Ich hatte bereits mit dem Schlimmsten gerechnet.«

Die nächsten Wochen vergingen wie im Fluge. Die Höhere Handelsschule, die ich gemeinsam mit Sabine besuchte, gefiel mir sehr gut. Es war für mich wie ein Neuanfang. Bis auf Sabine kannte ich keinen meiner Mitschülerinnen und -schüler. Aber so ging es jedem, alle mussten sich anfangs in der neuen Umgebung zurechtfinden. Ich fühlte mich zum ersten Mal seit Jahren sicher und nicht ausgegrenzt. Nach ein paar Tagen fanden sich dann die ersten vermeintlich Gleichgesinnten zusammen. Dazu beigetragen hatte wohl vor allem die Gruppenarbeit, die uns die Lehrer aufgetragen hatten. So lernten wir uns gegenseitig schnell kennen und konnten schon einschätzen, wer mit wem am besten harmonierte. Sabine und ich hatten vereinbart, dass wir nicht händchenhaltend durch die Schule liefen, jeder sollte unabhängig vom anderen das tun, was er für richtig hielt. Das war gut so und funktionierte hervorragend. Niemand bekam mit, dass wir miteinander gingen.

Zu meiner Clique gehörten: Rainer, der mit Abstand der Älteste in der Klasse war und bereits ein Auto besaß, die Zwillinge Martin und Michael, Uli, eine Frohnatur und immer nur am Rumalbern, und Ahmet, Sohn einer ehemaligen türkischen Gastarbeiterfamilie, der schon seit dem Säuglingsalter in Deutschland wohnte. Auch Sabine fand schnell neue Freundinnen in der Klasse. Es begann eine schöne Zeit. Wir trafen uns zum gemeinsamen Lernen, um in Workshops Themen zu erarbeiten, und gingen an den Wochenenden zusammen in die angesagten Cafés der Stadt. Immer öfters kam es dazu, dass sich unsere beiden Cliquen – wie zufällig – über den Weg liefen. Sabine und ich machten uns den Spaß, behielten unser Wissen für uns und verrieten nichts.

Im Oktober stand endlich der langersehnte Besuch der Agenturtante Frau Sinniger bei uns zu Hause an. Ich war gespannt, welche Informationen sie mitbringen würde. Natürlich wollte ich unbedingt wissen, wie viel meine Reise in die USA letztendlich kosten und ob mein verdientes und zusammengespartes Geld auch ausreichen würde.

Gut eine Viertelstunde später als vereinbart klingelte es an der Tür. Über die Haussprechanlage drückte meine Mutter den Türsummer. Frau Sinniger stieg die Treppe herauf, mit einem großen Aktenkoffer in der Hand.

»Guten Tag, zusammen. Mein Name ist Rosemarie Sinniger. Entschuldigen Sie bitte meine Verspätung. Mein vorheriger Termin hatte leider längere Zeit in Anspruch genommen als geplant.«

»Das macht doch nichts, Frau Sinniger«, erwiderte meine Mutter verständnisvoll, »schön, dass Sie da sind. Treten Sie doch bitte ein. Darf ich Ihnen einen Kaffee oder Tee anbieten?«

»Ja, gerne. Einen Kaffee kann ich jetzt sehr gut gebrauchen.« Sie wandte sich an mich: »Und du bist bestimmt Tim, der junge Mann, der ganz allein die Reise über den großen Teich antreten möchte?«

»Ja, der bin ich. Hallo, Frau Sinniger.«

Nachdem sie ihren Mantel abgelegt hatte, führten wir sie ins Wohnzimmer, wo Onkel Heinz bereits am gedeckten Kaffeetisch saß. Mutter hatte extra das Wildrose-Porzellanservice von Villeroy & Boch aufgetischt, welches sie ansonsten nur für feierliche Anlässe, wie Geburtstage und an Feiertagen, nutzte. Es begann ein nicht enden wollender Small Talk zwischen Frau Sinniger, Heinz und meiner Mutter, während wir alle von dem selbstgebackenen Pflaumenkuchen aßen. Nachdem jeder seinen Kuchen verzehrt hatte und dieser schier endlos in den höchsten Tönen von allen Seiten gelobt worden war, kamen wir endlich zur Sache. Frau Sinniger holte die Unterlagen aus ihrem Aktenkoffer und breitete alles vor sich aus. Als Erstes reichte sie mir eine großformatige USA-Landkarte, auf der alle Bundesstaaten und wichtigen Großstädte zu erkennen waren. An zahlreichen Stellen auf der Karte waren farbige Markierungen zu sehen.

»Die Markierungen bedeuten, dass dort potenzielle Gastfamilien wohnen, bei denen du theoretisch unterkommen kannst. Du siehst, die Familien verteilen sich über das ganze Land. Die meisten Familien findest du jedoch hier in den östlichen und südlichen Bundesstaaten.« Sie tippte ein paarmal auf einige Markierungen auf der Karte.

»Kann ich mir hier einen Ort aussuchen, den ich interessant finde?«, fragte ich.

»Nein, leider geht das nicht. Natürlich kannst du einen Wunsch äußern und wir würden versuchen, diesen auch zu berücksichtigen. Du kannst dir jedoch vorstellen, wie schwierig es ist, die Wünsche von allen 150 Reisenden zu erfüllen. Auch haben die Gasteltern ein großes Mitspracherecht, wenn es darum geht, wen sie aufnehmen. Wir garantieren aber, dass alle Familien den Kriterien entsprechen und dass das Qualitätsniveau und die

Sicherheit bei allen Familien in gleicher Weise gegeben sind. Wir sind mit der Planung schon sehr weit fortgeschritten, doch leider kann ich dir noch nicht sagen, wo genau die Reise hingeht.«

»Das ist schade«, meinte Onkel Heinz, »eigentlich sind wir davon ausgegangen, dass wir uns heute bereits ein Bild von der Gastfamilie machen können. Wann dürften wir denn damit rechnen?«

»Im Januar könnte ich dazu sicherlich schon mehr sagen. Über die Feiertage bin ich für ca. drei Wochen in den USA und fahre höchstpersönlich einige Familien an. Danach sollte es klar sein.«

»Mir ist es letztendlich egal, in welche Familie und in welchen Ort ich komme. Ich möchte nur in die USA. Sie können gerne für mich aussuchen, was Sie für mich passend finden«, sagte ich zu Frau Sinniger. »Hauptsache: typisch Amerika und Action!«

»Ich werde genau das Richtige für dich finden, Tim. Verlass dich da mal ganz auf mich!« antwortete sie und lächelte dabei ganz süffisant.

Diesen Spruch › …verlasse dich da mal ganz auf mich …‹ sollte ich bis zur Ankunft in den USA noch öfters hören!! Vielleicht hätte ich nicht sagen sollen, dass es mir egal wäre, in welche Familie ich kommen würde. Frau Sinniger sollte noch für einige Überraschungen sorgen.

»Doch zunächst müssen wir die Details besprechen und den Vertrag unterzeichnen«, sagte Frau Sinniger. »Eine Anzahlung in Höhe von 30 Prozent des Gesamtbetrages ist mit Vertragsabschluss auch fällig. Die Unterlagen hatte ich Ihnen ja vorab bereits zugesendet. Gibt es dazu noch Fragen?«

Und ob! Mein Stiefvater ist bei so etwas überaus pingelig und detailverliebt. Er gehört zu der Sorte Mensch, die zusätzlich zu Hosenträgern auch einen Gürtel benutzen – für den Fall der Fälle, dass mal ein Träger reißen und die Hose rutschen könnte. Zur Risikominimierung sicherheitshalber immer alles doppelt und dreifach absichern, ist seine Devise. Mir soll es in diesem Fall recht sein. Ich blicke bei dem Papierkram eh nicht durch und habe auch keine Lust dazu.

Zunächst einmal befassten sich Frau Sinniger und Onkel Heinz über eine Stunde lang mit den Vertragsinhalten. Ich half in der Zeit meiner Mutter beim Abwasch in der Küche und versuchte, ihre aufkommenden Bedenken und Sorgen zu beseitigen.

Jetzt, wo es konkret wird, bekommt sie doch nicht etwa kalte Füße und will einen Rückzieher machen?

Ich erzählte ihr immer wieder, wie schön und aufregend es in den USA doch sein müsste, dass es mein riesiger und einziger Traum sei, dorthin zu reisen, und dass ich auch sicher alle Regeln und Vorsichtsmaßnahmen beachten würde, damit sie sich keine Sorgen machen müsste.

Onkel Heinz rief uns schließlich wieder zurück an den Kaffeetisch.

»Wir wären nun so weit«, sagte er feierlich, »wir müssen jetzt nur noch den Vertrag unterzeichnen. Alle Fragen sind beantwortet. Alle Unklarheiten beseitigt. Und das Finanzielle passt auch. Du hast ja fleißig gespart.«

»Fehlt denn noch etwas?«, fragte ich.

»Nun, die Reisekosten hast du zusammen. Aber du

benötigst ja auch Taschengeld für deine Zeit dort. Das werden wir schon hinbekommen. Wünsche dir zu Weihnachten und zu deinem Geburtstag Bares, dann sollte es hinhauen.«

Ich bin beruhigt. Also kann der nächste Schritt in Richtung Erfüllung meines Traumes getan werden!

Frau Sinniger fuhr fort: »Ich möchte nicht drängeln. Doch wenn alles klar ist, sollten wir nun den Vertrag unterschreiben.« Sie reichte die von meinem Stiefvater geprüften und für korrekt empfundenen Papiere an meine Mutter, die als meine gesetzliche Vertreterin den Vertrag unterzeichnen musste.

»Bist du sicher, Timmichen?«

»Mama, nun mach schon. Klar will ich das!«

Und das mit dem ›Timmichen‹ habe ich einfach mal überhört …

Die Unterschriften besiegelten das Vorhaben und wir erhielten zusätzlich zur Vertragskopie noch eine Checkliste, in der vermerkt war, was wir bis zur Reise noch alles bezüglich der Reisepapiere, inklusive der Visumbeantragung, erledigen mussten.

»So, Tim. Wir sehen uns am 23.07. nächsten Jahres in Amsterdam am Flughafen. Sobald alles klar ist, werde ich dir die Reiseunterlagen mit Bahnticket von Köln nach Amsterdam zusenden. Du wirst also bis dahin noch reichlich Post von mir bekommen und wir können auch jederzeit telefonieren, falls etwas unklar sein sollte.«

»Die Adresse der Gastfamilie muss ich ja als Erstes von Ihnen bekommen. Nicht, dass Sie das vergessen!«, ergänzte ich mit Nachdruck.

Sie lachte laut und herzlich: »Natürlich, Tim. Da werde ich etwas Schönes für dich finden. Du kannst dich auf mich verlassen!«

Das habe ich heute schon einmal von ihr gehört. Mich lässt das Gefühl nicht los, dass genau das ein Knackpunkt werden sollte ...

Und Frau Sinniger schmunzelte immer noch über meine Aussage.

In den nächsten Monaten stand einiges in der Schule an. Ich war selbst überrascht über mich, wie motiviert ich dem Unterrichtsstoff gefolgt war und wie viel ich zu Hause für die Klassenarbeiten lernte.

Da sieht man mal, was es ausmacht, wenn die Rahmenbedingungen stimmen. Wenn man integriert ist und sich nicht ausgegrenzt fühlt.

Die Lehrer der Höheren Handelsschule gaben sich ebenso alle Mühe, die unterschiedlichen Vorkenntnisse ihrer Schüler auf ein gemeinsames hohes Niveau zu hieven. Im Unterricht bezogen sie von Anfang an jeden mit ein. Diejenigen, die abtauchen wollten, wurden von den Lehrern erst recht gefordert, indem genau sie aufgerufen wurden. Meistens auf eine angenehme oder auch lustige Art und Weise, ohne diejenigen dann schlecht aussehen zu lassen. Das hatten sie echt drauf. Anders als damals in der Realschule führten sie niemanden vor, sondern halfen bei den Antworten und stellten Unwissenheit und Fehler als normal dar. Gerade unser Klassenlehrer beherrschte dies sehr gut. Er bedankte sich stets für fehlerhafte Antworten und Aussagen.

Er sagte dann immer: »Vielen Dank für den Fehler. Das ist nichts Schlimmes. Aus Fehlern lernen wir. Auch wir anderen profitieren davon.«

Nur manchmal, wenn er bemerkte, dass jemand gedanklich total abwesend war oder in den hinteren Reihen eine themenfremde, nicht enden wollende Unterhaltung begann, griff er zu drastischen Mitteln. Wie aus dem Nichts heraus griff er plötzlich nach seinem Schlüsselbund und warf ihn mit Getöse auf den Tisch des Übeltäters. Das wirkte.

»Entschuldigung! Ich glaube, das Wetter wird wieder schlechter. Die Schlüsselbunde fliegen heute tief. Bist du bitte so nett und bringst mir meinen wieder nach vorne?«

Das half tatsächlich. Durch das Getöse waren alle wieder mit dabei und fokussiert auf die Themen, die da noch kamen.

Die Treffen unserer Arbeitsgruppen trugen das Übrige dazu bei, dass wir den Stoff schnell begriffen, vor allen Dingen in den neuen Schulfächern wie Betriebs- und Volkswirtschaftslehre, deutsch- und englischsprachige Geschäftskorrespondenz und EDV. In der Tat konnte ich zum ersten Mal seit vielen Jahren ein Zeugnis mit nach Hause bringen, worin keine Fünf zu finden war. In VWL, Volkswirtschaftslehre, gab es das einzige »Ausreichend«. Meine Mutter konnte es kaum glauben und war überaus erleichtert. Und sie konnte es nicht lassen, jedem, der ihr über den Weg lief, zu erzählen, wie toll das Zeugnis ihres Sohnes ausgefallen war. Dabei waren die Noten nichts Besonderes. Bis auf Sport, wo ich ein »Sehr gut« erhielt, bekam ich in allen anderen Fächern eine Drei.

Tja, so ist sie halt, dachte ich, kam dann aber doch ins Grübeln: *Mann, muss ich in der Realschule schlecht gewesen sein, dass sie jetzt so einen Terz darum macht!*

Meine Mutter war so übertrieben stolz auf mich, dass sie mir das Zeugnis mit einem kleinen Geschenk versüßte. Das war natürlich klasse! Ich packte es aus und ein lederner Brustbeutel kam zum Vorschein.

»Schau mal rein, Tim. Da ist noch etwas drin«, forderte sie mich auf.

Zum ersten Mal hielt ich echte Dollarnoten in der Hand. Alle Scheine, trotz unterschiedlichem Wert, hatten die gleiche Größe und fühlten sich toll an. Einen Zehn-Dollar-Schein, zwei Fünf-Dollar-Scheine, fünf Zwei-Dollar-Scheine und fünf Ein-Dollar-Scheine. Zusammen 35 Dollar!

»Ein Brustbeutel ist um ein Vielfaches sicherer als ein normales Portemonnaie«, meinte sie. »Den stiehlt dir so schnell niemand. Mit dem, was du zu Weihnachten an Bargeldgeschenken erhalten hast, solltest du nun langsam alles zusammenbekommen haben, was du für deinen Traum benötigst. Und dein Geburtstag steht vor der Reise ja auch noch an.«

»Wow!« Ich strahlte und fühlte mich gerade richtig gut.

»Hier«, sie hielt mir einen großen DIN-A4-Umschlag hin. »Du hast auch endlich Post von Frau Sinniger bekommen.«

»Das sagst du jetzt erst, Mama?«

Aufgeregt riss ich den Umschlag auf. »Jetzt erfahre ich endlich, bei welcher Gastfamilie in welchem Bundesstaat ich unterkommen werde«, rief ich erwartungsvoll.

Ich packte einen großen Reiseführer ›USA entdecken‹ aus, eine neue Checkliste zum Thema ›Verhaltensregeln für den Aufenthalt in einer amerikanischen Gastfamilie – Sitten und Gebräuche‹ und einen zweiseitigen, in Englisch und auf Schreibmaschine geschriebenen Brief von Frau Sinniger. Darin erklärte sie zunächst einmal, warum sie ihn in Englisch und nicht in Deutsch schrieb. Das sollte schon eine kleine Übung für mich sein, ein erster Vorgeschmack für meinen Aufenthalt in den USA. Des Weiteren bedankte sie sich für den Erhalt meiner Anzahlung und forderte zugleich die Restzahlung ein. Erst nach Erhalt des kompletten Betrages könne sie mir die restlichen Reiseunterlagen zusenden. Und zum Schluss teilte sie mir mit, dass sie für mich leider bis jetzt noch keine passende Gastfamilie gefunden hätte. Sie hätte zwar schon ein paar infrage kommende Familien in die engere Auswahl gezogen, jedoch final noch nicht entschieden. Es wäre ja noch sehr viel Zeit bis Juli und ich könnte mich voll darauf verlassen, dass sie in Kürze den Namen und die Adresse einer geeigneten Familie zusenden würde.

Schade! Ich war schon enttäuscht.

»Wir müssen leider noch auf die Adresse der Gastfamilie warten. Frau Sinniger hat noch nichts gefunden«, berichtete ich meiner Mutter. »Aber ich könnte mich voll auf sie verlassen, hat sie geschrieben.«

Wieso kann ich ihr das irgendwie nicht glauben?, kam mir direkt in den Sinn.

Die nächsten Monate wartete ich weiterhin vergebens auf die Adresse der Gasteltern. Eine Woche vor Reisebeginn wusste ich immer noch nicht, wo ich landen würde.

Na ja, landen schon …

Die Bahn- und Flugtickets hatte mir Frau Sinniger bereits im Mai zugesandt. Von Köln sollte es, wie angekündigt, mit der Bahn nach Amsterdam zum Flughafen Schiphol gehen. Mit der holländischen Fluggesellschaft KLM dann nonstop weiter nach New York.

New York!! Das hört sich ja schon mal gut an!

In dem Brief mit den Tickets entschuldigte sich Frau Sinniger ausführlich, dass sie immer noch nicht (!) in der Lage sei, mir eine Adresse in den USA mitzuteilen. Unvorhergesehene Komplikationen waren aufgetreten und eine Vielzahl von zunächst bereitwilligen Gastfamilien hätte kurzfristig ihr Angebot zur Unterbringung von Gästen zurückgezogen. Es wäre ja auch wahrlich nicht einfach, 150 Reisende zum gleichen Zeitpunkt in Familien unterzubringen. Ich solle doch bitte Verständnis für sie haben. Und nach wie vor galt, dass ich mich auf sie verlassen könne, sie würde noch eine ganz hervorragende, passende Gastfamilie für mich finden. Versprochen! Spätestens in Amsterdam am Flughafen würde ich natürlich eine Adresse von ihr erhalten, welche ich dann telefonisch an meine Mutter weitergeben könnte.

Ah ja!, sagte ich mir. *Da hat mich mein Gefühl also nicht getäuscht!*

Ich sah es nach wie vor ziemlich locker.

Hauptsache Amerika! Der Rest wird sich dann schon zeigen.

Meine Mutter und Onkel Heinz waren allerdings sehr erbost darüber. Sie wollten das so nicht akzeptieren und riefen kurz entschlossen Frau Sinniger an. Von Onkel Heinz musste sie sich zunächst einiges vorwerfen lassen, er war ziemlich laut am Telefon. Ich hörte Wörter wie »unfähig«, »faule Versprechungen«, »Vertragsbruch« usw. Unter dem Strich hatte sein aufgeblähtes Auftreten überhaupt nichts gebracht, außer Frau Sinnigers Angebot, dass ich unter Einbehalt von 50 Prozent der Reisekosten von der Reise zurücktreten könnte. Andernfalls sollten wir ihr einfach nur vertrauen, dass sie schon noch etwas für mich finden würde.

Ich bekam einen Schreck und flehte meine Mutter und Onkel Heinz an: »Nicht absagen! Ist doch absolut egal, wo ich hinkomme. Das spielt doch überhaupt keine Rolle. Ich will unbedingt fliegen!«

Onkel Heinz sah meine Mutter an und sie nickte. Ich konnte dann verfolgen, wie er Frau Sinniger nochmals kurz und heftig verbal einen ›einschenkte‹ und ihr daraufhin bestätigte, dass ich die Reise nach Amsterdam antreten werde. Ich war erleichtert!

Die Spannung in den letzten Tagen vor der Reise stieg. Ich konnte es kaum erwarten, endlich im Flugzeug zu sitzen. Mit Sabine traf ich mich jeden Tag nach der Schule. Sie hatte überhaupt kein Problem damit, dass ich nun so lange weg war und wir uns nicht sehen konnten. Sie freute sich für mich. Ich musste ihr jedoch versprechen, ab und zu mal anzurufen, Briefe zu schreiben und natürlich ›treu‹ zu sein.

Am letzten Schultag erhielten wir die Zeugnisse. Wir beide, Sabine und ich, wurden natürlich versetzt. Vorbei war endlich die Zeit, in der ich mir Sorgen über eine Versetzung machen musste, auch zur Erleichterung meiner Mutter. In Englisch schaffte ich sogar eine Zwei im Zeugnis. Beste Voraussetzungen für meinen anstehenden Trip!

Zusammen mit meiner Mutter packte ich meinen Koffer. Alles, was ich für den täglichen Bedarf benötigte, hatte sie bereits zurechtgelegt. Auch ein paar neue T-Shirts und eine neue Levis-Jeans waren dabei.

Meine Mutter hatte darauf bestanden, dass ich typisch deutsche Mitbringsel für meine – noch unbekannte – Gastfamilie besorgen sollte. Mit Sabine fuhr ich deshalb an einem Nachmittag direkt von der Schule aus mit der S-Bahn nach Köln. Uns fiel nichts Besseres ein, als im Dom-Shop einige Miniaturmodelle des Kölner Doms und lustige Bierseidel zu kaufen. Wir hatten uns einen Spaß daraus gemacht, amerikanische Touristen zu beobachten, um zu sehen, bei welchem ›Kitsch‹ sie zugriffen, und besorgten anschließend genau das Gleiche wie sie. Auch 4711-Fläschchen ›Echt Kölnisch Wasser‹ sollten so den Weg in meinen Koffer finden.

Als ich das hektische Treiben rund um den Kölner Dom beobachtete, musste ich an meinen Traum denken.

Was wird mich wohl in den USA erwarten? Was ist dort anders als hier bei uns? Auf welche Menschen werde ich stoßen? Werde ich mit meinem Schulenglisch dort überhaupt zurechtkommen?

Kapitel 9 – Erfüllung

So lange hatte ich darauf hingearbeitet und nun ging mein Traum in Erfüllung. Endlich! Jetzt gab es kein Zurück mehr!

Frühmorgens fuhren wir mit dem Auto nach Köln zum Hauptbahnhof: meine Mutter, meine Schwester, Onkel Heinz und natürlich auch Sabine und ich. Bevor es losging, hatte ich zum wiederholten Mal gecheckt, ob ich alles dabeihatte. Tickets, Reisepass, Brustbeutel mit den ganzen Dollarscheinen und eine Vielzahl von American-Express-Reiseschecks.

Als wir am Bahnsteig ankamen, hatten wir noch gut 15 Minuten Zeit, bevor der Zug nach Amsterdam einrollte. Sabine zog mich kurz zur Seite und gab mir einen Briefumschlag. Es waren ganz viele Herzchen darauf gemalt und in großen, bunten Buchstaben mein Name.

»Den liest du erst, wenn du unterwegs bist. Nicht sofort. Jetzt hast du keine Ruhe dafür. Und vergiss mich nicht!«

»Natürlich nicht«, erwiderte ich und gab ihr einen Kuss.

Ich bemerkte, wie meine Mutter verstohlen zu uns rübersah, und hörte die Bahnsteigdurchsage, dass mein Zug nun einfahren würde. Als er mit Getöse und quietschenden Rädern vor uns anhielt, hatte ich es plötzlich eilig, mich von allen zu verabschieden. Ich drückte und knutschte jeden ein letztes Mal und verschwand mit meinem Gepäck Richtung Waggon.

Meine Mutter rief mir hinterher: »Pass ja gut auf dich auf und vergiss nicht, zu schreiben!«

Gaby hörte ich noch rufen: »Bring uns etwas Schönes mit aus Amerika!«, bevor ich im Waggon verschwand.

Mein Abteil befand sich zur Bahnsteigseite. So hatte ich die Möglichkeit, zum Abschied noch mal allen zuzuwinken. Als sich der Zug in Bewegung setzte, schaute ich nur noch zu Sabine. Sie sah nicht ganz glücklich aus, winkte jedoch aufs Heftigste. Wir warfen uns so lange Luftküsse zu, bis wir uns nicht mehr sehen konnten.

Gut, dass ich eine Platzreservierung hatte. Am ersten Ferientag war der Zug bis auf den letzten Platz gefüllt. Einige Passagiere mussten sogar im Gang auf Notsitzen Platz nehmen oder setzten sich gar auf den Boden. Ich versuchte herauszufinden, ob einer meiner Mitreisenden eventuell auch eine Reise in die USA gebucht hatte. Wenn, dann könnte es sich nur um Alleinreisende handeln. Frau Sinniger bot die Reisen exklusiv für Einzelpersonen an, da Sinn und Zweck hauptsächlich das Erlernen der englischen Sprache war. Sie sagte, wenn man zu zweit reisen würde, ginge dieser Effekt verloren, da man sich untereinander natürlich weiterhin auf Deutsch unterhalten würde. Der Lerneffekt wäre dann nahezu null. Das Alter spielte hingegen keine Rolle, Frau Sinniger bot die Reise für jede Altersgruppe an.

In meinem Abteil saßen ein älteres Seniorenpärchen und eine junge Familie mit einem Säugling. Ich kam schnell zu der Erkenntnis, dass keiner von ihnen bei Frau Sinniger gebucht hatte. Die ältere Dame nahm sofort Kontakt zu der Familie auf. Natürlich war das Gesprächsthema deren Baby, welches ununterbrochen an seinem Schnuller sog. Mir war dies ganz recht. Ich saß am Fenster und genoss die Fahrt.

In Gedanken ging ich noch einmal die weiteren Schritte durch. Trotz anderslautendem Versprechen sollte ich Frau Sinniger nicht in Amsterdam am Flughafen treffen. Sie hatte am Abend vor meiner Abreise angerufen und meiner Mutter mitgeteilt, dass sie bereits in den USA wäre, um jede Minute zu nutzen, doch noch geeignete Familien für die Unterbringung zu finden. Für die allermeisten Reisenden hätte sie ja schon längst etwas organisiert, doch leider war ich immer noch unter den wenigen, denen sie noch nichts Konkretes sagen konnte. Das ganze Unternehmen stellte sich doch als wesentlich komplizierter dar als erwartet. Wir bräuchten uns jedoch keine Sorgen zu machen. Bis jetzt hatte sie immer für alle eine Familie gefunden und sie machte diesen Job ja nun schon seit sechs Jahren.

Meine Mutter war fast vom Stuhl gerutscht, als sie gehört hatte, dass ich die Reise nach New York allein bewerkstelligen sollte. Ich grinste nur, als ich ihre sorgenvolle Miene sah und ihre Hilferufe in Richtung Rosemarie Sinniger beobachtete.

»Das kann doch nicht Ihr Ernst sein?«, schrie sie fast in den Hörer. »Er ist doch erst 17! Tim ist noch nie allein in den Urlaub gefahren, geschweige denn geflogen – und dann noch die weite Strecke bis in die USA!«

Mir gefiel der Gedanke allerdings.

Ist doch cool! Ich benötige keinen, der mich an die Hand nimmt. Außerdem habe ich bereits alle Tickets und Reisepläne bekommen.

»Ja«, hörte ich meine Mutter sagen, »die Tickets und den Reiseplan hat er zwar bekommen …«

Sag ich doch!

»… aber, er hat so etwas noch nie gemacht!«, fügte sie mürrisch hinzu.

Was soll das jetzt noch bringen? Frau Sinniger ist in den USA und es ist nun, wie es ist … Das werde ich schon schaffen. Ich bin doch nicht blöd.

»Na ja, Frau Sinniger. Wenn Sie meinen … Es ist nun so, wie es ist … Tim kann ja lesen und wird sich im Notfall schon durchfragen!«

Sag ich doch! Bin ja nicht blöd!

Meine Mutter legte den Hörer auf, sah mich ganz ernst an und sagte bestimmt: »Tim! Du rufst mich sofort an, wenn du in Amsterdam und in New York angekommen bist!«

»Ihre Fahrscheine bitte. Ist jemand neu zugestiegen?« Ein übergewichtiger und schwitzender Schaffner bahnte sich mühsam den Weg in unser Zugabteil.

Ich reichte ihm als Letzter meine Fahrkarte.

»Aha. Bis nach Amsterdam geht es für den jungen Mann«, sagte der Schaffner.

»Ja. Und von da aus weiter nach New York.«

Was für ein Fehler! Das hätte ich mir verkneifen sollen! Zu spät!

Das war die Steilvorlage für die nette Seniorin, die sich im selben Moment von dem Baby abwandte und sich zu mir drehte. Jetzt hatte ich sie an der Backe. Die junge Mutter sah dankbar und erleichtert zu mir rüber. In der Tat brach nun eine Flut von Fragen über mich herein. Dann lauschte ich geduldig den nicht enden wollenden Geschichten, die sie und ihr Mann von ihren Reisen nach Übersee erzählten.

Am Flughafen in Amsterdam angekommen, verlief alles ziemlich glatt. Die 20-minütige Zugverspätung, die im Laufe der Bahnfahrt entstanden war, machte nichts aus. Ich hatte einen ausreichenden Zeitpuffer, um den Flug nicht zu verpassen. Das Einchecken, die Gepäckabgabe und die Pass- und Sicherheitskontrollen durchlief ich ohne Komplikationen. Überall gab es zwar lange Warteschlangen, doch es ging immer zügig und stetig voran.

Den vereinbarten Anruf an meine Mutter hatte ich natürlich auch erledigt und sie war fürs Erste beruhigt.

Was soll jetzt noch bis New York passieren?

Der Aufruf für das Boarding erfolgte. Ich war glücklich, als ich meinen Fensterplatz im Flieger eingenommen hatte. In siebeneinhalb Stunden sollte ich endlich am Ziel meiner Träume angekommen sein. Seit vielen Jahren hatte ich davon geträumt – und ich hatte so hart dafür gearbeitet. Ich musste an meine Mutter denken und war dankbar für ihre Unterstützung. Sie hatte mir von Anfang an bei der Verwirklichung meines Traumes geholfen. Und das, obwohl sie sich innerlich total verrückt machte, sobald sie an die Risiken einer solchen Reise dachte. Ich erinnerte mich an die Schallplatten und die amerikanischen Romane, die sie mir zwischenzeitlich geschenkt hatte. Und natürlich an das Geld, das sie mir zusätzlich zu meinem Ersparten wieder und wieder zugesteckt hatte, um die Reise auch tatsächlich finanzieren zu können. Ich erinnerte mich auch an den Abend mit meinem Vater an der Nordsee im belgischen Westende. Dort sprach er davon, dass wir vielleicht eines Tages mal gemeinsam nach Amerika reisen würden. Doch, ich trat die Reise alleine an. Für einen kurzen Moment traf mich ein Stich ins Herz. Ich sah aus dem Fenster über die Tragflächen hinweg zu den Wolken unter uns und ich ließ ein paar Tränen raus.

Hoffentlich hat dies keiner der Mitreisenden bemerkt, dachte ich und wischte mir verstohlen die Tränen weg. Um mich abzulenken, beobachtete ich die Passagiere um mich herum. Jetzt sollte ich doch eigentlich jemanden ausfindig machen können, der auch bei Frau Sinniger gebucht hatte. Sie hatte schließlich von 150 Leuten gesprochen!

Also eigentlich jeder Zweite, der hier sitzt.

Meine beiden Sitzpartner konnten jedoch nicht dazugehören. Es handelte sich um zwei junge Geschäftsreisende mit Schlips und Anzug, wie ich aus deren Gesprächen heraushören konnte. Letztendlich war es ja auch egal, wer noch dazugehörte. In New York angekommen, sollte ja eh jeder seine Weiterreise allein fortführen.

Es war nun an der Zeit, den Brief von Sabine zu le-

sen. Eigentlich wollte ich dies ja schon im Zug gemacht haben, das hatte ich mir wegen der neugierigen alten Dame jedoch tunlichst verkniffen. Ich öffnete ihn und mir fiel prompt ›Sternenstaub‹ entgegen. Ein paar Sandkörner und mini-kleine Papiersternchen. Sabine schrieb dazu, dass dieser ›Sternenstaub‹ meinen Traum symbolisieren sollte, den ich nun endlich verwirklicht hätte. Sie wünschte mir eine unglaublich schöne Zeit und freute sich bereits auf unser Wiedersehen. Und für den Fall, dass mir mal das Geld ausgehen sollte, lag dem Brief noch ein Ein-Dollar-Schein bei. Diesen sollte ich am letzten Tag für ein Eis ausgeben und beim Schlemmen ganz doll an sie denken. Das Gleiche würde sie auch tun, dann wären wir uns in Gedanken ganz nah. Der Brief endete mit einem »Ich liebe Dich!«, tausend Küssen und einem P. S.: »Vergiss nicht, Deiner kleinen süßen Schwester ein Mitbringsel aus den USA mitzubringen …!«
Ich grinste.

Natürlich werde ich das machen. Und für dich bringe ich natürlich auch etwas mit.

Pünktlich und sicher landeten wir am J. F. Kennedy Airport in New York! Im Landeanflug schaute ich wie gebannt aus dem Fenster und staunte. Alles sah anders aus als bei uns zu Hause. Riesige Trucks fuhren auf den Straßen und die Autos erschienen mir auch viel größer als in Deutschland.

Jetzt glaube ich es endlich! Ich habe es geschafft! Jetzt verwirkliche ich meinen langersehnten Traum!

Ich hatte es eilig, aus der Maschine herauszukommen. Zum allerersten Mal betrat ich amerikanischen Boden und es war ein herrliches Gefühl. Viel Zeit blieb mir jedoch nicht, mich umzusehen.

An jeder Ecke stand ein wichtig dreinblickender Polizist oder ein Flughafenmitarbeiter: »This way! This way! Don't stop! Hustle! Please, follow the signs! Don't stop!«

Wir gingen durch unendlich lange nackte Flure. Irgendwann teilte sich die Menge auf: Einwanderer rechts, US-Bürger zur Mitte und Besucher links entlang. Wir kamen in eine Empfangshalle, die so groß war, dass man auf mehreren Plätzen hätte Tennis spielen können. Auf ca. vier Metern Höhe zogen sich eng aneinandergereihte Fenster wie ein schmales Band rings um die Halle. Über allem hing schlaff eine US-Flagge. Auch diese war überdimensional groß.

Beeindruckend, dachte ich.

In der Empfangshalle standen zehn gelbe, hölzerne Schalterhäuschen der Einwanderungsbehörde. Dahinter befand sich, entlang der weiß getünchten Wand, eine langgezogene Holzbank, auf der drei Typen saßen, zwei in Uniform und einer in Zivil. Die Hände in den Hosentaschen oder den Kopf auf die Hand gestützt, langweilten sie sich offensichtlich. Sie sollten wohl für die Sicherheit in der Halle zuständig sein.

Was sollte hier schon großartig passieren? Der Typ in Zivil ist sicherlich vom FBI, vermute ich.

Hier staute es sich nun, da mehrere Maschinen zeitgleich angekommen waren und zahlreiche Reisende auf ihre

Stempel und Papiere warteten. Am Boden, ungefähr zwei Meter vor den Schaltern, war eine mehrere Zentimeter dicke gelbe Linie aufgeklebt. »Stop at the yellow line!« war auf vereinzelten Schildern zu lesen. Ab und zu passierte es doch, dass jemand es wagte, auf den Strich oder sogar darüber hinaus zu treten. Dann wurde der- oder diejenige von einem streng aussehenden Beamten lautstark zurechtgewiesen. Es traute sich niemand, den Anweisungen nicht zu folgen. Nur wenn man von den Beamten aufgefordert wurde, an den Schalter zu kommen, durfte man die Linie überqueren. Ein Hauch von Ellis Island wehte durch die Halle. Die kleine Insel vor Manhattan war von 1832 bis 1954 Sitz der Einreisebehörde des Staates New York und über 30 Jahre lang die zentrale Sammelstelle für Immigranten in die USA.

Endlich war ich an der Reihe. Ein farbiger Beamter schaute ganz ernst, ohne eine Miene zu verziehen, meinen Pass durch, suchte nach dem Visumstempel, blätterte in einer telefonbuchdicken Liste vor und zurück und machte Vermerke mal hierhin und mal dorthin. Dann begann er ein paar Fragen zu stellen. Die Verständigung war zunächst schwierig, er sprach mit einem merkwürdig langgezogenen Slang, mit dem ich erst mal zurechtkommen musste. Er wollte wissen, was ich in den USA machen wollte und was ich in Deutschland arbeitete. Artig beantwortete ich seine vielen Fragen, obwohl schon alles in den Einreisepapieren dokumentiert war und er das nur hätte nachlesen müssen. Zum Schluss kam dann noch die Frage, wo ich mich genau aufhalten würde.

Oha! Wenn ich das doch nur selbst wüsste! *Jetzt begreife ich, warum Frau Sinniger mir dringend aufgetragen hat, in den Dokumenten die Adresse eines New Yorker Hotels, welches sie meiner Mutter am Telefon genannt hatte, einzutragen.*

Egal, ob das am Ende stimmte oder nicht, ohne eine Adresse kam man in dieses Land nicht hinein. Daher hatte ich das Hotel auch bereits eingetragen und sagte ihm artig die Adresse des Penta Hotels in der 7th Avenue in Manhattan. Dann klappte es auf einmal doch ganz schnell. Stempel hier und da auch noch einer – und tatsächlich, der Beamte konnte lächeln und schickte mich mit meinen Papieren weiter. Endlich war ich durch. Mit einem Blick sah ich noch, wie zwei düster aussehende Gestalten heftig am Nebenschalter mit dem Beamten diskutierten. Sie hatten keine Adresse angegeben und wurden wieder zurückgeschickt.

Tja, dachte ich hämisch. *Vorbereitung ist die halbe Miete!*

Als Nächstes gelangte ich zu den Gepäckbändern. Dort sollte ich Rosemarie Sinniger treffen. Und ich sah sie schon von Weitem! Neben ihr stand ein Mann mit locker 145 Kilogramm Lebendgewicht und hielt ein großes Schild mit dem Namen ihrer Reiseagentur ›Sinniger Travel and more‹ hoch. Das war nicht zu übersehen. Zahlreiche Reisende, Junge und Alte, Frauen und Männer, hatten sich bereits in kleinen Grüppchen versammelt und erhielten von Frau Sinnigers Helfern wichtige Informationen. Sie selbst war auch bereits in Aktion und redete unaufhörlich auf die Leute ein. Teilweise verteilte sie die Reisenden auf die umstehenden Gruppen oder übergab irgendwelche Unterlagen und schickte die Leute einfach weiter. Sie rief mir und einigen anderen zu, dass wir zuerst unser Gepäck holen und danach zu ihr zurückkommen sollten.

20 Minuten später stand ich wieder bei ihr. Mittlerweile waren wohl alle eingetrudelt. Eine riesige Menschenschar hatte sich um sie herum versammelt, doch Frau Sinniger verlor nicht den Überblick.

Gleich sollte ich erfahren, in welchen Bundesstaat und zu welcher Familie ich kommen würde.

Meine Vorfreude war riesengroß! Doch ich kam noch nicht an die Reihe. Ich lauschte aufmerksam, was Frau Sinniger zu den Leuten sagte und wohin sie sie schickte. Sie sprach nur Englisch mit allen. Das fand ich gut.

Nach ein paar Minuten gab sie einer Mitarbeiterin das Signal, nun mit einer größeren Gruppe losgehen zu können. Es waren ca. 50 Personen, die mit einem Bus Richtung Newark weiterreisten und dort auf die Familien aufgeteilt wurden. Eine weitere Gruppe schickte sie mit einem Bus Richtung Connecticut. Zwischendurch gab sie einzelnen Leuten Bahn- oder Flugtickets zu weiter entfernten Zielen. Das funktionierte wie am Schnürchen. Ab und zu schaute sie mal zu mir herüber und lächelte beruhigend. Ich stand immer noch da mit meinem Gepäck, während die Menge sich nach und nach auflöste. Die Übriggebliebenen rückten enger zusammen und näher an Frau Sinniger heran. Ich beobachtete, dass sie weitere Leute in noch entferntere Städte schickte. Ich hörte Namen wie Chicago, Minneapolis, Atlanta, und sogar San Francisco war dabei.

Das wird immer spannender. Das ist ja wie bei einer Lotterie!

Und ich rückte wieder ein Stück vor. Jetzt fiel mir ein Junge in meinem Alter auf. Ein echt lustiger Kerl, der mit jedem quasselte und immerzu lachte. Er war ein bisschen übergewichtig und hatte eine Frisur wie ein Popper. Sein kölnischer Dialekt war nicht zu überhören.

»Hi. Ich bin der Jupp«, sprach er mich an. »Hast du auch noch keine Adresse bekommen?«

»Nee«, antwortete ich, »ich bin der Tim. Bin mal gespannt, wo wir unterkommen. In Hawaii und Alaska wohl nicht, das hatte Rosemarie ja von Anfang an ausgeschlossen.«

Wir lachten beide und rückten wieder ein Stück näher. Noch zwölf zählte ich, die um Frau Sinniger herumstanden. Davon wurden einige nach Jacksonville und New Orleans geschickt. Nun waren wir nur noch zu viert. Vier Jungs ähnlichen Alters sahen Frau Sinniger erwartungsvoll an.

Der dicke Mann hielt das Schild immer noch sehr gewissenhaft und mit durchgeschwitztem Hemd in die Höhe, obwohl er es schon längst hätte beiseitelegen können.

»So«, begann Frau Sinniger, »alles geschafft! Ihr seid die Letzten, die wir noch unterbringen müssen.«

Irgendwie ahne ich jetzt, was kommt …

»Leider habe ich für euch vier immer noch nichts gefunden.«

Uuuuund: Bingo!!!

»Doch ihr könnt euch auf mich verlassen. Da werden wir jetzt ganz schnell etwas finden. Macht euch mal keine unnötigen Sorgen!«

Solche Sätze aus ihrem Munde kommen mir nun auch sehr, sehr, sehr bekannt vor!

»Die erste Nacht ist auf jeden Fall gesichert. Wir alle fahren jetzt gemeinsam mit einem Zug der Amtrak nach Pennsylvania. Es geht nach Princeton, ein kleines Städtchen kurz vor Philadelphia. Dort können wir alle gemeinsam bei einer befreundeten Familie von mir für eine Nacht wohnen. Und morgen sehen wir weiter. Doch jetzt packt euer Gepäck und folgt mir.«

Der Schildträger ließ das selbige endlich und sichtbar erleichtert sinken.

Wir vier Jungs folgten Frau Sinniger, während wir aufgeregt durcheinanderquasselten und uns erst mal gegenseitig begrüßten. Hans-Georg war mit 20 Jahren der Älteste von uns. Er war von großer, schmaler Statur, hatte blonde gewellte Haare und wirkte wie ein Schönling, ein Frauenheld eben. Arne war 18 Jahre alt und entsprach auf den ersten Blick dem Typ eines Spießers. Die gleiche Größe wie ich und Nickelbrille. Er drückte sich sehr gewählt und korrekt aus. Es sollte sich jedoch schnell herausstellen, dass er es faustdick hinter den Ohren hatte! Er war immer für einen trockenen Spruch gut, der dann oft bei den umstehenden Leuten zu einem Lacher führte. Jupp war mit seinen 17 Jahren genauso alt wie ich. Wir mochten uns auf Anhieb und ich stellte fest, dass keiner von uns ein Problem damit hatte, dass wir immer noch nicht über eine feste Adresse für unseren Aufenthalt verfügten. Wir alle waren das erste Mal in den USA und hatten die Absicht, Land und Leute kennenzulernen, neben dem Ziel, unsere Sprachkenntnisse zu verbessern.

Herrlich, wie viel Deutsch wir bereits am ersten Tag in Amerika sprechen!

Selbst Frau Sinniger bekamen wir dazu, dass sie manchmal vom Englischen ins Deutsche verfiel. Sie war wohl erleichtert, dass wir wegen der noch fehlenden Adressen kein Theater veranstalteten. Während der Bahnfahrt betonte sie immer wieder, dass wir uns nicht zu sehr mit der Familie anfreunden sollten, bei der wir für eine Nacht unterkamen. Uns sollte klar sein, dass wir dort definitiv nicht länger bleiben konnten, egal wie schön es dort wäre, und dass wir am nächsten Tag nach Dallastown, ein kleines Örtchen in der Nähe von York und Gettysburg, weiterreisen würden.

Nach einer dreistündigen Zugfahrt kamen wir schließlich in Princeton an. Die Gastfamilie erwartete uns bereits am Bahnhof: Vater, Mutter, Grandpa, Grandma und vier Töchter, welche allesamt jünger waren als wir. Noch auf dem hölzernen Bahnsteig startete eine herzliche Begrüßungs- und Vorstellungsarie.

Wie geht es jetzt weiter?, fragte ich mich. Insgesamt waren wir ja nun vierzehn Personen. Unser Schilderträger war auch mitgefahren. Und dann noch das viele Gepäck!

Wir Jungs staunten nicht schlecht: Vor dem kleinen

Bahnhofsgebäude standen zwei heruntergekommene Pickups, auf deren Ladefläche wir uns mit unserem Gepäck verteilen sollten. Die Gastfamilie erzählte uns, dass es bis zu ihrem Zuhause lediglich zehn Minuten zu fahren seien. Wir sollten uns nur gut festhalten. Die Mädchen machten es uns vor und kletterten zuerst hoch. Grandpa und Grandma fuhren einen kleinen Toyota, in den sich Frau Sinniger und der stark übergewichtige Schilderträger quetschten. Das Schild hatte ich ihm netterweise vorher abgenommen und bereits auf die Ladefläche geworfen.

Die Gastfamilie wohnte etwas abseits des kleinen Ortes, links und rechts erhoben sich Maisfelder. Als wir vor ihrem Haus ankamen, fielen uns erst mal die Mäuler herunter. Es war ein Anblick wie in einem alten amerikanischen Film. Ich strahlte und war glücklich. Jetzt wusste ich, wo ich war.

Wir übernachten bei den ›Waltons‹!!

Uns erwartete ein zweistöckiges Holzhaus mit großer Veranda und massiven Säulen vor dem Eingang. Wie es sich gehörte, stand auf der Holzveranda ein gemütlicher Schaukelstuhl und von der Decke hing eine zweisitzige Hängeschaukel.

Unsere supernetten Gastgeber führten uns in eine riesige gemütliche Küche, in deren Mitte ein Holztisch stand. Es duftete bereits herrlich nach Lasagne.

Jetzt verstehe ich, was Frau Sinniger uns sagen wollte, als sie meinte, dass wir nur eine Nacht hierbleiben könnten, ganz egal, wie gut es uns gefallen würde! Und es gefällt uns nicht nur, es ist ein Traum!

Die Zeitumstellung machte uns überhaupt nicht zu schaffen. Wir vier hatten so viel Adrenalin in uns, dass wir nicht daran dachten, müde zu werden. Es gab eine Menge zu erzählen und wir plauderten mit den ›Waltons‹ bis spät in den Abend. Von allen Seiten ertönte deutsch-englisches Kauderwelsch und jeder unterhielt sich mit jedem, manchmal auch mit Händen und Füßen, denn keiner von den ›Waltons‹ sprach Deutsch. Wenn ich mal etwas nicht verstanden hatte und nachfragte, wiederholten sie das Gesagte gerne. Doch langsamer sprachen sie trotzdem nicht. Eine andere Formulierung verwendeten sie auch nicht – stattdessen wiederholten sie den gleichen Satz in einer wesentlich höheren Lautstärke.

Ja, klaro, dachte ich, *ich muss schnell meine Englischkenntnisse ausbauen. Macht aber nichts, ich habe ja noch viel Zeit, um alles richtig zu lernen.*

Ich nickte dann jedes Mal und tat so, als ob ich jetzt alles verstanden hätte. Nach einigen Dosen Budweiser begann Jupp, Witze ins Englische zu übersetzen. Die meisten Versuche scheiterten jedoch an Pointen und Redewendungen, welche im Englischen überhaupt keinen Sinn ergaben. Jupp sorgte für die größten Brüller des Abends, als er »Ich glaube, ich spinne« mit »I believe I'm spider« übersetzte, »Ich verstehe nur Bahnhof« mit »I only understand train station« und »Alles ist in Butter« mit »Everything is in butter«. Als Arne ganz trocken, ohne eine Miene zu verziehen, rausließ: »My English is under all pig«, was so viel heißen sollte wie: »Mein Englisch ist unter aller Sau«, war die Hölle los!

Da wir anscheinend eine riesige Attraktion für die ›Waltons‹ waren und nur für eine Nacht ›eingecheckt‹ hatten, durften die Mädels ausnahmsweise so lange aufbleiben wie wir alle. Nur Frau Sinniger und ihr Schilderträger, dessen Namen ich immer noch nicht wusste, verabschiedeten sich bereits nach dem Lasagne-Essen. Sie hatten im Ort zwei Zimmer in einem Motel gebucht und Grandpa fuhr die beiden dorthin.

Die Nacht verbrachten wir vier auf Luftmatratzen im Wohnzimmer. Bevor wir erschöpft und glücklich einschliefen, einigten wir uns darauf, dass unser USA-Abenteuer gerne so weitergehen könnte.

»Scheiß doch auf die einzelnen Gastfamilien!«, sagte Arne. »Wir können doch gemeinsam durch das Land touren …«

Hans-Georg meinte: »Das wäre prima! Gute Idee!«

Ich fragte: »Warum eigentlich nicht?«

Jupp gähnte: »Yes, well! … Bin dabei!«, und schnarchte weg.

Das Aufwachen war grausam. Ich hatte den Eindruck, dass ich gerade erst eingeschlafen war. Morgens um 8 Uhr stand Frau Sinniger mitten im Raum und riss die Fenster auf.

»Jetzt aber alle Mann unter die Dusche! Hier lüften wir erst mal kräftig durch.« Nachdem sie alle Fenster geöffnet hatte, setzte sie im Befehlston hinterher: »Und das Ganze bitte sofort und zügig!! Breakfast ist gleich fertig und unser Zug geht um kurz nach zehn!«

Als ich fertig geduscht aus dem Badezimmer kam, roch es bereits fantastisch nach frischem Kaffee und Rührei. Dazu gab es reichlich gebratenen Speck und Toastbrot in Variationen, die ich vorher noch nie gesehen hatte.

Nach dem Frühstück verteilten wir uns wieder auf die beiden Pickups. Als Jupp auf die Ladefläche klettern wollte, sah er dort das Schild liegen. Es wurde wohl nicht mehr gebraucht, denn Frau Sinniger hatte den Schilderträger am Morgen schon sehr früh mit dem Greyhound-Bus weitergeschickt. Jupp packte kurzerhand das Schild und rammte den Stiel in das neben dem Haus liegende Maisfeld. Dann holte er aus seinem Rucksack einen dicken schwarzen Filzstift heraus und schrieb mit großen Buchstaben darauf: »4 lost german boys say thank you for a fantastic day 1!«, was übersetzt heißt: »4 verlorene deutsche Jungs sagen vielen Dank für einen fantastischen Tag 1!«

Wir fuhren mit dem Zug nach York. Als wir unsere Plätze im Abteil eingenommen hatten, teilte uns Frau Sinniger ihren Plan mit: »Die nächsten Tage werdet ihr alle zusammen bei einer sehr netten Familie in Dallastown unterkommen. Auch das sind weitläufige Bekannte von mir und ich konnte sie überreden, euch alle für eine kurze Zeit aufzunehmen. Aber nur so lange, bis ich euch dann endgültig auf eure Gastfamilien aufgeteilt habe. Ihr könnt euch wie immer darauf verlassen, dass ich mich verantwortungsvoll um euch kümmere. Ist das o. k.?«

Wir schauten uns alle nur grinsend an und nickten zustimmend.

Unser Wunsch, gemeinsam weiter zu touren, sollte tatsächlich Realität werden! Niemand von uns hatte etwas dagegen. Wir hatten das Gefühl, dass wir uns gesucht und gefunden hatten. Wir vier waren ganz unterschiedliche Typen, doch wir passten hervorragend zusammen.

»Gut«, sagte Frau Sinniger sichtlich erleichtert, »ich werde alles daransetzen, dass ich so schnell wie möglich Familien für euch finde. Ich halte euch täglich auf dem Laufenden.«

Jupp sagte verständnisvoll: »Frau Sinniger, lassen Sie sich ruhig Zeit damit. Tun Sie sich mal die Ruhe an. Für uns wird das schon in Ordnung gehen.«

»Nein, nein, nein. Ich werde keine Ruhe geben, bis ich euch alle zur vollsten Zufriedenheit untergebracht habe. Es geht ja auch darum, dass ihr die Sprache erlernt. Wenn ihr vier zusammen seid, ist das nicht gerade förderlich für die Verbesserung eures Englischs.«

»Frau Sinniger!«, siedend heiß fiel mir ein, dass ich etwas Wichtiges vergessen hatte, und unterbrach ihren Redefluss. »Ich habe meine Mutter noch nicht angerufen! Sie läuft bestimmt schon Amok. Sie erwartet doch, dass ich ihr eine Adresse mitteile. Bestimmt ist sie schon ganz aufgebracht.«

»Kein Problem. Wenn du willst, rufe ich sie nach unserer Ankunft an und spreche mit ihr.«

Ich war beruhigt.

Soll sie doch meiner Mutter beibringen, dass es immer noch keine feste Gastfamilie gibt!

Am Bahnhof in York wurden wir bereits erwartet und freudig begrüßt. Unsere Gastmutter, Carolyn Graven, trug einen indianischen Poncho, einen Strohhut und eine dicke dunkle Sonnenbrille. Sie war von eher kleiner Statur und ein bisschen füllig. Während sie uns alle herzlich drückte, ließ sie auch ein paar deutsche Worte fallen. Sie war ein richtiger Mama-Typ und uns allen auf Anhieb sympathisch. David, ihr Mann, schien etwas zurückhaltender. Er hatte eine sportliche Figur und einen dicken geschwungenen Schnäuzer. Vom Typ her sah er eher wie ein Brite aus. Die beiden Töchter, Jacky (drei Jahre alt) und Carmen (acht Jahre alt), waren am Bahnsteig noch etwas schüchtern. Sie beobachteten uns zurückhaltend und wunderten sich sicherlich über die vier lustigen Jungs, die dazu auch noch so fremdartig sprachen.

Die Familie führte uns zum Parkplatz vor dem Bahnhof. Dort erwarteten uns zwar keine Pickups, dafür jedoch, nicht minder aufregend, ein nagelneuer Mercedes-Benz 200D und ein fast nagelneuer Jeep, Modell ›Golden Eagle‹.

Na, das kann ja nur gut ausgehen. So kann's gerne weitergehen, dachte ich, als ich im Jeep Platz genommen hatte.

Und es sollte tatsächlich so weitergehen! Als wir vor dem Haus unserer ›Übergangsfamilie‹ ankamen, staunten wir nicht schlecht. Die Gravens wohnten, ähnlich wie die Princetoner Familie, in einem Holzhaus, das sich an einer wenig befahrenen Landstraße befand. Zwar kein ›Waltons‹-Haus mit Säulen, Veranda und Schaukelstuhl davor und auch nicht so hoch gebaut, dafür sehr breit und mit einem großen Pool im Garten! David zeigte uns die beiden Zimmer, die für uns hergerichtet waren. Arne und Hans-Georg teilten sich eines, das andere bekamen Jupp und ich.

Zuerst packten wir alle unsere Koffer aus. Wir sollten ja die nächsten Tage hier verbringen. Und natürlich hatten wir nach dem ersten Eindruck überhaupt nichts dagegen. Beim Auspacken fielen mir meine Gastgeschenke in die Hände.

Ich denke, dass es sicherlich angebracht ist, heute einige zu verteilen.

Ich nahm den Bierseidel für David und das Eau-de-Toilette-4711-Geschenkset für Carolyn heraus. Jupp hatte die gleiche Idee. Er hatte einiges an deutschen Süßigkeiten im Gepäck.

Passt auch besser zu seiner Figur, dachte ich, sagte aber: »Das ist doch klasse! So können wir uns gut ergänzen. Ich schenke den Eltern etwas und du den beiden Kindern.«

Als wir nach unten kamen, saßen die beiden anderen bereits mit einem megagroßen Becher Cola am Esstisch. Auch sie hatten ein paar kleine Geschenke für unsere Gastgeber vor sich liegen. Jupp und ich schenkten uns ebenfalls Cola ein. Die bereitstehenden Ein-Liter-Becher waren bereits bis zum Rand mit Eiswürfeln gefüllt.

Tolle Sitten hier. Bescheiden und klein ist anders.

Carolyn war in der Küche beschäftigt und gab sich sichtlich Mühe, uns ein Essen zu kochen. Durch die große Durchreiche ins Wohn- und Esszimmer konnten wir sehen, wie sie sich abmühte. Manchmal fluchte sie auch. Hilfesuchend rief sie zu uns rüber, ob einer von uns kochen könne. Sie könne das nämlich nicht, lediglich amerikanisches Fast Food würde sie zustande bringen. Für uns hätte sie sich jedoch informiert und würde ein typisch deutsches Gericht zubereiten. Multitaskingfähig war sie zumindest. Während sie mit dem Geschirr hantierte und uns ab und zu etwas zurief, telefonierte sie gleichzeitig mit einer Freundin, in der Hoffnung, von ihr wichtige Hinweise für die Essenszubereitung zu erhalten. Den Hörer des in der Wohnung zentral montierten Wandtelefons, verbunden mit einer gefühlten Fünf-Meter-Kabelleitung, hatte sie zwischen Nacken und Kinn geklemmt. So ein langes Telefonkabel hatte ich noch nie gesehen. Damit war sie in der Lage, fast jeden Winkel des Erdgeschosses zu erreichen.

David betrat in dem Moment den Raum, als Carolyn sichtlich gestresst den Hörer auflegte. Er musste lachen, als er die Situation erkannte: »Das kann nichts geben, Jungs! Für mich hat Carolyn bisher nur ein paarmal richtig gekocht. Und das war grausig, sag ich euch …«

Aus der Küche kam eine Küchenrolle geflogen. Wir alle mussten lachen.

Grausig war das Essen zwar nicht, jedoch auch nicht gerade sterneverdächtig und bestimmt kein typisch deutsches Gericht. Wir ließen uns nichts anmerken und griffen beherzt zu. Es gab halbrohe ganze Möhren, gematschte Erbsen, vertrocknetes zähes Roastbeef und das Ganze auch noch ohne Sauce.

David sah zu uns rüber und meinte nur: »Seht ihr?

Habe ich doch gesagt.« Er erhielt dafür von Carolyn einen heftigen Hieb in die Seite.

Wir alle nahmen Carolyns Kochkünste mit entsprechendem Humor. Es war nett von ihr gemeint, aber leider nicht ganz gelungen. Begeistert waren wir aber von dem ›American Cheesecake‹, einem mächtig cremigen Käsekuchen, den sie nach dem Essen auftischte. Mit einem Schmunzeln im Gesicht sagte sie, dass sie den Kuchen nicht selbst gebacken, jedoch ganz selbstständig im Supermarkt ihres Vertrauens einkauft hätte.

Danach übergaben wir unsere lustigen Gastgeschenke und die Mega-XXL-Tüten Salzchips kamen auf den Tisch. Wir Jungs mussten nun erzählen, wo wir herkamen, was wir machten, und sollten unsere Familien beschreiben. Als ich an die Reihe kam, ließ ich natürlich das meiste meiner Familiengeschichte aus. Ich erzählte lediglich, dass mein Vater früh verstorben war und ich bei meiner Mutter mit meiner Schwester und meinem Stiefvater lebte. Mein Familienthema wollte ich in dieser Runde nicht vertiefen und gab schnell an Arne ab, der als Letzter an der Reihe war.

Die nächsten Tage wohnten wir weiterhin bei den Gravens. Frau Sinniger hatten wir fast schon vergessen, da sie nichts von sich hören ließ. Das war uns auch ganz recht. Unsere Gastfamilie hatte uns alle sehr schnell ins Herz geschlossen und wir sie auch.

Bereits am zweiten Abend luden die Gravens einige Bekannte und Verwandte zu einer spontanen Willkommensparty am Pool ein. Wir waren scheinbar eine Attraktion, denn alle wollten uns kennenlernen. Auch die

Nachbarn der Gravens, die Santiagos, waren gekommen. Joe Santiago stammte aus Puerto Rico und wohnte mit seiner amerikanischen Frau Ruth, seinen Schwiegereltern und den beiden Töchtern Angela und Maria nebenan.

Das sollte unsere erste von sehr vielen aufregenden Partys werden, zu denen wir im Verlauf unseres Aufenthalts eingeladen wurden. Die Amerikaner waren darin ziemlich zwanglos und spontan. Vom Ablauf her ähnelten die Partys sich sehr. Immer gab es gegrillte Hamburger, Hot Dogs, Maiskolben und Berge von Chips, dazu literweise Cola, Root Beer und amerikanisches Bier. Die Bierdosen wurden entweder in einem Bottich voller Eis oder in einer der vielen Kühlboxen gelagert. Das Root Beer, ein alkoholfreies Erfrischungsgetränk, hatte einen eigentümlichen, extrem bittersüßen Geschmack.

Für mich ist das nichts. Mit Root Beer werde ich mich wohl bis zum Schluss nicht anfreunden können. Ich greife sowieso lieber zu Budweiser und Miller Lite.

Am vierten Abend saßen wir alle im Wohnzimmer am großen Esstisch. Im Hintergrund lief wie immer der Fernseher, auch wenn keiner richtig zuschaute. Täglich wurden Baseballspiele übertragen und es passte einfach zu einer amerikanischen Familie, dass man stets über die aktuellen Spielergebnisse informiert war. Zudem konnte man ab und zu hinsehen, wenn spektakuläre Spielzüge in allen Zeitlupenvariationen gezeigt wurden.

An diesem Abend fragten wir unsere Gasteltern, wer denn normalerweise in den Zimmern wohnte, in denen wir schliefen.

Carolyn zögerte kurz, dann begann sie zu erzählen: »Das Zimmer, in dem Arne und Hans-Georg schlafen, gehörte meinem ältesten Sohn aus erster Ehe. Er ist nur noch selten bei uns, da er schon eine eigene kleine Familie im Westen der USA gegründet hat. Dort arbeitet er in einer großen Bank in der Buchhaltung. Die Beziehung zwischen uns ist nicht die beste. Er war schon immer ein Eigenbrötler und die große Entfernung trägt auch dazu bei, dass wir uns nur noch an den Weihnachtsfeiertagen und vielleicht mal für ein paar Tage im Sommer sehen.«

»Habt ihr noch einen weiteren Sohn, Carolyn?«, fragte Jupp. »Unser Zimmer ist ja auch ein typisches Jungenzimmer und es sieht eigentlich bewohnt aus.«

In der Tat, die Regale und Schränke waren vollgestellt mit Modellen von Raumschiff Enterprise und Flugzeugen, auch einige Baseball- und Football-Trophäen standen dort. An der Wand hingen größere und kleinere Navy-Poster.

»Ja, das ist nicht zu übersehen, dass es ein Jungenzimmer ist«, antwortete Carolyn. Sie wirkte ernst und nachdenklich. »Steve, auch ein Sohn aus meiner ersten Ehe, war Pilot auf einem Flugzeugträger. Er ist 1979 bei einem Einsatz ums Leben gekommen. Ihr habt sicherlich von der amerikanischen Botschaft im Iran gehört, die lange Zeit besetzt war und in der Geisel genommen worden sind. In diesem Zusammenhang war der Flugzeugträger im Persischen Golf im Einsatz. Unter welchen Umständen Steve dort umgekommen ist, hat man uns aus Geheimhaltungsgründen bis heute verschwiegen. Ich hatte versucht, alles darüber herauszufinden. Leider ohne Erfolg.«

Wir waren betrübt. Hans-Georg sagte: »Das ist ja noch gar nicht so lange her.«

»Das stimmt. Seid mir jetzt aber nicht böse, es fällt mir immer noch schwer, darüber zu sprechen. Steve fehlt mir sehr. Ich werde jetzt zu Bett gehen, ihr könnt aber gerne noch hier sitzen bleiben. Und bedient euch, wenn ihr noch Hunger und Durst habt. Ihr wisst ja, wo der Kühlschrank steht. Ihr alle seid hier herzlich willkommen und fühlt euch bitte wie zu Hause«, sagte sie mit trauriger und müder Stimme.

Als sie nicht mehr im Raum war, meinte David: »Carolyn ist durch euch wie verwandelt, auch wenn es in diesem Moment nicht so aussieht. Ihr habt ihr den Lebensmut wiedergebracht und sie aus einem tiefen Loch geholt, obwohl ihr erst wenige Tage hier seid. Ich weiß nicht, was passiert ist. So viel Spaß und Freude hatten wir seit dem Tod von Steve nicht mehr. Fakt ist, dass wir überaus froh sind, dass ihr unsere Gäste seid. Carolyn und ich haben bereits darüber gesprochen: Wenn ihr wollt, dürft ihr gerne alle vier für den Rest eures USA-Aufenthalts bei uns bleiben.«

Wir waren zunächst einmal perplex. Das hatten wir nicht erwartet.

»Eure Unbekümmertheit und das fröhliche Lachen hat uns allen hier in dieser dunklen Zeit die Augen geöffnet. Wenn ihr einverstanden seid, telefoniere ich morgen mit Frau Sinniger und teile ihr mit, dass sie nicht mehr weitersuchen muss. Bis jetzt hat sie eh noch keine Familien für euch gefunden.«

Überlegen mussten wir nicht lange. Für uns war sofort klar, dass wir bleiben wollten. David war zufrieden und holte fünf Miller Lite aus dem Kühlschrank. Er gab uns die Bierdosen in die Hand und auf Deutsch sagte er: »Prost, Männer!«

Frau Sinniger war nicht sehr erfreut über Davids Anruf am nächsten Morgen. Sie wollte unbedingt daran festhalten, dass wir auf mehrere Familien aufgeteilt würden. Außerdem hätte sie wichtige Neuigkeiten, die sie mit uns gemeinsam besprechen wollte.

Eine Stunde später saßen wir alle versammelt im Garten der Gravens und hörten uns an, was sie zu sagen hatte.

»Absolute Priorität für euch vier hat, dass ihr die Sprache erlernt. Außerdem habe ich mich vertraglich dazu verpflichtet, dass jeder in eine eigene Gastfamilie kommt. Das will und muss ich unbedingt einhalten. Ich möchte nicht das Risiko eingehen, dass mich einer von euch verklagt, wenn wir wieder in Deutschland sind, weil ich meine Leistungen nicht erbracht hätte. Daher werde ich über diesen Punkt auch nicht mit mir reden lassen.«

»Nur, liebe Frau Sinniger«, hakte David nach, »bis jetzt haben Sie ja noch keine weitere Familie gefunden, oder?«

»Ja, das stimmt«, gab sie zu. »Aber ich habe mir etwas ausgedacht!« Sie wandte sich wieder an uns: »Morgen um 15 Uhr kommt ein Fernsehteam des örtlichen TV-Senders hierher, um euch Jungs am Pool zu interviewen.« Mit einem Blick zu Carolyn und David fuhr sie fort: »Vorausgesetzt, die Gravens erlauben dies. Es wäre doch ein ausgezeichnetes Ambiente hier. Zusätzlich werden morgen ein paar regionale Zeitungen einen Bericht herausbringen und einen Aufruf starten. Ich bin überzeugt, dass wir dann ganz schnell entsprechende Familien finden werden.«

Frau Sinnigers Vorhaben überraschte uns im ersten Moment, aber natürlich erlaubten David und Carolyn die Fernsehaufnahmen. Und irgendwie hatte Frau Sinniger auch recht mit dem, was sie gesagt hatte.

Als sie weg war, meinte Carolyn zu uns: »Ich hatte es befürchtet, dass Frau Sinniger darauf bestehen würde, euch aufzuteilen. Daher habe ich schon meine Fühler ausgestreckt und wir werden ihr ein Schnippchen schlagen. Ihr habt unsere Nachbarn, die Santiagos, bei der Willkommensparty bereits kennengelernt. Und die Familie meiner Schwester wohnt nur eine Querstraße von hier entfernt, keine drei Minuten zu Fuß.« Carolyn sah uns erwartungsvoll an. Uns dämmerte, was sie ausgeheckt hatte. »Das heißt, dass wir zwei von euch schon mal in unmittelbarer Nähe unterbringen können. Einer von euch bleibt bei uns. So könnt ihr euch jeden Tag hier treffen. Nur für den Vierten haben wir leider auf die Schnelle noch nichts gefunden. Da wird jedoch der TV-Auftritt bestimmt Abhilfe schaffen!«

Wir strahlten alle um die Wette. Das war clever von den beiden!

Hans-Georg sagte sofort: »Wenn das o. k. ist für dich, Carolyn, und für euch auch, Jungs, bewerbe ich mich für die Nachbarsfamilie. Ich war die letzten Tage ja schon öfters mal allein drüben.«

Das stimmte. Wir wunderten uns bereits. Oft, wenn wir am Pool lagen, verdrückte sich Hans-Georg unter faulen Ausreden und verschwand für ein, zwei Stunden im Haus der Santiagos. Wir ahnten, dass es wohl mit der hübschen Nachbarstochter Angela zusammenhing. Bei unserer Willkommensparty war ja nicht zu übersehen, dass es zwischen den beiden ziemlich knisterte, so wie sie miteinander flirteten und herumalberten.

»Das ist ja auch 'ne Nette, die Angela von nebenan. Dafür haben wir vollstes Verständnis«, bemerkte Jupp und grinste schelmisch. »Natürlich möchtest du nur bei den Santiagos wohnen, weil du neben deinem Englisch auch dein Spanisch verbessern willst, oder, Hans-Georg?«

Wir alle lachten und Hans-Georg schaute etwas verlegen.

»Na ja, ich wollte mich nur mal anbieten.«

»O. k.«, sagte David leicht schmunzelnd, »dann gehst du zu den Santiagos.«

Angela war ein Jahr jünger als Hans-Georg und optisch wirklich eine Granate. Sie kam absolut nach ihrem Vater. Ihre karibischen Wurzeln konnte sie nicht verleugnen. Lange schwarze Haare, karibischer Teint und eine echt knackige Figur.

Maria war nicht weniger hübsch. Sie war jünger als ihre Schwester und an den Hüften etwas fülliger.

Mal sehen, ob da später etwas mit Jupp oder Arne entstehen könnte, überlegte ich. *Für mich kommt das natürlich nicht infrage! Ich habe ja meine nicht weniger hübsche Sabine fest im Herzen verankert. Aber umschauen kann man sich doch mal ein bisschen. Und wie heißt es so schön? Gegessen wird zu Hause!*

»Und wenn ich aussuchen darf«, sagte Carolyn, »möchte ich gerne, dass Tim bei uns bleibt. Ich mag euch alle sehr, wir würden euch am liebsten alle bei uns behalten. Doch wenn es o. k. ist für euch, würden wir als Erstes Tim anbieten wollen, bei uns zu wohnen. Er hat ein ähnliches Schicksal erleben müssen wie ich. Auch wenn er uns darüber noch nicht viel erzählt hat, spüre ich, dass da ganz viel Trauer in ihm ist und dass uns beide viel verbindet. Vielleicht können wir uns gegenseitig helfen, mit unseren erlebten Verlusten noch besser umzugehen und diese besser zu akzeptieren. Was meint ihr? Ist das für alle in Ordnung so?«

Ich schluckte, als sie zu Ende gesprochen hatte. Mit ihren wenigen Worten hatte sie bei mir auf einen wunden Punkt gedrückt. Sie war so sensibel, dass sie tatsächlich spürte, wie viel unterdrückte Trauer in mir war. Trauer, welche ich ganz tief und fest verschnürt hatte und in meinem Innersten unter Verschluss halten wollte.

Wie kann sie das nur in der Kürze der Zeit herausgefunden haben? Ich bin doch Weltmeister im Verdrängen! Alle trüben Gedanken erfolgreich unterdrücken, dann tut es auch nicht so weh. Und gerade hier in den USA will ich mich überhaupt nicht damit befassen. In meinem Kopf soll nur Platz sein für das Unbekannte, Schöne, Neue, Aufregende!

Ich sagte beschämt: »Von meiner Seite aus bleibe ich sehr gerne bei euch. Wir müssen ja nicht darüber sprechen …«

Arne und Jupp nickten zustimmend. Carolyn lachte über den letzten Satz, den ich gesagt hatte, und verstand. Sie kam auf mich zu, nahm mich herzlich in die Arme und sagte ganz leise in mein Ohr, sodass die anderen nichts verstehen konnten: »Ich freue mich, dass ich deine amerikanische Mutter sein darf!«

Ich war zutiefst gerührt und verdrückte mir ein paar Tränen.

»Damit ist für heute ja schon mal alles geklärt«, rief David laut aus, um die Stimmung wieder auf ein Normalmaß zu heben. »Wo Arne und Jupp unterkommen, klären wir nach eurem TV-Auftritt. Da haben wir nun keine Eile. Ich habe übrigens riesigen Durst. Was haltet ihr von einem kühlen Bud?« Jupp sprang auf und lief zur Küche. »Darauf habe ich doch schon die ganze Zeit gewartet. Ich gehe uns die Biere holen!«

Am nächsten Tag bereiteten wir uns für die Fernsehaufnahmen vor. Doch zunächst hieß es für alle: Anpacken, um den Garten und den Pool auf Vordermann zu bringen! Direkt nach dem Frühstück ging es los: Wir schrubbten den Poolbereich, mähten den Rasen und stutzten die Blumen in den Beeten und die Büsche. Auch die Santiagos packten mit an, als sie uns im Garten schwitzen sahen. Wir hatten einen riesigen Spaß und sprangen nach getaner Arbeit schnell noch mal zur Abkühlung in den Pool. David und Joe bereiteten währenddessen den Barbecue-Bereich vor.

Klasse, dann gibt es heute Abend wieder Hamburger!

Für 16 Uhr waren die Leute vom Fernsehen angekündigt. Zuvor machten wir uns in unseren Zimmern für den großen Auftritt zurecht. Wir packten unsere besten Jeans aus und Carolyn meinte, dass jeder ein Hemd

anziehen sollte. Das würde einen noch besseren Eindruck hinterlassen. Gott sei Dank hatte meine Mutter
ein passendes blaues Leinenhemd für mich eingepackt.
Mein Standard-Outfit bestand ja eher aus T-Shirt oder
Sweatshirt. Während ich darauf wartete, dass das Bad
frei würde, schaute ich von oben durch das Fenster auf
die Hofeinfahrt.

»Schau dir das mal an!«, rief ich Jupp zu, der gerade aus
dem Bad ins Zimmer kam. »Das glaube ich jetzt nicht!«

Ein Auto nach dem anderen parkte im Hof und am
Straßenrand. Einige, die ausstiegen, kannte ich bereits von
der Willkommensparty, andere sah ich zum ersten Mal.

»Jo! Wir kriegen Zuschauer! Und deswegen auch der
Grill, es gibt wieder 'ne super Party!«, meinte Jupp ganz
entspannt.

Ich bekam langsam weiche Knie. Darauf war ich nicht
eingestellt.

»Schau mal, Tim! Da kommt der Wagen vom Fernsehen! Jetzt beeil dich. Ich lauf schon mal runter.«

In großen Buchstaben las ich auf dem roten Liefer-
wagen ›Channel 7 TV‹.

Als ich am Pool ankam, waren schon alle da. Auch die
Graven-Familie hatte sich herausgeputzt. Carolyn und
die Mädchen trugen jeweils ein Kleid. David, in Cord-
hose und Sakko, unterhielt sich schon ganz lässig mit
dem Moderator. Als ›Übergangs-Gastgeber‹ sollten die
Gravens natürlich auch interviewt werden.

Frau Sinniger kam eilig den Weg heruntergelaufen und
rief schon von Weitem, dass sie sich für die Verspätung
entschuldige. Ich erblickte die Kamerafrau und mir blieb
der Mund offen stehen.

Das hätte die große Schwester von unserem Schilderträger sein können. Seine 145 Kilo Lebendgewicht übertrifft sie doch locker um weitere 20 bis 30 Kilo!

Hinzu kam, dass sie viel zu enge Klamotten trug. Ihr ›Arschgeweih‹ reichte bis weit nach unten zu den Pobacken, die unübersehbar aus ihrer Hose quollen. Auf der rechten Schulter trug sie mühelos eine überdimensionale Kamera und begann gleich mit Probeaufnahmen. Arne sah auch ganz entsetzt auf ihren Hintern und hielt sich sofort beide Augen zu. Es war kein schöner Anblick, wenn man dem Verlauf der ›Ritze‹ folgte. Hans-Georg und Jupp waren bereits darüber am Flachsen.

Gut, dass hier keiner Deutsch versteht, sonst würden wir noch in Teufels Küche kommen. Außer Rosemarie Sinniger, sie spricht Deutsch!

Sie warf den beiden einen strengen Blick zu und trommelte uns für das Briefing zusammen.

»Wie ihr seht, werden wir die Aufnahmen hier am Pool machen. Das ist ganz praktisch. Wir haben ausreichend Platz und die vielen Gäste können hinter den Büschen parallel zum Pool stehen und uns zusehen, ohne dass sie stören. Wir beginnen zuerst mit meinem Interview.« Frau Sinniger machte eine kurze Pause, um der Aussage, dass sie als Erstes interviewt werden sollte, eine gewichtige Note zu verleihen. Sie lächelte gönnerhaft, während sie ihren Blick über uns schweifen ließ. »Danach kommt ihr vier dran und zum Schluss die Graven-Familie.«

Ich schaute mich um. Mittlerweile waren bereits an

die 50 Gäste anwesend. Der Duft der Hamburger, die auf dem Grill lagen, zog zu uns herüber und die ersten Bierbüchsen wurden herumgereicht. Ganz wohl war mir nicht.

Keine Ahnung, was ich gleich sagen soll. Hoffentlich werde ich die Fragen richtig verstehen, dachte ich beunruhigt.

»Es geht los!«, rief der Moderator laut in die Runde und bat die Zuschauer um Ruhe.

Uns vier platzierte er in einer Reihe nebeneinander und mit Blick zu den Zuschauern am Ende des Pools. Frau Sinniger setzte sich an einen Gartentisch, der eigens für die Aufnahmen neben dem Pool aufgestellt worden war. Die gesamte Graven-Familie sollte sich hinter ihrem Stuhl versammeln. Nachdem Ruhe eingekehrt war, setzte sich der Moderator Frau Sinniger gegenüber und begann das Interview.

Arne sagte noch schnell und verzweifelt: »Leute, ich muss dringend mal. Was soll ich machen?«

Jupp antwortete: »Verkneifen! Was denn sonst? Es ist zu spät. Es geht los.«

Das Interview mit Frau Sinniger erschien uns unendlich lange.

Der arme Arne!

Er trat unentwegt von einem Bein auf das andere, während Frau Sinniger sich bemühte, in den schönsten Posen vor der Kamera zu erscheinen. Sie redete in einem fort und der Moderator hatte sichtlich Mühe, ihren Gesprächsfluss zu stoppen. Ausführlich erzählte sie von ihrer Agentur und lobte sich für alles, was sie in den letzten sechs Jahren auf die Beine gestellt hatte. Zu uns vieren, um die es eigentlich ging, hatte sie offensichtlich nicht viel zu sagen. Selbst David rollte mehrfach mit den Augen und zwinkerte uns zu.

Arne ging es gar nicht gut. Er hatte Schweißperlen auf der Stirn und murmelte unentwegt vor sich hin, um sich von seinem Harndrang abzulenken. Jupp kriegte sich wegen der Kamerafrau nicht mehr ein und konnte sich kaum mehr zusammenreißen. Hans-Georg hatte nur Augen für Angela, die direkt bei den Büschen stand, und beide strahlten sich unentwegt an. Ich war wohl der Einzige, der sich wegen des Interviews verrückt machte.

Keine Ahnung, was ich sagen soll. Hoffentlich verstehe ich die Fragen richtig und hoffentlich fallen mir dann auch die entsprechenden Vokabeln für meine Antworten ein, dachte ich wieder.

Meine Beine fühlten sich an, als wären sie aus Pudding.

Für einen Perspektivenwechsel bewegte sich die Kamerafrau nun langsam nach rechts. Dafür musste sie etwas in die Hocke gehen, um mit der Kamera nicht an die Äste eines Baumes zu stoßen, der sich über ihr erhob. Bei diesem Anblick prustete Jupp laut los. Nun konnte er sich nicht mehr zurückhalten, es ging einfach nicht mehr.

»Die Hose platzt gleich! Schau hin!«, flüsterte er mir zu. »Ich mach gleich vor Lachen in die Hose. Schau dir das Arschgeweih an!!«

Ich stupste ihn an und musste mir mein Lachen verkneifen. In diesem Moment schien der Moderator endlich eine Lücke im Redeschwall von Frau Sinniger entdeckt zu haben und beendete das Interview. Er stand auf, drehte sich um und kam geradewegs auf uns zu.

Die Kamerafrau schaltete die Kamera ab, drehte sich mit einem Schwung herum und folgte ihm. Jetzt wurde es ernst. Wir waren an der Reihe.

»Na, ihr seid ja eine lustige Truppe«, begann der Moderator das Gespräch mit uns.

Wir Jungs standen wie die Orgelpfeifen nebeneinander und gaben sicher ein lustiges Bild ab. Ich war total nervös und meine Gesichtsfarbe wechselte zwischen Blässe und Schamesröte. Neben mir stand Jupp, der sich verzweifelt auf die Lippen biss, um sein Lachen zu unterdrücken. Arne hatte Schweißperlen auf der Stirn, da er immer dringender auf die Toilette musste, und trat zappelig von einem Bein auf das andere. Und Hans-Georg war scheinbar überhaupt nicht anwesend, da er ständig zu Angela hinsah und mit ihr feixte.

»Ich werde gleich jedem Einzelnen von euch ein paar Fragen stellen – wie alt ihr seid, welche Hobbys ihr habt und wie ihr euch euren Aufenthalt in den USA vorgestellt habt. Ihr kommt ja auch alle vier aus der gleichen Region, wie ich von Frau Sinniger erfahren habe. Köln, Cologne, haben hier viele Amerikaner schon mal gehört. Wäre schön, wenn ihr die Stadt etwas beschreiben könnt.« Er tippte mit seinem Mikrofon auf meine Brust. »Beginnen wir mit dir!«

Meine Gesichtsfarbe wechselte wieder zu Schamesröte. Es gab kein Entkommen!

Der Moderator ließ keine Zeit verstreichen und fragte mit einem kurzen Blick zur Kamerafrau: »Sandy, bist du so weit?«

»Ja!« Und an alle gerichtet rief sie ganz laut: »Achtung! Sofort wieder alle leise sein! Kamera läuft!«

Nachdem ich kurz meinen Namen, mein Alter und meinen Wohnort Bergisch Gladbach, unmittelbar an Köln grenzend, herausgestottert hatte, forderte mich der Moderator dazu auf, Köln zu beschreiben. In einem schrecklichen Kauderwelsch stammelte ich mit ganz vielen »Ähs« zwischen jedem dritten Wort etwas vom »Kölner Dom«, »4711« und einer »altrömischen Stadt«. Damit hatte ich erreicht, dass der Moderator und die umstehenden Zaungäste glauben konnten, Köln würde in Italien liegen. Gott sei Dank sprang mir schnell Jupp zur Seite, als ich nicht mehr weiterkam, und stellte das Missverständnis richtig. Er übernahm jetzt das Ruder und beschrieb, nun ganz in seinem Element, den Kölner Karneval, indem er mehrmals »Tärää, tärää!« rief und uns drei dazu animierte, mit ihm zusammen herzhaft und laut dreimal »Kölle Alaaf!« zu rufen.

Das saß! Auch wenn uns der Moderator zunächst ganz irritiert ansah und für einen Moment aus dem Konzept geriet, stimmte er in unser Gelächter mit ein und sagte irgendetwas über »die lustigen Deutschen« in die Kamera.

Nach ein paar Minuten hatten wir es geschafft!

Jetzt kamen noch schnell die Gravens an die Reihe. Sie bestätigten, was für freundliche und gut erzogene Jungs wir waren und wie gerne sie uns bei sich aufgenommen hatten. Die Kamera wurde nun endgültig ausgeschaltet und nach einem tosenden Applaus der zahlreichen Gäste startete die Party!

Die Musik wurde voll aufgedreht. Einige der Gäste hatten bereits ihre Schwimmsachen an und sprangen in den Pool. Andere bedienten sich am Grill, wo es natürlich

Hamburger und Hot Dogs gab. Jupp raste los und besorgte sofort zwei doppelte Hamburger. Damit ging er auf Sandy zu, die gerade damit fertig war, ihre Kameraausrüstung zu verpacken.

»Es tut mir soooo leid!«, begann er. »Ich wollte dich wirklich nicht auslachen, zumal ich ja selbst ziemlich vollschlank bin. Und um dein Gewicht ging es mir auch gar nicht. Aber dein Tattoo! Ich konnte einfach nicht mehr an mich halten. Warum ziehst du dir denn auch so verdammt enge und zu kurze Sachen an?«

Sandy winkte lächelnd und verständnisvoll ab: »Ach, weißt du, ich zeige gerne, was ich besitze«, sie wackelte mit ihren Hüften, »ich habe dir das auch gar nicht so krummgenommen.«

Jupp hielt ihr erleichtert einen von den beiden Doppel-Hamburgern hin. »Meine Wiedergutmachung!«

»Akzeptiert!«, antwortete Sandy mit einem breiten Lachen und riss ihm jedoch beide Hamburger aus der Hand.

»Äh ... beide??«

»Ja, klar! Wäre doch schade drum!« Sie lächelte noch mehr und gab ihm mit ihrer breiten Schulter einen heftigen Schubs, sodass er rücklings und mit einem Schrei in den Pool fiel.

Jetzt ging die Party erst richtig los! Alle lachten. Auch Jupp, die rheinische Frohnatur, nahm das mit Humor und schwamm erst mal ein paar Runden in seinen Klamotten durch den Pool.

Arne, der längst wieder von der Toilette zurück war und das Ganze beobachtet hatte, sagte nur trocken: »Jupp hat eine neue Freundin! Die passen gut zusammen!«

Der TV-Beitrag wurde am nächsten Tag im regionalen Nachmittagsprogramm ausgestrahlt. Es war schon ganz schön peinlich, sich selbst im Fernsehen zu sehen und sprechen zu hören. Die Redaktion hatte einiges zusammengeschnitten und das Interview von Frau Sinniger auf ganze 30 Sekunden gekürzt! Unser »Kölle Alaaf« dagegen hatten sie in voller Länge gelassen und am Ende des Beitrages auch noch ein zweites Mal gezeigt.

Tatsächlich hatten sich nach der Sendung einige Familien gemeldet. Die meisten davon wollten Jupp haben. Frau Sinniger hatte sich auf den Vorschlag von Carolyn und David eingelassen, Hans-Georg bei den Santiagos und Arne bei Carolyns Schwester unterzubringen. Wir ließen ihr auch keine andere Wahl. Für sie war letztendlich nur wichtig, dass wir nicht alle zusammen in einem Haus untergebracht waren. Jupp landete schließlich bei einer Familie, die auch in Dallastown wohnte. Gott sei Dank nicht so weit weg von uns allen, nur ca. fünf Kilometer entfernt. So konnten wir uns nach wie vor regelmäßig, um nicht zu sagen täglich, treffen. Damit Jupp es einfacher hatte, lieh ihm David für die Zeit des Aufenthaltes sein Fahrrad aus.

David öffnete sich uns gegenüber zunehmend. Von seiner anfänglichen Zurückhaltung war bald nichts mehr zu spüren. Er nahm sich oft frei, um etwas mit uns zu unternehmen. Das konnte er, da er Geschäftsführer eines großen Lebensmittelmarktes war und somit sein eigener Chef. Er und Carolyn verplanten unseren gesamten Aufenthalt, sie wollten uns so viel wie möglich von ihrem Land zeigen. Für uns war es wahnsinnig interessant und oft auch abenteuerlich. Wir kamen aus dem Staunen nicht mehr heraus. Alles, aber auch wirklich alles, brachten die Gravens uns nahe. Historisches und Kulturelles stand genauso auf dem Plan wie sportliche Aktivitäten und vergnügliche Ausflüge.

Begonnen hatten wir mit Tagesausflügen in die Umgebung. Pennsylvania hatte einiges zu bieten, unter anderem die zahlreichen Museen in Gettysburg. Die Gravens erklärten uns im ›Gettysburg National Military Park‹ die historischen Hintergründe einer der blutigsten und entscheidendsten Schlachten des Amerikanischen Bürgerkrieges.

In der Nähe von York, in Lancaster County, besichtigten wir Siedlungen und Museen der Amish People, eine christliche Glaubensgemeinschaft, deren Mitglieder noch immer fast so leben wie vor 300 Jahren und sich autark versorgen. Sie betreiben Landwirtschaft und lehnen moderne Techniken grundsätzlich ab. Neuerungen werden nur nach sehr sorgfältiger und langwieriger Prüfung übernommen. Landwirtschaftliche Geräte werden nach wie vor von Pferden gezogen. Auch Autos und Fahrräder nutzen sie nicht, im täglichen Leben fahren sie nur mit Kutschen. Die ersten Amish People waren überwiegend Auswanderer aus Südwestdeutschland und der Schweiz. Neben Englisch sprechen sie nach wie vor das ›Pennsylvania Dutch‹ – das ›Pennsylvania-Deutsch‹. Wir staunten, als wir hörten, wie eine ältere Frau am Gemüsestand ihre Waren im Pfälzer Dialekt anpries.

Die Tage vergingen wie im Flug und ein Ereignis reihte sich an das andere. Wenn wir zu weiter entfernten Zielen fuhren, spendierten uns die Gravens die Unterbringung in typisch amerikanischen Motels. Wir Jungs teilten uns dann ein großes Zimmer mit zwei Kingsize-Betten.

Gemeinsam mit Arnes Gastfamilie machten wir mehrtägige Strandurlaube in Ocean City und Atlantic City. Sie besaßen ein Motorboot, das wir auf einem Anhänger mitführten. Jeden Tag waren wir damit auf dem Wasser und lernten, Wasserski zu fahren und Krebse mit Hühnerfleisch zu fangen. In Atlantic City übernachteten wir in dem gerade frisch eröffneten Playboy-Hotel direkt an der Uferpromenade. David sagte uns, dass die Übernachtung spottbillig war, da man davon ausging, dass die Gäste dort hauptsächlich buchten, um in dem integrierten Playboy-Casino ihr Geld zu lassen. Es war daher auch nicht verwunderlich, dass wir auf dem Zimmer für jeden von uns eine ganze Rolle 25-Cent-Münzen für die Slot-Maschinen vorfanden. Natürlich ging man davon aus, dass sich das Ganze unter dem Strich rechnete und dass die Gäste tatsächlich wesentlich mehr ausgaben, als sie an Vergünstigungen erhielten. Das Problem war nur, dass Jupp und ich noch keine 18 Jahre alt waren. Carolyn schaffte es trotzdem, uns ins Casino zu schmuggeln. Geschickt lenkte sie die Kontrolleure am Eingang ab, während wir, selbstsicher und wie selbstverständlich, mit David hineingingen.

Es war eines der größten Casinos in den USA und wir waren beeindruckt, nicht nur wegen der zahlreichen Bunnys, die überall herumliefen und jedem männlichen Gast heiße Blicke zuwarfen. Auf drei Etagen gab es weit über 1.000 Slot-Maschinen und über 100 Spieltische. Und die Rechnung der Manager schien aufzugehen: Zumindest wir Jungs waren innerhalb weniger Minuten unsere sämtlichen 25-Cent-Münzen los. Den Anblick der vielen knapp bekleideten Bunnys, die überdimensionale Häschenohren auf dem Kopf und Stummelschwänzchen am Po trugen, fanden wir immerhin so ›interessant‹, dass wir noch zweimal ein paar Dollarscheine bei ihnen gegen weitere Münzen eintauschten. Die Rolle der Bunnys war uns daher auch sehr schnell klar: Sie sollten die männlichen Spieler dazu animieren, noch mehr Scheine in Münzen zu wechseln und Geld in das Casino zu investieren. Bei uns hatte es dazu geführt, dass wir ein bisschen mehr Geld loswurden als geplant.

Einer der schönsten und beeindruckendsten Ausflüge war die Reise zu den Niagarafällen. Am meisten fasziniert hatte mich der Aufenthalt auf der kanadischen Seite, an den Hufeisenfällen. Die für mich schönste Stelle war unmittelbar an der Abbruchkante. Lediglich drei bis vier Meter von dieser Kante entfernt, die Stelle, wo die Wassermassen unter lautem Getöse ca. 52 Meter senkrecht in den Abgrund stürzten, standen wir ängstlich an dem Geländer der Aussichtsterasse und schauten der beeindruckenden Naturgewalt ehrfürchtig zu. Das Wasser war zum Greifen nah. David wollte unseren Mut testen und ließ es sich nicht nehmen, uns eine Fahrt mit der ›Maid of the Mist‹-Flotte zu spendieren. Mit dem Boot fuhren wir bis an den Fuß der Fälle, an die weiße Wand, heran. Dort wurden wir minutenlang hin und her geschüttelt, eine Gischtwelle nach der anderen klatschte über die Reling. Trotz des blauen Ganzkörper-Regencapes wurde ich an Stellen, die der Plastiküberwurf nicht geschützt hatte, in Sekundenbruchteilen durchnässt. Mit Arne war für den Rest des Tages leider nicht mehr viel anzufangen. Er hatte sichtlich Mühe, nach der ›aufwühlenden‹ Bootsfahrt seine Übelkeit abzulegen. Das Schaukeln war ihm sichtlich auf Gemüt und Magen geschlagen. Erst am Abend, nachdem seine gesunde Gesichtsfarbe auch wieder zurückgefunden hatte, sollte er wieder ganz der Alte sein. Während er sich zunächst noch im Zimmer des Motels langsam erholte, lagen wir übrigen Jungs ganz entspannt auf den Liegen am Pool unseres Motels, genossen die Abendsonne und sahen den Mädchen beim Rumtollen im Wasser zu. Arne gesellte sich schließlich mit langsamen Schritten herüberschlendernd dazu. Mit einem Grinsen im Gesicht sagte er an uns gewendet: »Nie wieder! …Lobe das Wasser und bleibe am Rand! – sag ich euch!! Gut, dass ich vorher nur leichte Kost hatte. Das hat dann beim ›Entsorgen‹ nicht so sehr im Hals gekratzt …«

»Ahoi, Arne!« erwiderte Jupp, »… jetzt ein Bud??«

Nachdem wir von den Niagarafällen wieder zu Hause bei den Gravens waren, mietete sich Hans-Georg am nächsten Morgen ein Auto. Da er einen Führerschein besaß, hatte er sich für eine Woche einen Wagen gemietet. In einer Tageszeitung war er über die Annonce einer Mietwagenfirma gestolpert, die mit dem Slogan ›Rent a Wrack‹ (Miete ein Wrack) warb. Bei einem Preis von unschlagbaren 50 Dollar die Woche zögerte er nicht lange und nutzte kurzerhand die Chance. Es handelte sich bei dem ›Wrack‹ um einen heruntergekommenen und wirklich schwer in die Tage gekommenen und ziemlich verrosteten alten Buick. Doch der Wagen fuhr! Hauptsächlich hatte Hans-Georg den Wagen gemietet, damit er auch mal mit Angela allein die Gegend erkunden und ausführen konnte. Doch die erste Spritztour unternahmen wir alle gemeinsam. Angela erzählte uns, dass sich am Wochenende die Jugend im Centrum unseres kleinen Örtchens Dallastown traf und eigentlich nur ständig in ihren Autos im Kreis herumfuhren. ›Circle Meeting‹ (Kreis Treffen) nannte die Jugend dieses Ereignis, wenn sie sich mal locker und ganz zwanglos mit Gleichgesinnten verabreden wollten. Kurzerhand verabredeten wir uns für den heutigen Samstagabend mit Angela. Das wollten wir uns mal aus nächster Nähe ansehen. Gegen achtzehn Uhr hupte es vor der Tür. Das war das Zeichen für uns, das es losging. Wir sprangen in Hans-Georgs Buick und folgten dem kleinen Ford Pinto, einem in die Jahre gekommenen hellbraun lakiertem Coupé. Angela hatte ihre Freundin Sarah sofort für unser ›Date‹ gewinnen können, als sie hörte, dass vier deutsche Jungs den Sommer in Dallastown verbrachten. Auch Maria und eine weitere Freundin befanden sich im Wagen. Sie saßen auf der engen Rückbank und winkten und lachten uns während der Fahrt ständig zu. Nach ein paar Minuten stoppten wir zunächst an einem kleinen Einkaufszentrum am Rande des Ortes. Sarah und Angela kamen an unser Fenster: »Bleibt einfach kurz sitzen. Wir besorgen uns etwas Bier.«, sagte Angela. »Wie wollt ihr das denn machen? Wir sind doch noch nicht alt genug, um in die Läden zu dürfen??«, wollte Hans-Georg von ihr wissen. Denn wir hatten schon bemerkt, dass die Amerikaner sehr strenge Alkoholgesetze hatten. Bier und anderen Alkohol konnte man nur in bestimmten und lizensierten Geschäften kaufen. Je nach Bundesstaat musste man dafür 18 oder auch 21

Jahre alt sein. Hier in Pennsylvania wurde dies tatsächlich erst ab 21 Jahren erlaubt. Dagegen konnte man den Führerschein bereits mit 16 Jahren machen.

In Deutschland müssen wir erst lernen, Alkohol zu trinken. Und erst, wenn wir das können, erlauben sie uns das Autofahren!

»Lasst das mal unsere Sorge sein …«, antwortete Sarah und zwinkerte uns zu. Die beiden postierten sich in einiger Entfernung von dem ›Spirituosengeschäft‹ und beobachteten die Leute, die dort rein, und rausgingen. Wir sahen, wie sie freundlich lächelnd einen Mann Ende dreißig anhielten und er nach kurzem Talk und einem wohlwollenden Nicken im Geschäft verschwand. Angela und Sarah sahen zu uns rüber und zeigten beide ›Daumen hoch‹! Nur Minuten später kam der Mann mit vier Sixpacks Miller Lite zurück und übergab alles den Mädels, die das Bier schnell im Kofferraum verstauten. Nach einem freundlichen Händedruck und einer kurzen Umarmung ging die Fahrt weiter. Wir erreichten das Zentrum des Ortes und: tatsächlich! Wir fuhren im Schritttempo die zweispurige Hauptstraße entlang, die als Einbahnstraße geradewegs durch die Stadt in östlicher Richtung führte. Am Ende bogen wir an der Ampelkreuzung links ab in eine Verbindungsstraße, um nach 100 Metern wiederum links abzubiegen. Geradewegs Richtung Westen parallel zur zuvor zurückgelegten Straße. An anderen Ende schloss sich der Kreis wieder und wir verstanden langsam, was mit dem ›Circle Meeting‹ gemeint war. Runde für Runde fuhren wir im

Schneckentempo hinter Sarahs Ford Pinto hinterher. Ab und zu wurde sich mit den Insassen anderer Fahrzeuge unterhalten. Entweder, wenn man bei Rot an einer der zahlreich vorhandenen Ampeln stand oder während der Fahrt, wenn zwei Fahrzeuge das gleiche Tempo auf der doppelspurigen Straße hielten. Es wurde viel gelacht und ab und zu wurden auch mal die Motoren unter lautem Getöse hochgezogen. Manchmal gesellte sich ein Wagen der Cops dazu, indem sie das gleiche Fahrtempo aufnahmen und sich sogar an dem Smalltalk beteiligten. Auch wenn sie dabei die Chance nutzten, argwöhnisch in die Fahrzeuge hineinzusehen, um vielleicht etwas ›Verbotenes‹ zu entdecken.

Gut, dass das Bier im Kofferraum verstaut ist!

Durch die Präsenz der Polizisten wagte niemand auf dumme Gedanken zu kommen und alles lief gesittet ab. Nur selten ertönte mal kurz die Sirene der Polizeistreife, falls mal jemand mit seinem Wagen die Spur blockierte, indem er einfach stehenblieb. Das kurze Geräusch der Sirene und das dichte Auffahren der Cops reichten aus, damit die Spur wieder freigegeben wurde.

Nach einiger Zeit und ungezählten Runden hielt Sarah ihren Wagen auf gleicher Höhe mit unserem. Angela rief zu uns rüber: »Wundert euch nicht … Wir fahren jetzt eine kleine Weile zu einem versteckten See. Wir werden nicht die einzigen Fahrzeuge sein, die dorthin fahren. Verliert uns nicht!!«

Nach ungefähr zwölf Kilometern erreichten wir einen kleinen Wald. Dort bogen wir ab in einen nur schlecht befestigten Waldweg mit zahlreichen Schlaglöchern. Der Weg schlängelte sich eine Weile durch das Wäldchen, bis wir den See erreichten. Auf der großen Wiese vor dem See parkten alle Fahrzeuge im Kreis wie am Schnürchen hintereinander. »Wie bei einer Wagenburg aus Kutschen im Wilden Westen!«, rief ich zu Jupp. Erst jetzt registrierten wir, wie viele Fahrzeuge sich mit uns aus Dallastown auf den Weg hierhin gemacht hatten. Wir staunten mal wieder nicht schlecht, als wir das Resultat sahen. Die Fahrer aller acht Fahrzeuge, die sich hierhin eingefunden hatten, einigten sich schnell auf den gleichen Radiosender, den sie einstellten, und drehten auf volle Lautstärke. Jeder hatte Sixpacks von Bier im Auto. Der Fahrer eines Pickups hatte sogar einen Bottich voll Eis dabei, um das Bier zu kühlen. Ich war überrascht, wie zwanglos und spontan dieses Treffen am See zustande kam. Im Kreis fahrend, in einem kleinen Örtchen, von Auto zu Auto herüberrufend entwickelten sich Ideen, welche zum nächsten Fahrzeug weiterkommuniziert wurden. Und wenn die Idee gut war, wie in diesem Fall, und man auf gegenseitige Sympathie traf, ging es los. Die Dämmerung brach an und auf dem Dach des Pickups wurden die dort installierten Scheinwerfer angeschaltet. Angela rief uns zu, dass wir jetzt alle in den See springen sollten.

Arne sagte ganz irritiert: »Wir haben doch keine Badehosen mit!«

»Stell dich nicht so an«, erwiderte Angela »mach es wie wir!« Ehe wir uns versehen hatten und leider auch ehe wir genauer hinsehen konnten, rissen die Mädels ihre Sachen vom Leib und sprangen splitterpudelnackt ins Wasser. Wir schauten uns an, zögerten kurz, nickten uns dann zu und folgten kurzerhand den anderen, nach dem auch wir uns unserer Sachen entledigt hatten. Wir hatten einen riesigen Spaß. Erst weit nach Mitternacht kamen wir zu Hause wieder an. Auf der Rückfahrt tauschten wir zuvor die Plätze. Angela und Maria saßen nun mit Hans-Georg und mit mir im Wagen des Wracks. Jupp und Arne nahmen Platz im Wagen von Sarah.

Gar nicht auffällig ...!, dachte ich und sah, wie Angela sich vorne so nah, wie es ihr möglich war, an Hans-Georg herankuschelte, während er das Auto lenkte ...

Für die anschließende Woche stand Washington, D. C. auf unserer Liste. Diese Stadt durfte natürlich in unserem Reiseplan mit den Gravens nicht fehlen. Die Hauptstadt der USA war von Dallastown nur zweieinhalb Stunden entfernt. Es gab dort so viel zu sehen, dass wir sogar zweimal hinfuhren. Jedes einzelne Technik- und Naturkundemuseum würde schon einen ganzen Tag in Anspruch nehmen, wenn man es ausgiebig erkunden wollte.

Beim zweiten Mal fuhren wir vier Jungs ohne Begleitung in die Hauptstadt.

Auf der Rückfahrt von Washington nach Dallastown unterhielten wir uns angeregt über die Highlights des Tages. Uns faszinierte besonders das ›National Air and Space Museum‹ mit original Fluggeräten der Raum- und Luftfahrttechnik aus allen Zeitepochen. Arne und Jupp saßen hinten auf der Rückbank und ich saß vorne neben Hans-Georg.

Auf der schnurgeraden und wenig befahrenen Landstraße fiel mir in der Ferne auf der entgegenkommenden Spur ein schwarzer Pickup auf. Es schien, als ob der Wagen ganz allmählich Kurs auf uns nahm.

»Hans-Georg, meine ich das nur, oder kommt der Pickup da vorne von seiner Spur ab?«, bemerkte ich und zeigte auf den Wagen.

»Ich beobachte das auch schon mit Sorge. Jetzt fährt er sogar bereits auf der Mittellinie.«

Hans-Georg reduzierte etwas die Geschwindigkeit, doch das entgegenkommende Fahrzeug zog nicht zurück in seine Spur, sondern driftete weiter auf unsere Fahrbahn. Hans-Georg lenkte den Buick etwas nach rechts in Richtung Standstreifen, um dem Pickup Platz zu machen, der sich unaufhörlich näherte und immer mehr auf unsere Fahrbahn geriet. Dann ging es plötzlich sehr schnell.

»Scheiße!!!«, schrie Hans-Georg, lenkte den Wagen so weit wie möglich nach rechts und unternahm eine Vollbremsung.

Es half jedoch nichts, es war zu spät. Hans-Georg konnte den Aufprall nicht mehr verhindern. Ein ohrenbetäubendes Getöse entstand. Wie ein Magnet zog der Buick den Pickup an und unser Wagen drehte sich einmal um die eigene Achse, bevor er neben dem Standstreifen im Graben landete und zum Stillstand kam.

»Alles o. k. bei euch?«, rief Hans-Georg. »Macht, dass ihr aus dem Wagen kommt!«

Wir versammelten uns alle um das Fahrzeug und stellten fest, dass niemand verletzt war.

Von hinten sagte Arne ganz trocken: »Jetzt ist das Wrack wirklich ein Wrack!«

Und tatsächlich! Mit diesem Buick war an eine Weiterfahrt nicht mehr zu denken. Vorne war alles verbeult, das rechte Vorderrad stand schräg und Kühlwasser lief aus dem Motorraum auf die Straße und dampfte vor sich hin.

Der Pickup hatte auf den ersten Blick nur ein paar Kratzer und eine kleine Delle dort, wo er unseren Wagen weggepumpt hatte. Die Fahrertür öffnete sich und eine sichtbar geschockte Frau mittleren Alters stieg aus.

»Es tut mir sehr leid!«, sprudelte sie sofort los. »Ist jemand verletzt? Ich weiß gar nicht, wie das geschehen konnte. Ich muss eingenickt sein. Es tut mir so leid. Euer Wagen sieht ja schrecklich aus!«

Es dauerte nicht lange und eine Polizeistreife erreichte uns. Aus dem Wagen stiegen zwei muskulös wirkende Sheriffs mit dunkler Sonnenbrille.

»Wie in einem amerikanischen Krimi!«, bemerkte Jupp.

Die Situation war für die beiden Sheriffs schnell geklärt, zumal unsere Unfallgegnerin alles wahrheitsgemäß berichtet und die Schuld auf sich genommen hatte. Schnell durfte sie ihre Fahrt fortsetzen. Für uns vier forderten die Sheriffs jedoch eine zweite Streife an, die uns auf die Wache brachte. Da es sich um einen Mietwagen handelte, sollte das Fahrzeug noch am gleichen Tag ohne unser Beisein in eine Werkstatt abgeschleppt werden.

Auf der Wache wurde es noch einmal spannend. Plötzlich nahmen sich die Sheriffs sehr wichtig und kontrollierten und kopierten unsere Pässe.

»Jetzt fehlt nur noch, dass sie unsere Fingerabdrücke nehmen und wir für eine Nacht in eine Zelle gesperrt werden. Als ob wir die Schuldigen wären, so komme ich mir gerade vor ...«, sagte Arne.

»Ja, zusammen mit Drogendealern und Kindesmördern!«, bemerkte Jupp und ich sah ihn entsetzt an.

In diesem Moment öffnete sich die Tür und David kam herein. Er plauderte kurz mit den Sheriffs und wir durften, nachdem Hans-Georg ein Protokoll unterschrieben hatte, endlich gehen.

»Glück gehabt! Doch keine kostenlose Übernachtung zusammen mit den Knackis!«, sagte Jupp.

David und Carolyn nutzten den Sommer, um wieder als Familie zueinanderzufinden. Wir spürten, wie die gesamte Graven-Familie durch uns zu neuem Lebensmut zurückfand. Besonders den Kindern Jacky und Carmen tat dies gut und wir vier Jungs fühlten uns ihnen gegenüber wie große Brüder. Natürlich war der Tod von Steve immer präsent. Der Verlust erdrückte sie jedoch nicht mehr so sehr, und Carolyn war allmählich in der Lage, endlich ihren Sohn loszulassen.

An einem Samstagabend hatten wir uns mit den Santiagos zum Dinner verabredet. Wir besuchten ein Country-Bar-Restaurant, in dem es aussah wie in einem Western-Saloon. Jacky und Carmen waren nicht dabei, weil der Eintritt erst ab 21 Jahren erlaubt war. Tatsächlich waren wir alle auch noch zu jung, doch da es sich um gute Bekannte von David handelte und wir »die Deutschen aus dem Fernsehen« waren, drückten sie ein Auge zu. Auch Angela und Maria durften mit hinein. Wir sollten uns nur in einem etwas entlegeneren Raum aufhalten, der notfalls mit großen Holztüren zugemacht werden konnte. Somit hätten wir dann als ›geschlossene Gesellschaft‹ gegolten.

Neben der langgezogenen hölzernen Theke, an der einige Cowboys Hamburger verdrückten oder ihr Bier genossen, spielte eine Country-Band. Auf der Tanzfläche davor tummelten sich ein paar Tänzer.

In einer Musikpause kam der Bandleader an unseren Tisch. Er hatte Carolyn natürlich sofort erkannt und es gab eine fröhliche Begrüßung. Es stellte sich heraus, dass Carolyn gemeinsam mit ihm bis zum Tod von Steve in einer Band gesungen hatte. Als wir dies hörten, ließen wir natürlich nicht locker und flehten Carolyn an, auf die Bühne zu gehen. Nach einigem Hin und Her willigte sie schließlich ein. Zehn Minuten später wurde sie von der Band angekündigt.

Es war der Kracher! Carolyn rockte die Location und spulte ein Lied nach dem anderen ab. Nichts hatte sie verlernt und alle Texte kannte sie noch auswendig. Wir spürten, wie ein Knoten in ihr geplatzt war. Die Tanzfläche füllte sich mehr und mehr, sodass wir uns auch dazwischen mogelten. Abwechselnd tanzten Angela und Maria mit uns Discofox. Die Schritte passten gut zur Country-Musik! Mit tosendem Applaus wurde Carolyn schließlich von der Bühne verabschiedet und schwang danach noch mit David das Tanzbein. Als sie beide zurück an den Tisch kamen, hatte Carolyn Tränen in den Augen. Jeder von uns gratulierte ihr zu ihrem grandiosen Auftritt und wir umarmten sie.

David sagte zu uns: »Das hätte ich niemals für möglich gehalten, dass Carolyn noch mal so glücklich wird. Was habt ihr Jungs nur mit uns gemacht?!«

Hans-Georg antwortete: »Dasselbe können wir euch auch fragen. Wir haben uns einfach gesucht und gefunden!«

»Ein Prost auf die Unfähigkeit von Frau Sinniger!«,

ergänzte Arne. »Stellt euch vor, sie hätte für uns von Anfang an Gastfamilien gefunden. Wir hätten den langweiligsten Sommer unseres Lebens erleiden müssen!«

Jupp sang daraufhin einen Tusch: »Tärää, tärää, tärää!!«

An diesem Abend wurden noch einige ›Pitcher‹ mit Miller Lite vernichtet. Die Krüge hatten immerhin ein Fassungsvermögen von stolzen 1,89 Litern!

Die Wochen vergingen wie im Flug. Auf unseren zahlreichen Ausflügen war mir zunehmend aufgefallen, dass es übermäßig viele übergewichtige Amerikaner gab. Und sie waren nicht einfach nur übergewichtig, sondern extrem dick! Das war für uns ein sehr außergewöhnlicher Anblick. Auf solche Menschen traf man in der Heimat nicht so oft. Zumindest fiel mir dies nie auf. Am Anfang hatten wir ja noch sehr genau hingeschaut, zum Beispiel, als wir dem Schilderträger und der Kamerafrau begegnet waren. Nach einiger Zeit hatten wir uns wohl an den Anblick gewöhnt. Bewegungsmangel und Fast Food ließen die Leute aufgehen wie ein Donut. Oft sah ich sie auf Stühlen sitzen, die viel zu klein waren und nur für einen halben XXL-Hintern reichten. Mit unbewegter Miene saßen sie da, schnauften und zogen sich die Fritten mit unglaublichen Mengen Heinz-Ketchup aus der XXL-Familienflasche rein. Dazu noch einen extragroßen Triple-XXL-Cheeseburger und eine übergroße Portion frittierte Zwiebelringe hinterher, damit man auch ja nicht Hunger leiden musste. Cola und andere dickmachende Süßgetränke in Eineinhalb-Liter-Plastikbechern durften dabei natürlich nicht fehlen.

Und nimm doch ruhig noch etwas mehr, dachte ich.

Bei uns in Deutschland erschien mir eben alles etwas bescheidener und gemäßigter. Zumindest kannte ich diese riesigen ›Fress-Portionen‹ in den dazu passenden Megagefäßen bis dahin nicht.

Aufgefallen waren mir auch die vielen Regel- und Verbotsschilder, die die Amerikaner überall platziert hatten: »No swimming!«, »No shirt, no shoes, no service!«, »No alcoholic beverages!«, »No U-Turn!«, «Do not enter!«, »No littering!«, »No standing any time!«, »No sitting!«, »Don't block!«, Verbotsschilder für alles Mögliche. Sogar ein Verkehrsschild (!), auf dem »No traffic signs!« (»Keine Verkehrsschilder«) stand, hatte ich entdeckt … Dazu noch die generelle Geschwindigkeitsbegrenzung von 55 Meilen auf allen Straßen einschließlich der Highways. Das waren gerade mal schlappe 88,51 Stundenkilometer! Kein Vergleich zu unseren paradiesischen ›No speed limit‹-Möglichkeiten auf deutschen Autobahnen.

Dafür sind die Amerikaner großzügig im Waffenbesitz und erlauben das Rumgeballere für jedermann, dachte ich, als mein Blick auf ein Verbotsschild mit der Aufschrift »No Ball Playing« fiel, welches vor einer großen Wiese aufgestellt war, auf der wir uns befanden. Auf einem unserer Ausflüge machten wir gerade Rast irgendwo an einem sehr schön gelegen einsamen See im Nowhere Land. Jupp musste Ähnliches gedacht haben wie ich, denn er holte seinen dicken Filzstift heraus und kritzelte etwas auf das verrostete Schild. Als er zurücktrat, um sein Werk zu betrachten, sah ich, was er geschrieben hatte: »NO FUN!!!« Wir schauten uns an und lachten herzlich. Wie wahr!

Die Gravens waren nicht nur herzlich und nahmen sich viel Zeit für uns, sie waren auch ausgesprochen spendabel. Auf unseren Ausflügen bezahlten sie alles und akzeptierten keine Einwände. Deshalb trommelte uns Hans-Georg an einem Nachmittag am Pool zusammen.

»Also«, begann er, indem er den Blick über uns schweifen ließ, »es kann ja nicht angehen, dass unsere Gastfamilien, insbesondere David und Carolyn, alle unsere Ausflüge bezahlen, inklusive der Übernachtungen!«

Das war richtig. Uns war das schon die ganze Zeit sehr unangenehm. Mehrmals hatten wir versucht, selbst etwas zu bezahlen, doch jedes Mal kamen sie uns zuvor. Nur ab und zu gelang es uns, unterwegs ein paar kühle Erfrischungsgetränke auszugeben, wenn sie gerade mal nicht aufpassten.

»Tja. Was sollen wir denn machen? Ich habe den Eindruck, dass sie jedes Mal zutiefst beleidigt sind, wenn wir das Thema ansprechen. Irgendwie werden meine Dollars und die Reiseschecks nicht weniger. Außer, wenn ich mal ein paar Postkarten oder Mitbringsel für meine Daheimgebliebenen kaufe«, bemerkte ich.

»Ich habe mir etwas überlegt. Das möchte ich gerne mit euch besprechen«, sagte Hans-Georg und erklärte uns seinen Plan: »Ich möchte mit euch für alle Gastfamilien eine Party organisieren. Mit allem Drum und Dran, inklusive Getränken, nach Möglichkeit deutsche Getränke, und selbstgemachte Pizza. Was haltet ihr davon?«

Wir waren sofort Feuer und Flamme. Das war eine klasse Idee!

Hans-Georg fuhr fort: »Ich habe bereits mit den

Santiagos gesprochen. Sie würden uns ihre große Garage für die Feier zur Verfügung stellen. Und die Idee mit der Pizza fanden sie auch super. Das sollte aber die einzige Familie sein, die Bescheid weiß. Für alle anderen soll es eine Überraschung werden.«

»Wann soll die Party steigen?«, fragte Jupp.

»Am Samstag, das habe ich bereits mit den Santiagos besprochen. Allerdings haben wir jetzt nur noch zwei Tage Zeit, um alles vorzubereiten.«

Wir legten sofort los und erstellten einen großen Einkaufszettel.

Eine Party ohne Hamburger, Hot Dogs und Barbecue war mal etwas anderes. Wir besorgten die Zutaten, bereiteten den Pizzateig selbst zu und bestückten unzählige Bleche, mit Hilfe der Santiagos, in zahlreichen Varianten. Deutsches Bier hatten wir leider nirgendwo kaufen können. Eine reichliche Auswahl an Moselweinen gab es jedoch in den speziell lizensierten Geschäften, in die wir aufgrund unseres Alters nur mit Ruth Santiago hinein durften.

Die Überraschung war uns gelungen! Der Moselwein kam bei allen sehr gut an, auch wenn wir die Wirkung des Weines im Vergleich zum Bier unterschätzt hatten. Gut, dass wir noch Budweiser besorgt hatten, so konnte ich nach ein paar Gläsern Wein auf mein Lieblingsgetränk umschwenken.

Wir saßen alle an zwei riesigen Gartentischen, die wir aufgrund des schönen Wetters vor der großen Garageneinfahrt im Hof der Santiagos aufgestellt hatten. Die Santiagos hatten für den Abend einige gute Freunde eingeladen, die uns unbedingt auch kennenlernen wollten. Enrico, ein Mann mittleren Alters, redete genau wie Jupp mit Händen und Füßen und lachte unentwegt. Er sah südländisch aus und man hörte deutlich einen entsprechenden Dialekt. Jupp und er saßen sich auch noch ausgerechnet gegenüber. Es blieb nicht aus, dass die beiden anfingen, die ganze Gesellschaft zu unterhalten. Ein Witz nach dem anderen kam auf den Tisch und Enrico begann, italienische Lieder zu trällern. Ich hörte nicht richtig, als Jupp dann anfing ›Scheiße-Lieder‹ anzustimmen. Diese waren damals bei uns Jugendlichen ziemlich beliebt und hatten einen einfachen Refrain mit einer witzigen Pointe am Ende. Wir drei sollten natürlich mitmachen, damit auch die Amerikaner einstimmten.

Was soll's!, dachte ich und sang mit: »Scheiße auf dem Autoreifen …« – Und dann alle: »Helei helei loho!« – »Macht beim Bremsen braune Streifen …« – Und wieder alle: »Helei helei loho!« – So ging es immer weiter: »Helei helei heleie – helei helei loho – helei helei heleie – helei helei lohoooo …«, bis jemand von uns eine neue Strophe anstimmte. Wir hatten einen riesigen Spaß.

Enrico wollte die Lieder exakt übersetzt wissen und lachte sich völlig schlapp darüber. Besonders über Strophen wie: »Scheiße auf der Friedhofsmauer – stört den Pfaffen bei der Trauer!« Oder: »Scheiße auf der Kirchturmspitze – bröckelt ab bei großer Hitze!« Und: »Fällt dem Pfarrer auf die Mütze …«

David erzählte uns, dass er als junger Soldat in Deutschland stationiert war, auf einer Airbase in der Eifel in der Nähe von Bitburg. Dort hatte er einige deutsche Wörter aufgeschnappt, die er unter allseitigem Gelächter zum Besten gab: »Wiener Schnitzel«, »Prost«,

»hübsches Fraulein«, »Rheinwein«, »Oktoberfest« … Mit seinem breiten amerikanischen Slang hörte sich das sehr witzig an – und Enrico musste natürlich jedes Wort auf seine Art und mit italienischem Slang wiederholen.

David lief zur Hochform auf und ließ ein weiteres Wort folgen: »Damenwahl!«

Wir waren beeindruckt. »Woher kennst du denn dieses Wort, David?«, fragte Arne.

»Das kann ich euch sagen… « David machte es spannend und nahm einen großen Schluck Bier aus seinem von mir mitgebrachten Bierseidel. Er sah uns an und begann zu erzählen: »Jedes Wochenende fuhr ich mit einigen Kameraden aus meiner Einheit an die Mosel. Dort gab es zahlreiche Tanzlokale, in denen wir uns gerne tummelten und in Kontakt mit ›hübsches Fraulein‹ kamen. Ab und zu wurde über den Bandleader ›Damenwahl‹ gerufen, alle ›Frauleins‹ sprangen von ihren Sitzen auf, und ehe wir uns versahen, forderten sie uns zum Tanz auf. Das hat uns natürlich besonders gut gefallen, sag ich euch!«

Zu später Stunde ging ich allein in die große Garage. Dort befand sich die Musikanlage und ich wollte schauen, welche Musik es noch zur Auswahl gab. Ich fand eine Platte von ›Kool & the Gang‹ und legte sie auf. Dann fing ich an, allein mit mir und einer eiskalten Flasche Budweiser in der Hand zu tanzen. Ich hatte einen kleinen Schwips und bewegte mich mal langsam und mal schneller im Rhythmus der Songs. Natürlich machten sich die zahlreichen Getränke des Abends langsam in meinem Kopf bemerkbar. Doch es war ein wohliges Gefühl, und so ganz allein in der großen Garage hatte ich nun endlich mal Gelegenheit, mir die Erlebnisse der letzten Wochen durch den Kopf gehen zu lassen.

Ich hatte es tatsächlich wahrgemacht!

Ich lebe gerade meinen Traum. Und es ist noch schöner und aufregender, als ich es mir je vorgestellt hatte.

Ich prostete mir selbst zu und nahm noch einen kräftigen Schluck aus der Budweiser-Flasche. Gedankenverloren blickte ich durch das Tor zu den anderen hinüber. Die meisten Gäste waren schon gegangen. Es war ja auch schon zwei Uhr durch. Arne hatte seinen Kopf in seinen verschränkten Armen auf dem Tisch vergraben und schlief offenbar. Hans-Georg kuschelte ganz entspannt mit Angela, beide lauschten der Musik und träumten vor sich hin. Jupp unterhielt sich angeregt mit Enrico, Joe und David. Es mussten ernstere Themen gewesen sein, denn gelacht wurde nicht mehr. Schließlich stand auch Enrico auf und verabschiedete sich. Bevor er ging, lud er uns zur heiligen Messe nach Dallastown ein.

Jupp bekam große Augen und schrie zu mir herüber: »Tim! Hast du das gehört? Das ist der Hammer! Enrico ist Priester in Dallastown und wir sollen morgen in die Messe kommen!«

Das taten wir dann auch, obwohl es uns schwergefallen war, rechtzeitig aus den Betten zu kommen. Wir konnten uns nicht vorstellen, wie der ständig lachende, ›Scheiße-Lieder‹ singende und mit uns versackte Enrico eine Messe zelebrieren würde. Das wollten wir uns nicht entgehen lassen. Und wir sollten uns noch wundern!

Wir schauten uns alle verdutzt an und rieben uns die Augen. Das war nicht der Enrico, den wir kannten. Er stand ganz ernst mit treuen Augen vor seinen ›Schäfchen‹ und hielt besonnen seine Predigt. Die ganze Messe über schaute er nur einmal kurz zu uns herüber.

Kann es sein, dass er uns gerade blitzschnell zugezwinkert hat? Doch sicher bin ich nicht!

Er sah so schüchtern und devot aus, als ob er keiner Fliege etwas zuleide tun könnte. Dabei hatte er es so ›faustdick‹ hinter den Ohren! Am darauffolgenden Mittwochabend war Enrico wieder ganz der Alte. Er fuhr mit uns zu einem Major-League-Spiel zwischen den Philadelphia Phillies und den Atlanta Braves. Dieses Baseballspiel war für mich ein großes Erlebnis. Ich war sofort fasziniert von der Sportart und beschloss, mir nach meiner Ankunft in Deutschland einen Baseball-Verein zu suchen, in dem ich trainieren konnte. Mir fiel ein, dass ich meine wöchentlichen Postkarten an Sabine und meine Mutter noch nicht geschrieben hatte. Daher besorgte ich mir zwei Postkarten aus dem Phillies-Fanshop mit dem Motiv des Stadions und schrieb: »In diesem Stadion sitze ich gerade. Wenn ich zurück bin, suche ich mir in D einen Verein!« Die Karte an Sabine bekam noch zusätzlich ein gemaltes Herzchen und die Ergänzung: »Kuss!«

Es waren traumhaft schöne acht Wochen, doch alles hat einmal ein Ende. Die Zeit in Pennsylvania verging viel zu schnell und der große Abschied rückte langsam näher. Als ob die Gravens nicht schon genug für uns getan hätten, schenkten sie uns vieren zum Abschied einen dreitägigen Aufenthalt in New York. Natürlich gab es vorher noch eine rauschende Abschiedsparty – diesmal wieder mit Hamburgern, Hot Dogs, Salzchips und auf Eis gekühltem amerikanischem Bier, so wie es sich gehörte. Wir schenkten jedem, der zur Party kam, eine Flasche Moselwein. Ruth hatte uns diese wieder aus dem speziellen Laden besorgt. Auf dem Etikett hatten wir mit unseren Namen unterschrieben und ein großes »Thank you!« dazu gemalt.

Dann ging es ab nach New York City! Gemeinsam mit den Gravens und den Santiagos verließen wir früh morgens Dallastown und fuhren nach Manhattan. Im altehrwürdigen ›Hotel Pennsylvania‹ kamen wir unter. Die Lage war perfekt, das Hotel befand sich gegenüber dem Madison Square Garden, direkt um die Ecke erhob sich das Empire State Building. Es störte uns in keiner Weise, dass die Zimmer bereits ziemlich abgewohnt und heruntergekommen waren. Wir nutzten die Betten und das Bad sowieso nur für wenige Stunden. In den letzten drei Tagen unseres USA-Aufenthaltes wollten wir uns dem Sog der Stadt der Superlative hingeben und so viel wie möglich davon aufsaugen. Mit David, Carolyn und den Santiagos besuchten wir die wichtigsten Highlights: Wir genossen die traumhafte Aussicht vom Empire State Building und vom Rockefeller Center bei Nacht, beeindruckend war der Ausblick von einem der Twin Towers des World Trade Centers. Mit dem Schiff fuhren wir zur Freiheitsstatue, die wir besichtigten, und nach Ellis Island. Bei einem Spaziergang durch den Central Park zeigten uns die Gravens die Stelle, wo ein Jahr zuvor John Lennon einem Attentat zum Opfer gefallen war. Das meiste liefen wir zu Fuß ab, die beste Art, um mit der Stadt zu verschmelzen. Für lediglich drei Quarters, 75 Cent, überbrückten wir größere Strecken bequem und schnell mit der New Yorker Subway. Wir erkundeten SoHo, Little Italy, Chinatown und natürlich spazierten wir auch über die Brooklyn Bridge. Tag und Nacht befanden wir uns in einem nicht enden wollenden Gewusel von Menschen aller Herkunftsländer. Die ständige Geräuschkulisse war gewöhnungsbedürftig, Rettungswagen und Polizeisirenen alle paar Minuten und dazwischen das Gehupe von genervten Taxifahrern.

New York war der krönende Abschluss eines Traumes, der in Erfüllung gegangen war: unvergesslich die Herzlichkeit der Menschen, unvergesslich die Fahrten zu den schönsten Städten und Landschaften der Region, unvergesslich die vielen Partys bei Hamburgern, Hot Dogs und amerikanischem Bier, unvergesslich natürlich auch die vielen fröhlichen Gespräche und ›Gesänge‹.

Am letzten Tag in New York standen noch drei wichtige Dinge auf dem Plan, die ich unbedingt erledigen musste, bevor wir die Rückreise antraten:

1. *Mitbringsel für meine Mutter, für Sabine und natürlich auch für meine Schwester besorgen!*
2. *Die versprochene Postkarte für meine Ex-Arbeitskollegen in Wülfrath schreiben, wo ich im Jahr zuvor in den Ferien gejobbt hatte, um meine Reise finanzieren zu können.*
3. *Für einen Dollar ein Eis essen, so wie es Sabine bei meiner Abreise in ihrem Brief vorgeschlagen hatte.*

Das Erste erledigte ich genauso, wie es die amerikanischen Touristen in dem Souvenirladen am Kölner Dom gemacht hatten. Direkt am Times Square fand ich einen Souvenirladen mit den wunderschönsten, kitschigsten Dingen und griff mit vollen Händen zu.

Den zweiten Punkt erledigte ich auch schnell. Im selben Souvenirladen entschied ich mich für eine Postkarte mit der Skyline von Manhattan. Ich schrieb an die Ex-Kollegen: »*Natürlich habe ich euch nicht vergessen! Leider kann ich euch nur die Grüße von Präsident Ronald Reagan übermitteln. Jimmy wurde in diesem Jahr nicht mehr wiedergewählt ...! Hoffe, dass ich bald wieder bei euch jobben und das schöne ›Liebling, wach auf‹-Lied von Herrn Kramer hören darf. Herzliche Grüße, Tim! P.S.: Euch entgeht etwas. Ihr solltet auch für eine Reise nach Amerika sparen. Lohnt sich!!*«

Und das Wichtigste meiner To-do-Liste erledigte ich natürlich auch. Dieser Punkt war zugleich am schwierigsten zu erfüllen. Eine Eisdiele fand ich am Times Square leider nicht, so sehr ich mich auch bemühte. Die einzige Chance, an ein Eis zu gelangen, war schließlich die McDonald's-Filiale. Ich hatte zumindest mit dem Preis Glück: Für 99 Cent erhielt ich dort ein Vanilleeis, das ich mit dem Ein-Dollar-Schein von Sabine bezahlte. Ich hatte ihn den gesamten Aufenthalt über separat in meinem Brustbeutel aufbewahrt. Um die Ecke suchte ich mir einen abgelegenen Platz und setzte mich auf die Steintreppe eines Hauses. Ich schloss meine Augen, schleckte an dem Eis und dachte in dem Moment ganz fest an Sabine, in der Hoffnung, dass sie im gleichen Moment, so wie in ihrem Brief beschrieben, das Gleiche tat.

Während ich so vor mich hin träumte, bemerkte ich nur wenige Meter entfernt einen farbigen älteren Mann, der auf drei übereinandergestülpten Pappkartons wild mit Spielkarten hantierte. Langsam bildete sich eine interessierte Menschenmenge um ihn herum und ich sah, wie einige Dollarscheine hin und her gingen. Das wollte ich mir aus der Nähe anschauen. Mit einem gewissen Abstand, aber so nah, dass ich alles genau verfolgen konnte, schaute ich zu. Der Mann animierte die umstehenden Leute dazu, Geld auf eine der drei von ihm ausgelegten Karten zu setzen. Man sollte herausfinden, wo die rote Dame lag, und wenn man richtig tippte, wurde der Einsatz verdoppelt und ausgezahlt. Wenn man auf eine der Nieten tippte, zwei schwarze Damen, verlor man natürlich seinen Einsatz. Das hörte sich ziemlich einfach an. Doch so sehr ich mich auch bemühte, fast jedes Mal hätte ich auf eine falsche Karte gesetzt und meinen Einsatz verloren. Ich beobachtete, wie schnell der Spieler die Dollarscheine abkassierte. Nur sehr selten hatte jemand auf die rote Dame gesetzt. Ich schätzte, dass er in rund zehn Minuten ca. 50 bis 60 Dollar eingespielt hatte.

Das ist ja ein sehr lukratives Geschäft. Doch ganz korrekt kann das nicht ablaufen. Da muss ein Trick dabei sein, der meine Augen in die Irre leitet. Gut, dass ich kein Geld gesetzt habe!

Auf einmal kam Tumult auf. Ich ging sicherheitshalber ein paar Schritte zurück. Ein Mann, der scheinbar den Trick durchschaut hatte, gewann ein Spiel nach dem anderen. Nach dem vierten Mal traten plötzlich aus dem Publikum zwei Männer heraus, drückten ihm 20 Dollar in die Hand und schubsten ihn mit lautstarken Beschimpfungen von hier weg. Anscheinend waren es Komplizen des Spielers, die genau für diese Fälle bereitstanden, um einzuschreiten. Nur Minuten nach diesem Vorfall gab einer der beiden Komplizen seinem Spielerkollegen einen kurzen Hinweis. Sie packten hastig die drei Spielkarten und die Dollars, die dort lagen, traten die drei Pappkartons um und verließen fluchtartig den Platz. Ich sah mich um und erkannte den Grund für ihre Flucht. Mit schnellem Schritt kamen zwei Polizisten heran. Langsam drehte ich mich um, ließ die Polizisten an mir vorbei und machte mich schließlich auf den Weg zurück zu meinem Hotel. Dort hatten wir uns alle für 18 Uhr zu unserem Abschiedsdinner verabredet.

Am nächsten Morgen war es dann so weit. Aber die Gravens wären nicht die Gravens, wenn sie nicht noch eine weitere Überraschung auf Lager gehabt hätten! Zum krönenden Abschluss stand vor unserem Hotel in Manhattan eine Stretchlimousine bereit, ca. neun Meter lang und groß genug für zehn Fahrgäste, die uns vier zum John F. Kennedy Airport fahren sollte. Natürlich hatten wir auch eine reichlich gefüllte Minibar an Bord. David hatte extra für uns Miller Lite bestellt! Carolyn wollte keinen langen Abschied und sah zu, dass wir schnell in die Limousine kamen. Sie war gekleidet wie bei unserer ersten Begegnung, mit Poncho, Cowboy-Hut und dicker Sonnenbrille. Wir Jungs hatten uns am Abend vorher auch Cowboy-Hüte besorgt, die wir uns für die Rückreise aufsetzten. Als Carolyn mich zum Abschied drückte, musste ich meiner ›amerikanischen Mutter‹ versprechen, dass ich sie so oft wie möglich wieder besuchen komme. Das tat ich natürlich. Hans-Georg und Angela waren ganz verzweifelt und konnten sich nur schwer voneinander lösen. Doch der Fahrer drängelte, er wollte losfahren. Carolyn nahm Angela daraufhin fest in den Arm und versuchte beruhigend auf sie einzureden, da sie hysterisch und total aufgelöst immer wieder den Namen von Hans-Georg rief. Endlich schloss sich die Tür und die Limousine setzte sich langsam in Bewegung. Solange wir konnten, winkten wir und blickten unseren neuen Freunden nach. Irgendwie hatte jeder von uns vieren mehr oder weniger Tränen in den Augen.

In meinen kühnsten Vorstellungen habe ich mir meinen USA-Trip so nicht vorgestellt. Meinen Traum, der mich über Jahre nicht losgelassen hat, habe ich mir verwirklicht. Ich bin froh, dass ich mich nie habe abschrecken lassen von den Hürden, die ich überwinden musste, um mein Ziel zu erreichen. Meine Mutter musste ich überzeugen und das Geld für die Reise musste ich mir zum größten Teil selbst verdienen. Ich bin glücklich! Definitiv werde ich wiederkommen!

III.

Kapitel 10 – Gereift

Ausgewandert war ich nicht. Sesshaft war ich geworden und hatte in der Nähe von Köln 1998 eine kleine Familie gegründet. Nicht mit Sabine. Die erste große Liebe zwischen ihr und mir hatte nur noch für gut vier Jahre nach meinem ersten USA-Aufenthalt gehalten, auch wenn diese Zeit eine überwiegend wunderschöne Zeit für uns bedeutete. Wir waren für ein gemeinsames Leben wohl zu jung, als wir zusammenkamen. Beide waren wir zu neugierig auf die Dinge, die es im Leben zu entdecken gab. Dazu gehörten auch andere schöne Söhne und Töchter hübscher Mütter und Väter. Sabine eröffnete mir eines Tages unter Tränen, dass sie während eines Konzertes jemanden kennengelernt hatte. Mit ihrer Mädchenclique war sie zu dem allerersten ›Rock am Ring‹-Konzert am Nürburgring gefahren. Unmittelbar neben ihren Zelten campte eine Jungenclique und man kam natürlich sehr schnell ins Gespräch. Ich wollte mir nicht vorstellen, ob es nur bei Gesprächen blieb oder ob mehr im Spiel war. Tatsächlich war ich im ersten Moment zwar erschüttert, doch das legte sich schnell, als ich begriff, dass ich eigentlich nur in meiner männlichen Eitelkeit verletzt worden war. Es kriselte schon länger in unserer Beziehung und wir trafen uns zum Schluss immer seltener. Gemeinsame Aktivitäten hatten wir kaum noch unternommen. Und ich selbst gab zu, immer öfters meine Blicke auf andere Mädchen gerichtet zu haben. Ohne Streit hatten wir uns schließlich voneinander getrennt. Wenn wir uns manchmal in der City von Bergisch Gladbach über den Weg liefen, freuten wir uns, uns zu sehen, und tauschten gegenseitig die aktuellsten Neuigkeiten aus.

Immer noch war ich Nichtraucher. Das sollte sich auch nie ändern. Das Verrückte jedoch war, dass ich nach meiner kaufmännischen Lehre und meiner Wehrpflicht bei der Bundeswehr beruflich in der Zigarettenindustrie landete. Was für ein Zufall. Und reichlich Trophy-Aufkleber hatte ich dann auch, ich saß ja an der Quelle. In den ersten zehn Jahren im Logistikbereich des Unternehmens wurde ich beruflich in vielen Großstädten Deutschlands eingesetzt, jeweils für maximal zwei bis drei Jahre. Da ich in dieser Zeit noch nicht verheiratet und sesshaft war, war ich frei in meinen Entscheidungen und folgte dem Arbeitgeber dorthin, wo ich gebraucht wurde.

Meine neue Leidenschaft zum Baseball, die ich aus den USA mitgebracht hatte, konnte ich in jeder neuen Stadt weiter ausüben und ausbauen. Somit konnte ich meinen amerikanischen Traum ein kleines bisschen festhalten und weiterhin leben. Anfänglich gab es in Deutschland kaum Vereine, die diese Sportart anboten. Doch bald entwickelte sich eine entsprechende Szene und zumindest in den Großstädten schoss ein Baseball-Verein nach dem anderen aus dem Boden. Jede freie Minute beschäftigte ich mich mit diesem Sport und trainierte hart.

Als ich nach dem Mauerfall und der Wende 1990 die Chance bekam, beruflich nach Leipzig zu gehen, griff ich ohne Zögern zu. Doch da hatte ich nun das Malheur.

Natürlich gab es nach der Wende in den neuen Bundesländern keinen Verein, in dem eine amerikanische Sportart angeboten wurde. Nach wenigen Wochen fiel mir bereits die Decke auf den Kopf. Ich war mittlerweile von dem Baseball-Virus dermaßen infiziert, dass ich schließlich für mich beschloss, eine Baseballmannschaft zu gründen. Die Abende und die Wochenenden waren so langweilig geworden, dass ich glaubte, verrückt zu werden.

Jeden Abend trafen sich die ›Wessis‹ abwechselnd in den beiden angesagten ›Wessi-Kneipen‹, um sich darüber auszutauschen, wie sie mal wieder die ›Ossis‹ über den Tisch gezogen hatten. Und je später der Abend und je mehr Alkohol im Spiel war, desto wilder wurden die Geschichten und die Gewinne, welche sie angeblich eingefahren hatten.

So habe ich mir mein Leben in Leipzig definitiv nicht vorgestellt. Und zum Alkoholiker will ich erst recht nicht werden.

In der Kneipe ›Come In‹ hatte ich mich mit Dirk, einem Versicherungsangestellten in meinem Alter, angefreundet, und ich hatte den Eindruck, dass er das Gleiche dachte wie ich. Ich erzählte ihm eines Abends von meiner Idee und er war direkt Feuer und Flamme.

»Ich habe überhaupt keine Ahnung von diesem Sport«, sagte er, »aber ich habe die besten Kontakte zu allen Sportvereinen und Sportstätten in der Stadt. Ich bin sicher, dass wir mit deiner Idee offene Türen einrennen werden.«

»Und ich bin mit dabei!«, mischte sich Josef, ein Arbeitskollege von mir, ein. Er war ein Ur-Leipziger und stand an dem Abend mit uns an der Theke. »Ich bin absolut unsportlich, wie ihr an meiner Körperfülle sehen könnt. Deshalb werde ich auch nie mitspielen wollen. Trotzdem finde ich deine Idee phänomenal, und wer kennt sich schon besser hier in meiner Stadt aus als ich?«

Wir drei schauten uns an. Nun hatte ich den Salat! Es gab kein Zurück mehr.

»Na, dann mal los«, sagte Dirk. »Wie soll das Team denn heißen? Das ist das Erste, was wir festlegen müssen. Jedes Kind muss einen Namen haben!«

Wir dachten alle einen Moment nach. Dann warfen Dirk und Josef mit Namensvorschlägen nur so um sich, die jedoch alle nicht zündeten. Ich grübelte und blickte mich in der Kneipe um. Gedankenverloren sah ich auf ein Schwarz-Weiß-Foto, das am Regalboden einer Glasvitrine mit Heftzwecken befestigt war. Es zeigte die Kneipenwirtin, wie sie mit einem Hammer an der Berliner Mauer stand und ein Stück davon herausschlug.

In dem Moment war alles klar! Ich hatte den Namen: »Wallbreakers!«, rief ich und schaute die anderen beiden erwartungsvoll an. Und noch einmal: »Wallbreakers – Mauerbrecher! Leipzig Wallbreakers!« Ich dachte in dem Moment an die Montagsdemonstrationen, die damals von Leipzig ausgingen und maßgeblich zur Wende, zum Mauerfall, beigetragen hatten.

Die beiden überlegten.

Josef flüsterte: »Mauerbrecher. Leipzig Wallbreakers …« Und dann laut: »Tim! Das ist stark! Das ist genial! Das nehmen wir!«

Wir griffen zu den frisch gezapften Köstritzern, die uns Renate, die Kneipenwirtin, gerade auf die Theke stellte. »Auf die Leipzig Wallbreakers!!«, prosteten wir uns zu.

Die umstehenden ›Wessis‹, die unserem Gespräch gelauscht hatten, schauten uns nur entgeistert an, als ob sie zu uns sagen wollten: ›Spinner.‹ Gedacht hatten sie dies sicherlich.

Wir machten einen soliden Plan, wie wir das Projekt angehen wollten, und bekamen in Rekordzeit alles, was wir brauchten: Ein Verein nahm uns sofort und begeistert als Unterabteilung auf. Die Stadt stellte uns einen nicht mehr benötigten Sportplatz zur Verfügung, der auf der Festwiese genau gegenüber dem Leipziger Zentralstadion lag. Entsprechende Sportausrüstung inklusive eines grün-weißen Trikotsatzes, die Farben Leipzigs, welche ich von meinem privaten Geld finanzierte, bekam ich aus einem Sportgeschäft für amerikanische Sportarten aus dem Rheinland zugeschickt. Presseberichte in der ›Morgenpost‹ und in der ›Bild‹-Zeitung trugen dazu bei, dass wir Spielerzulauf erhielten. Das musste auch so sein, denn was hätten uns die schönste Ausrüstung und der tollste Sportplatz genutzt, wenn wir nachher allein dagestanden wären? Doch die Resonanz nach den Presseberichten war groß, und ich war zum Glück nicht der Einzige in der Mannschaft, der bereits intensiv Baseball gespielt hatte. Unter anderem stießen drei Kubaner dazu, die zwar seit Jahren nicht mehr trainiert hatten, aber nun sehr froh darüber waren, endlich wieder Baseball spielen zu können. Man muss wissen, dass diese Sportart damals die Nummer eins in Kuba war! Die drei waren als Gastarbeiter in die DDR gekommen und durften nach der

Wende in Deutschland bleiben, weil sie deutsche Frauen geheiratet hatten. Das war ein Glück für mich!

Nach nur sechs Wochen waren wir in der Lage, ein Freundschaftsspiel auszutragen. Wir spielten gegen Winsen, ein kleines Städtchen südlich von Hamburg. In diesem Verein war ich bereits als Spieler-Trainer aktiv gewesen. Mit einem vollbesetzten Bus, der privat von uns dreien finanziert wurde, reisten wir mit einem funktionierenden Team, mit ersten Fans und mit einer extra für uns gebildeten Cheerleader-Gruppe zu unserem ersten Spiel nach Hamburg. Womöglich war der Gegner beim Anblick des großen und bis auf den letzten Platz gefüllten Reisebusses so eingeschüchtert, dass wir deshalb das Spiel gewonnen hatten. Denn auch im Westen war Baseball noch relativ unbekannt und gerade in den unteren Ligen gab es so gut wie keine Zuschauer bei den Spielen. Im Anschluss an unseren Sieg feierten wir mit ihnen den ganzen Abend und die ganze Nacht.

Josef, Dirk und ich saßen nebeneinander am Lagerfeuer. Wir blickten uns stolz an und prosteten uns mit dem aus Leipzig mitgebrachten Köstritzer zu, in Erinnerung an unseren ›Gründungsabend‹ im ›Come In‹. Wir hatten 13:1 gewonnen!

Josef sagte ganz feierlich: »Gegen Leipzig ging Winsen in die Binsen …«

Einige Jahre später, 1997, war ich beruflich wieder in Köln angekommen. Sportlich, als Spieler und auch als Trainer, hatte ich mich weiterentwickelt. Mittlerweile gab es eine Baseball-Bundesliga in Deutschland und ich hatte es sogar ein Jahr lang in die erste Bundesliga geschafft.

Nach meiner Spielerkarriere übernahm ich nicht weit entfernt von Köln eine Mannschaft als Trainer und wir spielten einige Jahre in der zweiten Bundesliga. Meinen amerikanischen Traum hatte ich mir kurzerhand einfach nach Deutschland geholt!

Ich hatte überhaupt keine Ambitionen mehr, so schnell von dort wegzugehen, zumal ich dort die Frau kennenlernte, die bald meine Frau werden sollte.

Der Kontakt zu Hans-Georg, Jupp und Arne war nie abgebrochen. Nach Möglichkeit trafen wir uns einmal im Jahr, meist in einer Kneipe in Köln, in der wir dann bei ganz viel Kölsch versackten. Hans-Georg war genau wie ich noch öfters in Pennsylvania und hielt über Jahre hinweg den Kontakt zu den Familien. In der Hauptsache wollte er natürlich seine Angela treffen. Doch die Beziehung war irgendwann zu Bruch gegangen, und danach war Hans-Georg auch nicht mehr nach Pennsylvania gereist. Mittlerweile war er Lehrer an einer Realschule in Köln und hatte eine Frau und zwei Kinder. Arne hatte eine internationale Karriere als Banker in London gestartet und war Single geblieben. Genau wie Jupp war er nur das eine Mal in den USA und hatte den Kontakt zu den Familien komplett abbrechen lassen. Jupp wurde erfolgreicher Unternehmer. Die Begegnung mit der Kamerafrau am Pool der Gravens hatte ihn so geprägt, dass er daraus seine Geschäftsidee entwickelt hatte. Er eröffnete ein Damenmodegeschäft für Übergrößen. Seinem Naturell entsprechend hatte Jupp es tatsächlich geschafft, einmal Mitglied des Dreigestirns eines kleinen Kölner Nachbarstädtchens zu werden. Dort übernahm er, neben dem Prinzen und der Jungfrau, die Rolle des Bauern. Auch er war Single geblieben.

Den Kontakt zu meiner amerikanischen Familie konnte ich noch lange Zeit aufrechterhalten. Doch leider unterlief mir nach neun Jahren ein großer Fehler. Bis dahin war ich jedes Jahr, manchmal auch zweimal im Jahr, nach New York und Pennsylvania gereist. Es war herrlich und ich konnte jederzeit bei Carolyn und David aufschlagen, wann immer ich wollte. Meist hielt ich es so, dass ich die ersten drei bis vier Tage auf eigene Faust New York erkundete und dann von einer Telefonzelle aus in Pennsylvania anrief, um zu sagen, wann ich bei ihnen eintrudeln würde. Selbst mit Sabine war ich einmal dort. Alles lief hervorragend, Jahr für Jahr, bis zu dem Tag, an dem ich mit meinem besten Freund Ahmed in New York ankam.

Mit Ahmed war ich seit der Zeit aus der Höheren Handelsschule eng befreundet. Auch später riss der Kontakt zwischen uns beiden nie ab, trotz meiner zahlreichen Umzüge in andere Städte des Landes. So lag es natürlich auf der Hand, dass wir beide eines Tages zusammen in die USA fliegen würden. Wie sonst auch, rief ich Carolyn erst aus einer Telefonzelle an, als wir bereits in New York waren. Im Telefonat kündigte ich ihr an, dass ich diesmal nicht allein reiste, sondern einen Freund mitgebracht hatte. Bis dahin war dies für Carolyn auch in Ordnung. Als ich jedoch hinzufügte, dass mein Freund Ahmed hieß, war plötzlich Totenstille am anderen Ende der Leitung. Sie zögerte und fragte mich, ob Ahmed ein Moslem sei. Da fiel es mir wie Schuppen von den Augen.

Ich erinnerte mich daran, dass sie während der Iran-Krise ihren Sohn verloren hatte. Dass sie jedoch deshalb alle Moslems unter Generalverdacht stellte, war mir nie bewusst geworden. Das war niemals Thema gewesen. Im Gegenteil, ich schätzte sie immer als tolerant und absolut weltoffen ein. Zumal sie ja selbst indianischer Abstammung war und mit zahlreichen farbigen Menschen befreundet war, kam mir niemals der Gedanke, dass sie gegenüber Andersgläubigen eine Abneigung hegte. Sie sagte zu mir, dass ich stets willkommen war und jederzeit kommen könnte, wann ich wollte. Ich sollte jedoch Verständnis haben, dass mein Freund nicht willkommen war.

In dem Moment war ich ziemlich überrascht und beendete das Gespräch mit der Ansage, dass ich dann auch nicht kommen würde. Natürlich stellte ich mich vor meinen Freund. Das war das letzte Mal, dass ich mit Carolyn, meiner amerikanischen Mutter, gesprochen hatte. Meine nachfolgenden Reisen führten mich in karibische und mittelamerikanische Länder. New York flog ich nur noch selten an.

Erst deutlich später kam mir der Gedanke, dass ich einen Fehler gemacht hatte. Zunächst war ich nur beleidigt und wollte mich schützend vor meinen Freund stellen. So weit war dies ja auch in Ordnung. Ich hätte das Thema jedoch mit Bedacht angehen und nicht mit der Tür ins Haus fallen sollen. Ich war leider erst ziemlich spät auf diese Einsicht gekommen. Mittlerweile waren schon viele Jahre vergangen und ich wusste nicht, ob Carolyn und David überhaupt noch ihr Haus in Dallastown bewohnten. Nichtsdestotrotz nahm ich mir vor, mich in allernächster Zukunft auf den Weg nach Pennsylvania zu machen, um einen Neuanfang mit den Gravens zu starten!

Zunächst jedoch sollte ich das erste Mal Vater werden. Meine Mutter war froh, dass ihr Sohn endlich unter der Haube war und dann auch noch schnell für ihren ersten Enkel sorgte.

Doch mit den Sonnenstrahlen zogen auch trübe Wolken am Horizont auf. Kurz nachdem ich meiner Mutter von der Schwangerschaft erzählt hatte, erhielten wir die Hiobsbotschaft, dass sie an Brustkrebs erkrankt war. Ihr ging es plötzlich gesundheitlich sehr schlecht, der Krebs war schon weit fortgeschritten. Sie hatte zwar frühzeitig die größer werdenden Knoten in ihrer Brust bemerkt; schamvoll, wie sie war, hatte sie sich jedoch nicht getraut, jemandem etwas davon zu erzählen. Erst als es schon viel zu spät war, öffnete sie sich ihrem Hausarzt. Schnell war klar, dass sie keine Chance mehr auf Heilung hatte. Der Krebs hatte schon zu sehr gestreut. Da halfen auch die Brustentnahmen und die Chemotherapie nicht mehr. Letztendlich waren dies nur Strohhalme, die meine Mutter ergriff, um den Kampf gegen den Tod nicht vorzeitig aufgeben zu müssen. Bei jedem Telefonat, bei jedem meiner Besuche sagte sie ganz bestimmt und mit Nachdruck, dass sie unbedingt noch ihr Enkelkind sehen wollte, bevor sie aus dem Leben schied. Das Wissen um die baldige Geburt verlieh ihr Kraft. Sie selbst tat auch alles dafür, nicht zu schnell aufzugeben. Obwohl ihr Körper bereits stark abgemagert war, zwang sie sich jeden Tag dazu, so oft es ihr möglich war, um den Wohnzimmertisch zu gehen. Sie meinte, dass diese Übungen ihr halfen, Energie und Kräfte aufzubauen, um den drohenden Tod hinauszuzögern.

Als mein Sohn nach langer und schwieriger Geburt auf die Welt gekommen war, rief ich sofort, noch im Krankenhaus, bei meiner Mutter an und erzählte ihr von Lukas. Wir vereinbarten, dass ich sie so bald als möglich mit ihm besuchen würde.

Nach dem Telefonat kam ich zurück in das Zimmer, in dem Lukas vor einer Stunde auf die Welt gekommen war. Zahlreiche Ärzte und Schwestern waren auf einmal da. Der Chefarzt kam auf mich zu und sagte, dass es sich nur um eine Vorsichtsmaßnahme handeln würde, dass sie jedoch den Verdacht hätten, dass mein Sohn während der Geburt nicht genügend Sauerstoff erhalten hatte. Deshalb hatte er die Verlegung in eine Kinderklinik veranlasst.

Ich war entsetzt und konnte das nicht verstehen. Lukas sah für mich ganz normal aus, er hatte geschrien und sich so verhalten, wie man es sich nach einer Geburt vorstellte. Doch tatsächlich entdeckten die Neurologen in der Kinderklink, dass er wohl bleibende Schäden davongetragen hatte. Wir sollten uns darauf einstellen, dass Lukas neurologisch und auch motorisch Defizite haben werde.

Nach einer Woche entließen sie ihn mit zahlreichen Auflagen und Hinweisen für uns Eltern. Sie erklärten uns, was wir in den nächsten Wochen und Monaten mit ihm unternehmen mussten, um eine den Umständen entsprechende bestmögliche Entwicklung herbeizuführen. Meiner Mutter hatte ich nichts davon erzählt. Ich hatte mir irgendwelche Ausreden einfallen lassen, warum ich ihr ihren Enkelsohn noch nicht vorstellen konnte.

Kaum hatten wir die Klinik verlassen, fuhren wir direkt zu ihr. Onkel Heinz öffnete uns die Tür. Er sah sehr traurig aus. Mit Lukas auf dem Arm betrat ich das Wohnzimmer. Meine Mutter lag erwartungsvoll unter einer Wolldecke auf dem Sofa. Sie hatte sich für das erste und einzige Aufeinandertreffen mit ihrem Enkelsohn hübsch zurechtgemacht, so gut es ihr möglich war. Als sie uns sah, setzte sie sich auf und strahlte uns beide an.

»Schaffst du es, Lukas in den Arm zu nehmen?«, fragte ich sie.

»Natürlich, Tim. Darauf habe ich doch so lange hingearbeitet. Bitte gib ihn mir vorsichtig.«

Lukas war wach und nuckelte genussvoll an seinem Schnuller. Ich legte ihn langsam meiner Mutter in den Arm und setzte mich neben die beiden. Lukas sah mit großen Augen seine Großmutter an. Meine Mutter strahlte und ein paar Tränen liefen über ihr Gesicht. Sie streichelte Lukas vorsichtig über die Wange. Eine angenehme Stille breitete sich aus. In dem Moment ging es nur um die beiden, für eine kurze Weile war der nahende Tod meiner Mutter vergessen. Verdrängt waren die Sorgen und die Schmerzen. Ich spürte, wie sich eine intensive Verbindung zwischen den beiden bildete, eine Vernetzung zwischen Tod und Neugeburt, als ob ein Teil meiner Mutter in ihren Enkelsohn übergehen würde. Meine Mutter konnte nun loslassen.

Nach einer Weile sah sie mich an: »Bitte, nimm ihn wieder. Du hast mir die größte Freude meines Lebens gemacht. Ich muss mich jetzt ausruhen.«

Ich nahm Lukas wieder vorsichtig zu mir. Ein Blick in die Augen meiner Mutter zeigte mir ihre große Erleichterung und viel Liebe. Dennoch wirkte sie auf einmal noch viel blasser und eingefallener. Als ob sie tatsächlich den letzten Rest ihrer Kraft und Energie an Lukas übergeben hatte.

Ich versuchte, die Erkenntnis des nahenden Abschiedes zu verdrängen, und erzählte ihr: »Wir haben bereits einen Termin für die Taufe von Lukas vereinbart. Schon am nächsten Sonntag um 11 Uhr findet sie bei uns in der Kirche statt. Wir werden alles versuchen, damit du dabei sein kannst.«

Meine Mutter lächelte mich an und sagte nichts dazu. Ich sah zu Onkel Heinz, der nur vorsichtig den Kopf schüttelte. Ich hatte erwartet, dass meine Mutter aufstehen würde und ihre Fitnessübung um den Tisch herum machen würde, um Kräfte für die Taufe aufzubauen. So, wie sie es die letzten Wochen immer getan hatte, wenn es darum ging, den Tod aufzuschieben. Doch sie blieb liegen.

Zwei Tage später war meine Mutter friedlich und mit einem Lächeln eingeschlafen. Die Taufe wurde trotz alledem am Sonntag durchgeführt. Am Taufbecken stellten wir ein Bild von meiner Mutter auf. Ich war sicher, dass ein ganz großer Teil von ihr bei uns in der Kirche mit dabei war. Wie mein Vater und Hannelore war sie im Dezember gestorben.

Jetzt fehlt nur noch, dass es anfängt zu schneien, dachte ich.

In den nächsten zwei Jahren konzentrierte ich mich auf meine neue Familie und Lukas bekam bald einen kleinen Bruder, den wir Florian tauften. Neben meinen beruflichen Herausforderungen stand meine sportliche Aktivität als Baseball-Trainer im Mittelpunkt. Ich schaffte es, eine Baseballpartnerschaft mit einem Team aus Idaho im Nordwesten der USA zu knüpfen. In der Folge flog ich mit meinem Team zu einem zweiwöchigen Trainingslager in die Hauptstadt von Idaho, nach Boise. Natürlich nutzten wir diese Gelegenheit, um das Land und die Menschen kennenzulernen. Während unseres Aufenthalts konnte ich zwei Studenten dafür begeistern, den Sommer in Deutschland zu verbringen, um unser Baseballteam für eine Saison in der zweiten Bundesliga zu unterstützen. Meinen amerikanischen Traum konnte ich so von Deutschland aus weiterleben.

Der Kontakt zu Onkel Heinz bestand auch nach dem Tod meiner Mutter weiter. Er war der Letzte von den vieren, der mir geblieben war. Ich wollte meinen beiden Söhnen ihren Großvater nicht vorenthalten, auch wenn Onkel Heinz uns alle total enttäuscht und getäuscht hatte. Kurz nach dem Tod unserer Mutter war herausgekommen, dass er schon seit einiger Zeit ein Verhältnis mit einer Nachbarin hatte. Wir waren entsetzt darüber, dass er uns allen und erst recht unserer Mutter so etwas vorspielen konnte. Gerade er, der immer wieder und überall betonte, wie sehr er doch seine Frau, unsere Mutter, lieben würde. Er, der immer darauf bestanden hatte, dass beide alles zusammen unternahmen und niemals getrennten Aktivitäten nachgingen. Doch wir konnten es nicht ändern. Meine Schwester und ich beschlossen, zumindest unseren Kindern zuliebe, das Band zwischen ihm und uns nicht zu zerschneiden. Gaby hatte in der Zwischenzeit auch zwei Kinder und lebte mit ihrer Familie in Konstanz am Bodensee. Zu allen wichtigen Geburts- und Feiertagen trafen wir uns in der Regel bei Onkel Heinz in unserem alten Zuhause. Doch auch diese Idylle sollte nicht lange halten. Onkel Heinz teilte uns an seinem 66. Geburtstag mit, dass er an Bauchspeicheldrüsenkrebs erkrankt war.

Ich hatte einen riesigen Kloß im Hals, als ich begriff, was erneut auf mich zukommen würde. *Bitte nicht schon wieder, ich will einfach nicht mehr. Nun auch noch Onkel Heinz,* dachte ich verzweifelt.

Es kam so, wie es kommen musste. Onkel Heinz hatte rapide abgebaut. In der Annahme, dass ihr Vater nun nicht mehr lange leben würde, kam meine Schwester an einem Wochenende mit ihren Kindern aus Konstanz. In diesen Tagen übernachtete sie in unserem alten Zuhause im ehemaligen Kinderzimmer, das immer noch existierte. Nachdem wir gemeinsam bei Onkel Heinz im Leverkusener Krankenhaus waren, verbrachten wir einen längst überfälligen gemeinsamen Abend, an dem wir ganz viel Rotwein tranken und nicht mehr aufhören konnten zu erzählen. Über unsere Kindheit, über unsere Kinder und über unsere Zukunftspläne und Träume, die wir beide noch in unserem Leben realisieren wollten. Aufgrund unserer Erfahrungen war uns schon lange klar, dass das Leben zu kurz war, um Chancen nicht zu ergreifen, die sich uns boten. Gaby besuchte am nächsten Morgen noch einmal ihren Vater und fuhr danach schweren Herzens zurück an den Bodensee.

Ich war noch ein paarmal bei Onkel Heinz im

Krankenhaus. Meistens fuhr ich nach der Arbeit zu ihm. Es war kein schöner Anblick und unter starkem Medikamenteneinfluss schlief er die meiste Zeit. Gespräche waren kaum noch möglich. Ab und zu traf ich dort auch seine Lebensgefährtin. Sie kümmerte sich sehr um ihn, und das war auch gut so. Wir hatten kein Problem miteinander.

An einem späten Donnerstagabend, ca. drei Wochen nach dem Besuch von Gaby, besuchte ich ihn das letzte Mal. An diesem Abend verstarb er in meinem Beisein. Als ich sein Zimmer betrat, ahnte ich sofort, dass es nicht mehr lange dauern konnte. Onkel Heinz war gar nicht mehr ansprechbar und atmete ganz flach. Der Stationsarzt sagte mir, dass er davon ausging, dass es bald zu Ende sein könnte. Ich warf noch einen Blick auf Onkel Heinz, um sicherzustellen, dass er noch lebte, und lief nach draußen zu einer Telefonzelle, die vor dem Krankenhauseingang stand. Ich hatte es eilig, sofort meine Schwester zu informieren. Gott sei Dank war sie zu Hause und ging auch direkt ans Telefon.

»Gaby, du musst dich unbedingt auf den Weg machen. Der Doktor sagte, dass es wohl jetzt zu Ende geht.«

Gaby schwieg zunächst.

»Bist du noch dran, Gaby?«, fragte ich, immer noch aufgeregt.

»Ja. Bin ich.« Wieder eine kurze Pause. Sie räusperte sich. »Ich werde nicht kommen. Ich will das nicht.«

»WAS?«, rief ich erstaunt. »Du musst kommen! Dein Vater wird vielleicht heute Nacht noch sterben und …«

»Nein«, unterbrach sie mich, »mit Vater habe ich schon bei meinem letzten Besuch abgeschlossen. Ich habe mich von ihm bereits verabschiedet. Und damit ist es auch gut so. Ich werde nicht einfach losfahren, und eventuell lebt er dann doch noch länger. Ich habe hier einen Job und meine beiden kleinen Kinder muss ich auch versorgen. Ich werde erst kommen, wenn er wirklich tot ist. Und damit basta!«

Na, klasse, dachte ich und sagte zu ihr: »Du musst damit leben können. Ich verstehe dich nicht. An deiner Stelle würde ich schon längst im Auto sitzen. Aber es ist deine Entscheidung. Ich gebe dir Bescheid, wenn es so weit ist.«

Wir beendeten das Gespräch. Ich weiß nicht, warum, aber ich musste plötzlich weinen. Es kamen mir so viele Gedanken in den Kopf.

Es ist doch merkwürdig, dass gerade ich als Letzter bei ihm, bei meinem Stiefvater (!), am Totenbett sein sollte. Gerade ich, obwohl wir beide doch eine sehr gespaltene Beziehung zueinander hatten. Eine Beziehung, in der wir uns zusammenrauften und die man als Hass-Liebe bezeichnen konnte. Wie verrückt das Leben doch manchmal spielt!

Ich ging leise und erschöpft zurück in sein Zimmer und setzte mich zu ihm ans Bett. Er musste registriert haben, dass ich kam, denn er öffnete für einen kurzen Moment seine Augen und neigte leicht seinen Kopf zu mir herüber. Er hob ganz langsam seine linke Hand und ich spürte, dass er mir etwas sagen wollte. Ich spürte, dass er mir sagen wollte, wie stolz er auf mich war und dass alles bereinigt war zwischen uns. Ich nickte ihm zu und gab ihm zu verstehen, dass ich genauso dachte wie er und dass ich dankbar dafür war, was er alles für mich getan und mir beigebracht hatte. In seinem bleichen Gesicht erkannte ich ein schemenhaftes Lächeln.

Ganz leise sagte ich: »Danke, Onkel Heinz!«

Ich nahm seine Hand … Eine ganze Weile saß ich so bei ihm am Bett, als ich plötzlich eine hauchzarte Berührung an meinem ganzen Körper spürte. Einen angenehm wohligen Schauder, ähnlich einem milden Windzug, der sich sanft kreisend nach oben bewegte, bis in meine Haarspitzen, und dann behutsam und ganz langsam entschwebte. Ich musste schmunzeln und spürte, wie meine Tränen an meinen Wangen herunterflossen. Onkel Heinz war friedlich eingeschlafen.

Ich sah aus dem Fenster.

Ich wünsche mir, du wärst noch hier. Ihr alle wäret noch hier.

Ein Tag im Dezember des Jahres 2003 … Es begann zu schneien.

Kapitel 11 – Lebensfreude

Meine Schwester musste sich nun doch viel schneller auf den schweren Weg machen, als sie gedacht hatte. Gemeinsam planten wir die Beerdigung und die traurige Auflösung der elterlichen Wohnung. Der Mann meiner Schwester konnte aus beruflichen Gründen nicht anreisen. Auch meine damalige Frau konnte nicht dabei sein, da sie kurz vor der Entbindung unseres dritten Sohnes, Jan Darius, stand. Meine Schwester und ich standen betroffen am offenen Grab von Onkel Heinz und hielten unsere kleinen Kinder an den Händen. Wir hatten es uns nicht nehmen lassen, ihn in dem Doppelgrab beisetzen zu lassen, in dem unsere Mutter lag.

»Das habt ihr jetzt davon! Jetzt müsst ihr beide damit klarkommen«, murmelte ich in mich hinein, während der Priester ein Gebet sprach. Ursprünglich war es von beiden auch so gewollt, dass sie in einem gemeinsamen Grab die letzte Ruhe finden sollten. Dies hatten sie kurz vor dem Tod unserer Mutter so festgelegt. Die Lebensgefährtin von Onkel Heinz hatte nichts dagegen. Wir hätten dies ansonsten auch ohne ihre Zustimmung durchgezogen.

Als die Grabreden gesprochen waren, löste sich die kleine Trauergemeinde, die hergefunden hatte, langsam auf. Ich ließ meine Augen über den schönen kleinen Friedhof schweifen. Er lag an einem Hang, mit weitem Ausblick auf die angrenzenden Felder. Ich erhaschte einen letzten Blick auf die Sonnenstrahlen, die allmählich von aufziehenden dunklen Wolken eingefangen wurden.

Windböen kamen auf und wirbelten mein Haar durcheinander. Ich hatte den Eindruck, dass sie immer heftiger wurden und direkt und nur auf mich zielten.

Als ob sie mir etwas mitteilen wollen. Was möchten die Windböen mir sagen? Wollen sie mich vor etwas warnen? Oder wollen sie mir Mut machen und mir mitteilen, dass der Tod nicht das Ende ist und dass es ein Leben nach dem Tod gibt? Ich weiß nicht, was ich davon halten soll. Ich bin verwirrt.

Plötzlich kam mir ein Gedanke:

Nach den Sonnenstrahlen kommen die Windböen!

Spontan musste ich laut lachen! Ich packte meine beiden Jungs an den Händen und lief mit ihnen, den Wind im Rücken spürend, lachend und albernd zum Parkplatz. Dort angekommen, begann es zunächst leicht zu nieseln.

Ich fing an zu singen und drehte mich schwungvoll mit meinen Jungs an den Händen im Kreis. »Ich lass mir meine Lebensfreude nicht nehmen! Das Leben ist schön!«, rief ich.

Meine Söhne lachten und wir tanzten und drehten uns immer weiter und weiter. Meine Schwester und die wenigen noch verbliebenen Trauergäste sahen uns erstaunt und zugleich fassungslos an.

»Nimm dir ein Beispiel am Schneeglöckchen, Gaby! Egal, wie hart der Winter ist, es steckt seinen Kopf unerschrocken durch die Schneedecke hindurch – immer und immer wieder den Sonnenstrahlen entgegen!«

Die Windböen wurden schwächer. Der Nieselregen verwandelte sich in kleine Schneeflocken …

Epilog

Herzlichen Dank an Sie, liebe Leserin und lieber Leser, dass Sie *Sonnenstrahlen* bis zu Ende gelesen haben. Ich freue mich, dass ich Sie mit meinen Geschichten und Geschichtchen (wahrscheinlich ☺) begeistern konnte – ansonsten hätten Sie das Buch sicherlich schon längst auf die Seite gelegt und wären nicht bis hierhin gekommen. Ich möchte betonen, dass es sich um einen Roman handelt, obgleich sich sehr viele reale Erlebnisse aus meinem Leben darin widerspiegeln. Daher habe ich die meisten Namen und Orte abgeändert, um eine entsprechende Anonymität zu wahren. Dieser Roman erzählt das Leben des Hauptdarstellers in allen Facetten. Eine liebe Freundin sagte mir, nachdem sie mein Manuskript als eine der Ersten gelesen hatte: »Ja, Udo! Dein Roman beschreibt ein Leben. Dein Leben. Es ist ›nur‹ eine Geschichte eines Lebens von Milliarden, die es auf unserem Planeten gibt. Unglaublich, was für Geschichten das Leben doch schreibt!!«

In der Tat. Jeder Mensch – wirklich jeder – hat etwas zu erzählen und ich möchte alle nur dazu ermuntern, dies auch irgendwann zu tun. »Jeder hat sein ›Päckchen‹ zu tragen und unter jedem Dach ein ›Ach‹!«, zitiere ich hier meine liebe Frau Elke. Wie wahr!

Bedanken möchte ich mich ganz herzlich bei ihr. Sie hat mich bei meinem ›Erstlingswerk‹ monatelang unterstützt. Nicht nur, dass sie oft herhalten musste, um meine schriftstellerischen Ergüsse zu jeder möglichen und unmöglichen Tages- und Nachtzeit anzuhören, sondern auch, dass sie mir unermüdlich beratend und ›rechtschreibkontrollierend‹ geholfen hat, dieses Werk fertigzustellen. Gerne erwähne ich, dass dabei einige (gute) Flaschen Rotwein auf der Strecke blieben. Denn bei aller Arbeit gilt natürlich auch, nicht den Genuss aus den Augen zu verlieren. Und was gibt es Schöneres, als in entspannter und angenehmer Atmosphäre mit seiner Liebsten oder seinem Liebsten auf die besonderen Momente anzustoßen …

Bedanken möchte ich mich ganz herzlich bei meinen drei Söhnen Niklas, Fabian und Tom Julius. Dafür, dass sie mich so nehmen und akzeptieren, wie ich bin. Mit all meinen Fehlern, Kanten und Ecken. Ich bin ganz stolz auf meine drei Jungs und ich bin sicher, dass alle ihren Weg machen – ganz genauso, wie sie es wollen! Lasst euch von niemandem reinreden und entwickelt und verfolgt eure Träume, so wie ihr es mögt!

Wegen ihnen und Elke habe ich mich so in die Erstellung des Buches hineingekniet. Ihnen widme ich von ganzem Herzen dieses Buch – denn: »Euch liebe ich über alles!«

Liebe Leserin, lieber Leser – Weitere Informationen zu diesem Roman und eventuell auch zu weiteren geplanten Büchern finden Sie auf der Homepage: www.StorySchild.de Meine Gedanken kreisen bereits um die Themen *Windböen* und *Wellengang* …

Mal sehen, wo die Reise hingeht und wo wir eventuell auch mal persönlich aufeinandertreffen …?

Und ganz wichtig: Vergessen Sie bitte nicht, Ihre persönlichen Träume auch zu leben. Denn, *nur 29.500 Tage in
unserem Körper ...!!*

Ich wünsche Ihnen allen ein ›schickes Leben‹! Herzlichst,
Ihr ›*Hanns U. Schild-Havenstein*‹

»Engel vereint im Paradies …«

Engelbild von Elke Havenstein

»Engel beschützen uns, sind immer da. Sie sind ein Teil von uns. Den Engeln geht es gut. Sie haben keine Scheu, spielen niemandem etwas vor und können sich geben, wie sie sind, frei und rein.

Das Gemälde aus dem Jahr 2005 ist sehr persönlich und zeigt Sehnsüchte, Verzweiflung, Hoffnung, Erlebnisse, Ängste, Abgründe, Wut, Trauer, aber auch Freude, Liebe, Wünsche und Temperament. Jedes Mal, wenn man dieses Bild aufmerksam anschaut, erscheinen einem weitere Engel. Engel, die man vormals noch nicht bemerkt hatte. Je öfter man dieses Bild betrachtet, desto mehr gibt es von sich preis. Ich konnte durch das Malen dieses Bildes Belastendes von mir abschütteln und während der Entstehung für mich selbst mental verarbeiten. Beim Malen emotional sehr aufgewühlt, identifizierte ich mich mit jedem der entstehenden Engel. Die Entstehung des Bildes half mir dabei, mich von selbst auferlegten Lasten zu befreien, mich endlich selbst zu lieben und mir für Fehler der Vergangenheit zu verzeihen. Es passt so unglaublich gut zu diesem Buch ›Sonnenstrahlen‹ … Nachdem ich dieses Buch zum ersten Mal gelesen hatte, sah ich auf mein Engelbild und irgendwie sprangen mir alle verstorbenen Akteure, die in dem Buch beschrieben wurden, sofort ins Auge. Und sie wirkten alle so fröhlich auf mich …«

Elke Havenstein, Herbst 2019